海外小説 永遠の本棚

天使の恥部

マヌエル・プイグ

安藤哲行＝訳

白水uブックス

天使の恥部

第Ⅰ部

第一章

カーテンのレースを通って月の光が射し込み、それを枕のサテンが吸い取っていた。新婦の手は黒髪のすぐそばで無防備に掌《てのひら》を見せている。やすらかな眠りのようだった。

突然、その掌がひきつる、だが、ピンクからブルーまで、さまざまな色に化粧された非の打ちどころのない顔は弛緩したまま。まもなく、世界一美しい女性は恐怖におびえながら上体を起こす。顔に表情が戻る。長くて弓なりになっているために付けているように見えるが、本物の睫《まつげ》が、極端に見開いた目に影をおとす。夢の中で、でっぷり太った医者と出会ったところだった、礼服を着たその医者はシルクハットを掛け、白いゴム手袋をはめると、巨大な綿の塊の上に横たわっている彼女のところに近づき、その胸をメスで切り開く、すると——心臓ではなく——複雑な時計仕掛けが現れる。たぶん死の床にあるその女は、病人ではなく、機械仕掛けの、それも壊れた人形だった。

悪夢が終わり、ほっとしたように深いため息をつく。怖いものなど何もなかった、危険はどれも想像上のものだった。まわりを見渡した、薄暗い寝室の中にあるものすべてが目新しい。新婚初夜はまだ夜明けを迎えていなかったが、隣には誰もいない。手の近くに銀細工の柄の鏡があった、口紅をつけた唇が赤く映る。ついさっき塗り直されたみたいだった。ほとんど何も思い出せなかった。夫との乾杯、夫の白髪まじり、もしくは白髪のこめかみ、自分の一挙一動を眺めまわす単眼鏡《モノクル》、持ち方のわからない四角いグラス、冷たいネクター、それだけだった。化粧は元のままだったが、それは、顔に敬意が表されたからだ。右手でからだを撫でることにしたが、手を伸ばしたとたん、引っ込める、そうした検査には右手ほど敏感でない左手のほうが適しているように思えた。鎖骨の少し上あたり、肌の一部が熱いことにすぐ気づいた。片方の乳房に三つか四つ、弓なりの歯形があったが、もうほとんど痛みはない。ところが腹部には襲われたような痕跡はまったく残っていない、ただ、下腹部は深く引き裂かれて濡れ、火照《ほて》っていた。

思い出そうとしたが、脳裏に浮かぶのは初めて口にする飲み物をすすったときの爽やかさだけ。目で四角いグラスを探すが、見つからない。歩こうとした、歩くと股間がいっそう火照る。ミンクの敷物から足の裏に暖かさが伝わってくる。花模様のレースのカーテンの向こう、ヴェネツィアガラスが填め込まれた鉄の窓枠が透けて見える。カーテンを開け、その大きな窓の重い掛け金をやっとのことで動かすが、葉脈をかたどったその円柱状の形に驚く。バルコニーから身を乗り出す。バルコニーと直角に交わる、庭園の水路が作るとても長い矩形は闇と霧に消えている、その両側には並木が連なり、無防備な枝はかすかな風にさえ抵抗できずに操られている。大勢いる管理人の誰一人として視界に入らない、また、島の輪郭も水面の吐きだす霧に偽装されて見えない。突然、ランチのエンジン音が聞こえた、スターターは乾いた、しっかりした音を立てたが、その騒音も瞬く間に遠ざかった。

彼女は視線を室内に向けた。ベッドの木製の頭板は彫刻がほどこされ様々な色で着色されていたが、その上端は雲と浮遊する天使たちになっている。その一人がまるで魚のような奇妙な目つきで女主人を観察しているみたいだった。彼女は彼女でその天使をじっと見つめた。天使は瞬きしたようだった、瞼《まぶた》が下がり、また上がる、女主人はそんな気がした。誰かがこっそり見張っている？ そこで視線を落とす、そしてアーミンのスツールの上にメモを見つけた、「仕事で出かけないといけない、君に知らせなかったのは、言えば、いてくれと説き伏せられてしまうからだ。君に睡眠薬を飲ませたのは、君に見つめられていると、その後君にしたようなことは思い切ってすることができない、そんな気がしたからだ。君の美しさにはそれほど尻込みさせられる！ 身がすくむのではと不安だった、だからこそ、類稀《たぐいまれ》な君の肉体、類稀な君の知性、その二つの挑戦を同時には受け入れられなかった。平伏して、君の夫」。

数時間後、うっかり開け放しにしていたカーテンの間から陽が射し込み、ふたたび目覚めさせられる。何の説明も受けていなかった、どうやって召使たちを呼ぶの？ 押しボタンは見えない、だが、金の脚に支えられた陶器の電話が見えた、ダイヤルはなく、受話口も送話口も金でできている。すぐに年配の女性の声が応えた。新しい女主人は時間を訊く。一九三六年の春のある朝、ようやく午前八時。朝食を頼む、レモンティー、バターをつけずにカリカリに焼いたトースト。お部屋にお食事をお持ちすることはできません、朝食の別館、まさしくそう呼ばれておりますところでお給仕するようにとの旦那さまのお申し付けです、と女は答える。下に降りていきたくないの、と女主人はやり返す。ウィーンでのご結婚式のあと、奥様は昨夜お着きになられたばかりで、お疲れのはず、その奥様をおもてなしするよう、旦那さまからはっきり最終的なお指図をいただいておりますので、そうしないわけにはまいりません、と召使は言い添えただけだった。妻に最高の喜びをもたらすよう、すべては夫の手で入念に計画されている、そして、何か口をはさめば夫をひどく侮辱することにもなる、そう召使は仄《ほの》めかしたのだ。

別館の丸屋根の上部は小さな奇抜な欄干になっていたが、一見、まったく印象に残らないものだった。灰色の大理石の入口の上のほうには、雲や聖女を取り囲む天使たちの姿があったが、いずれも白い化粧漆喰《しっくい》でできていた。天使たちは聖女を讃え、護り、楽器を奏で、歌っている。魚の目をした天使はいない、女主人を見つめる天使もいない。続いて彼女は席を選ぶことになった、日向がよろしければバラの茂みの隅がございます、それとも……。彼女はすぐ同意した、バラの茂みがいいわ。女主人は召使がいずれもかなりの齢であることに気づいた。そして紅茶が唇を濡らすのを感じた、まさにその瞬間、フルートとハープの音が叢《くさむら》から響きはじめる。隠れているのか目に見えないのか、そんな牧者でもある楽師たちはそっと美女の不安を和らげ、席を立ってその島での最初の散歩に出かける元気を与える。島は平坦であり、周囲はわずか数キロ、一度足をのばすだけで全体が見てまわれそうで、そこから逃げ出すためのいちばん簡単な方法もたやすく見つかるかもしれなかった。紅茶は渇きを癒してはいなかった。

庭園と湖の岸との境になっている鉄柵に近づくにつれて音楽は遠くなっていった。だが、すぐに若そうな召使の軽やかな足音が聞こえてきた。「この屋敷で七十歳になっていないのは、あなただけ?」。召使は、そうです、と答える。「じゃあ、どうしてそんな例外を作ったの?」。奥様が遠くまで速くお散歩したいとお思いになられましたとき、息切れしないでご一緒できる人間が必要だからです、と召使は答えた。女主人が鉄柵に近寄る素振りを見せると、いきなり引き止める。「止まって!……ご無礼はお赦しください、ですが、その鉄柵には電気が通っていますので」。鉄柵は長円形の島の周囲、その全域に沿って装飾模様——巨大な腕と蛇——を繰り返していた。島の他の建築物は十八世紀に建てられたものだが、その鉄柵は最近になって作られている。女主人はこの鉄柵が嫌だった、平行線や檻《おり》に強迫観念を抱き——なぜかわからないが——今世紀初頭のウィーンの芸術家たちの作品をずっと嫌ってきたからだ。垂直の鉄棒は平行に並ぶ蛇をかたどっており、首を真上に上げている蛇の、その隣は首を真下に向けている、そのいずれもが口は怒り狂ったように開き、舌は硬直している、一方、水平の線はごつごつした腕の連鎖となっており、互いにつかみ合い、引きつるほど力を入れているもののの、無駄な努力をしようとしているように見える、そんな腕を蛇が刺し貫いていた。女主人は目を空に向けた、そんな鉄柵はもう見ていられなかった。太陽の近く、奇妙な雲がただならぬ速さで形を変えていく。まるで文字を、言伝《ことづて》を仄めかしているようだった。

女主人は散歩を切り上げ、何かにおびえるかのように、息せき切って、屋敷へと走った。召使は大股で走り、苦もなく跡を追い、行手を阻むかのように彼女の前にまわる。女主人は苛々《いらいら》し、あの奇妙な雲をもう一度見た、言伝は自分宛に違いない。召使が半歩横に寄り、頭でその雲を隠した。女主人は初めてその召使の顔を見つめた、眉は濃く黒い、じゃあ、目は？　小鼻は女にしてはどっしりしすぎている。白粉《おしろい》の層の下の肌は髭を剃りおえたばかりの男の肌ほども滑らかではない。「そちらからは行かれません、素晴らしい女優でもあられます、ご立派な奥様。こちらが表玄関です」。もう映画スターじゃないわ、と女主人は応える。「申し訳ありません。でもわたしはスクリーンの奥様をとても讃美していたものですから。奥様が見事に主役をお果たしになられました映画を三本見せていただきました」。そんな映画はもう存在してません、夫がネガもコピーも燃やすように命じましたから、だから、そんな映画のことをとやかく言うのは嘘をつくことと同じ、なぜなら、映画が存在した証拠をあげることはどこの誰にもできないのですから、と女主人は応える。召使はくいさがる、「一本の映画が心に焼きついて離れないんです、その映画の中で奥様は、別の女に化身する女性を演じられていましたが、二人とも時計仕掛けの心臓なんです」。そんなフィルムは存在しません、と女主人は率直に応える、「そんな映画、撮られたためしはありません。あなた、混同してるのね、そんなストーリー、初耳です」。女主人が見つめるのをやめたとき、召使は初めて地面から顔を上げ、その目を見せた。

朝の光は本館のファサード、筋立てのこみいった劇には恰好の背景幕を温かみのあるものにしていた。女主人は苛々してすすり泣いたが、涙は出ていないし、恥じらいもなかった。実際、典型的なロココ様式の正面は陽気な感じに仕上がっていた、黄色い平坦な壁、そこからはドアと窓の白い框《かまち》が張り出ており、三階建ての建物の最上階にあるバルコニーのまわりは雲を表わす白いレリーフ、その中では別館よりも多くの天使たちが浮遊している。女主人は憐れみや庇護のしるしを探しながら、天使たちを一人、一人眺めた。天使たちは、そのとき空に筋をつけていく、あの奇妙な、とはいえ、本物の雲を見てはいず、至福の面持ちを変えることもなく、ただ見つめ合っているだけだった。「ときには善人の顔をしていない天使たちもいるものね？　それに……あなたの名前、まだ聞いてませんね」と女主人は不安を押し隠しながら言った。天使はみな善良です、そして、大義を守っています、でも、悪との戦いでは非情になるのです、とテアは応える、「自分は善の味方と信じている人は天使たちを恐れる必要はありません」。五段の階段を上って本館のポーチに立つと、女主人は電気の流れる鉄柵の向こうにある桟橋を眺めた。テアは人差し指をのばして別方向、北を指したが、そこにある鉄とガラスでできた風変わりな建物に女主人は脅かされた、「あれは温室です、奥様。中では、この島にうまく根づいた、とりわけ見事な椰子《やし》がご覧いただけます」

女主人はようやく自分の部屋にたどり着いたが、その短い外出で疲れ切っていた。もう雲の奇妙なエピソードは覚えていず、ただ喉が渇いていた。すぐに孔雀石のテーブルの上の四角いグラスが目に入る。ちりばめられた宝石――トルコ石が二つ三つ、アメジストが一つ、トパーズが何個か――が銀細工の台座に閉じ込められており、厚いクリスタルの内側には、液体が容器の形をなぞりながら入っている。芳しい琥珀《こはく》色の美味しい、爽やかな液体だが、形がない、そんな液体に四角いグラスが形を貸す一方、中に閉じ込めてもいる。女主人はその液体を憐れみ、ひと飲みで自分の身体の一部にしてやる。甘い、爽やかな夢が女主人の瞼に降りてきた。

ふたたび目を覚ましたとき、夕暮れの薄闇が島に広がりはじめていた。青い血管がかすかに透けて見える真っ白い腕を伸ばして、電話の受話器をとる。テアと話がしたい、と言うと、「申し訳ございませんが、奥様、日暮れになりますと、このお屋敷のドアはいずれも閉まります。温室へのお出かけは明日までお待ちいただかなくてはなりません。夜間、お庭をきっちり監視するのは難しいとのご判断から、旦那様は、奥様が暗い中をお散歩されるような危険を冒さないようしてもらいたい、とお命じになられました」

何を言っても無駄だった。上体を起こすと、孔雀石のテーブルの上には、四角いグラスと同じ作りの大きな壜を中心にして、美味しそうな冷たい食べ物をのせた小皿が何枚か置かれているのがわかった。空腹に駆られて、急いでキャビアを、スモークサーモンを、プロヴァンス・ビスケットをつまんでは、この島で渇きを癒すことのできる唯一の飲み物をたっぷり飲む。すぐに、また、ほろ酔い気分になった。まわりを見渡した、まもなく、抗うこともできずに眠り込んでしまうことはわかっていた。そして、夜の不思議な時間が経過する間にどんな体験をするのだろうと思う。ベッドの頭板を見ないよう気を集中した、天使たちの一人の敵意を抱いた視線と出くわすのが、結婚した翌日の最後に目にするのがその視線になるのが、怖かった。横になり、瞼を合わせたが、眠りに落ちる直前、脳裏には、瞼を下げ、そして、ふたたび上げる魚の目が鮮やかに浮かんだ。

「わたし、自分が独りぼっちだなんて一度も思ったことがなかった」

「そりゃ、あたりまえよ、自分の国から遠くにいるし、メキシコはずいぶん違うし、そうしたことが影響しないはずがない」

「そうじゃないの。わたし、前は独りでいることが気にならなかった、それどころか、ブエノスアイレスを発つ前のここ何年か、わたしが望んでいたのは、独りになることだった」

「家に帰ったら、あなたの言伝があった。だから、飛んできたの」

「びっくりしないで、ベアトリス、全然怖い話じゃないから」

「驚いちゃいないけど。でも、急用って、何なの？」

「別に。どちらかと言えば、そうね、とっても気分が落ちこんだの、ここの医者が信用できなくなって、他の病院に変われるといいんだけど」

「アナ、そういったことは、よく考えないと、ここで手術したんだから、あなたはもう、ここの医者の管轄よ」

「もちろん、あの人たちの思いのまま」

「あなたの症例をいちばんよく知ってるのは彼らだって言ってるの」

「ほんとにごめんなさい、あわてて呼んだりして、でも、あのときはやけになって、かっとなったの」

「どうしてそんなことに？」

「ベアトリス、誰もわたしのことなんか気にかけてくれない、ここはとってもお金がかかるでしょ、まるでお情けって感じで、扱うのよ」

「前はこんなにぴりぴりしてなかったでしょ、それに回復期にはよくないわ」

「ここの看護婦たちはいつも忙しくて、呼んでも、あたしにかまってる暇はないの」

「……」

「わたしにまったく我慢がならないのよ」

「この頃は誰もが苛々してる、このひどい雨のせいで……。雨期はもう終わっててていいはずなんだけど」

「そう？……」

「たぶん、あなたも、この天気で気が滅入ってるの」

「去年、雨期は少し体験した。それで気が滅入るってことはない、それどころか、雨が降れば室内にいられて嬉しい。わたしとしたら、こんな嫌な七五年って年が終わるまで雨であってほしいくらい」

「……」

「しばらくいられる？　それとも、とっても急いでる？」

「いいえ、アニータ、さっきも言ったけど、一緒にいられる。でも、わたしに話したいことがあるんでしょ、なのに、避け続けてる」

「ベアトリス、時間をむだにさせて恥ずかしいわ、あなたみたいな忙しい人に。前は迷惑かけたことなんかなかったんだけど」

「さっさと話してみて」

「それが、簡単じゃなくて……。あなたが思ってたとおりだった、アルゼンチンから悪い知らせが来たの。でも、医者とも話さないといけなくて、あの医者はわたしをどう扱っていいのかわからないみたい、だから責任をとらない」

「……」

「毎日来るけど、すぐに行ってしまうし、何を訊いても答えてくれない。たとえば鎮痛剤。毎晩、注射するんだけど、何だかおかしな具合になる、うまく効いてないと思う」

「それで、その医者は何て言ったの？」

「鎮痛剤を中止してください、痛みが出るのを待って注射して、どうしてこんなに鎮痛剤がいるんですかって言ってやったわ……。すると、その返事がね、遅効性のものはこれしかない、痛むまで待っていたら即効性の鎮痛剤を使わなくちゃならなくなる、その薬にはまた別の悪い副作用がある、そう言うの」

「もっともな話でしょ？」

「納得いかないの。何しろ、注射されるたびに悪くなるような気がする、自分の頭が自分のじゃないように感じる。そしてそのあと、放射線はいつからって訊いたら、おかしな顔でわたしを見た」

「信用しなさすぎじゃない？」

「ベアトリス、腫瘍の手術を受けた人はみんな、手術後、予防に放射線をあてられる」

「みながみなじゃないでしょ、そんなこと、信じられない」

「その医者がそう言ったの、でも、あんまり自信なさそうだった。それに、冗談を言った、あなたは手持ちのアルゼンチン・ペソを勘定したほうがいいんじゃないですか、あまり長いこと余裕があるってわけでもないでしょうし、なんて。いつもそんな調子なの、どうしたらいいのか、誰もよくわかってないみたい」

「でも、しばらく経過観察するってことになったのはよかったわ」

「他の医者なら、退院許可を出してる。あなたがわたしだったら、どうする？」

「アナ、差し出がましいことは言いたくないんだけど、でも、アルゼンチンから来たあなたの友だちと何があったか話してくれないと……どうなってるのか、さっぱりわからない。彼が現れるまでは、あなたはもっと落ち着いてた」

「彼が来る前から、もう変な気分になりはじめた」

「でも、彼が来てからよ、あなたの気分がよけい悪くなったのは」

「彼がフアン・ホセ・ポッシ、前に話したあの人」

「あなたが話してくれたのは、とてもお金持で、ブエノスアイレスではたくさんプレゼントしてくれたという人。でも、やがてあなたに厄介事をもたらした」

「いいえ、その人じゃない」

「来たのは、あなたのご主人だなんて言わないでよ」

「いいえ、そんなことありえない。それだったら、恐怖のあまり死ぬわ。それに、夫はわたしと同じ名前」

「あなたが彼と同じ姓、と言いたいのね」

「もちろん。でも、わたしがあなたの前で人を褒めたのは、ポッシだけ。弁護士なの。言いたくてたまらなくなっても、お願いだから、誰にも言っちゃだめよ。実は、彼、ここにいるの」

「落ち着いて」

「彼がわたしに何を言いにきたのか、それはあなたに言えない」

「それで、あなた、彼に会って嬉しくなかったの?」

「いいえ。わたしに会うために旅行をしたわけじゃないから。頼みごとに来たの、内容は言えないけど。とにかく、連絡もせずに姿を現したのが気にいらなかった。わたし、化粧してなかったんだから」

「アナ、今日はとっても神秘的」

「そんなことないわ……。手を貸して……。ほんとよ、どれほどあなたに来てもらいたかったか、わからないでしょうね」

「……」

「ベアトリス……わたし、今まで、自惚《うぬぼ》れ屋たちとしか知り合ってなかったのかな？　わたしに近づいてきた男って、みんな、そうだった」

「でも、そのポッシとかいう人はいい人だと、あなた、言ってる」

「ええ、とってもいいところがあるの……でも、女が必要とする男かってことになると……また話は別」

「どんな人、アナ？」

「一人前の男、若い男の子じゃなくて」

「だったら、わたし、その人と誰かを混同してる。ポッシって政治犯たちを弁護してる人じゃなかった？」

「そう」

「とっても勇敢で、いつも危険を冒してるって言わなかった？」

「わたしには勇敢じゃないの、一度もほんとのことを言ってくれなかった」

「……」

「それに、彼にとっては、わたしはそれほど大事な人間じゃないの、奥さんやお子さんたちのほうがずっと大切だった」

「あなた、どういったタイプの男性を望んでたの?」

「ベアトリス、フェミニストってみんな同じね。あなたたちとは誰も話ができないわ」

「……」

「たぶん、優れた男性のことなんか……少しも想像できないんじゃない?」

「誰より優れてるの?」

「他の人たちより上。わたしより上」

「……」

「わたしはたいした人間じゃない……」

「自分のことをたいした人間じゃないと思っているなら、たいした人間である誰かを、どうやって追いかけられる? そのことで嫌みを言ってもらうため?」

「嫌みって、どんな?」

「それよ、あなたがその人より劣った人間であるってこと」

「いいえ、そんなじゃないの。でも、自分の言いたいことが、もっとはっきりしてきたみたい。あのね、ベアトリス……あなた、自分のすぐそばにいる男性を褒めるとき、積極的なところがないんじゃない?」

「いったい、何が言いたいの?」

「つまりね、いい……。そばに誰か優れた人がいれば、そのことがわたしに刺激を与えるかもしれない、でしょ？」

「そうね、そうかもしれない……。でも、わかってるんでしょ、ふつう、どうやって男女のカップルができあがるか。男がどこか劣った女に近づくというのは、そんなのが好きだから……言ってることわかる？　つまりね、劣っているから、その女が好きなのであって、その女に他の可能性、自分を向上させる可能性を見出すからじゃないの」

「あなたって、すごいペシミストね」

「アナ、気を悪くしたら謝るけど、でも、これだけは知りたいの、彼はあなたに、何というか、つまり、あなたたち二人の間のことで、何か頼みに来たのかどうかってこと。たとえば、離婚して、あなたと結婚したいとか」

「いいえ、あの人は自分のことで来たの。ベアトリス……悪いけど、今日は、ちょっと我慢してほしい」

「お好きなように……。少なくともあなたのお母さんからは何かことづかってきたんでしょ？」

「いいえ、彼は母を知らない」

「手術のときどうして彼女が来なかったのか、一度も話してくれてない」

「来てほしくなかったの」

「ここに来てもらってはまずかったの？」

「ベアトリス……脱線しないようにしましょうよ。冗談はさておき、あなたに話したいことがあるの。でも、お願いだから、後でその話をだしに反論しないで」

「いったい、何なの？」

「ベアトリス、わたしには生きる意欲を与えてくれるものが一つだけある……それはいつか、出会う価値のある男性と出会うって思うこと」

「……」

「何も言わないのね？」

「何のために話すの、わたしがどう考えてるか知ってるのに」

「もちろん、あなたはこの世ですべてを手に入れた。立派なご主人に、素晴らしい子供たち、好きな仕事、何かを夢見る必要なんかないでしょ？」

「とんでもない、少し夢でも見たいわ、でも、暇がないの！　いい、今日はね、あの強姦されたメイドの一件で、午前中ずっと弁護士たちと一緒だった。わたしたちの運動が彼女を守ってるの、先例を作るために。毎日がそんななの」

「でも、それがいい気分にしてくれる」

「アナ、今度あなたが話したくなったら、来るわ。でも、今日みたいに急用だなんて電話しないで。わけもなくびっくりさせるんだから」

「ごめんなさい、でも、電話したときは気分が悪かったの。ほんと。よくなかった」

「そしてこうやって来てみると、あなたは話そうとしない」

「ほんとに話したいのよ」

「でも、わたしに助言を求める、ところが、わたしは意見を言えない。あなたは何もかも隠してる、どうしてアルゼンチンを出たのかってことさえ、いまだに話してもらってない」

「お願い、今日はだめ、気分はずいぶんよくなってるけど、そういったことをあれこれ話し出すと、気分がまた悪くなりそう。いつか、話すわ……。あるのよ……とっても大事な話が、それはほんと。今はそうとしか言えない。でも、ポッシはときどき大げさになる、彼の話を本気にしていいのかどうか、わたし、わからない」

「……」

「彼の話だと、とっても大切なことがわたしにかかってるって」

「……」

「つまり、とても大切な人の身に何かが起きるかもしれないってこと」

「……」

「ある人の命が。でも、ポッシの話だから」

「どんな話?」

「今度、うまく説明するわ。今日はちょっと気弱になってるの、でも、頭痛はしない。だから、わたしの午後を台なしにしないで」

第二章

一九七五年十月、メキシコ

日記をつけようという気になったことは一度もなかった。なぜだかわからない。暇がなかったせいかもしれない、考える時間はあるのだけど、そう、わたしは一日中考えごとをしてる。正直なところ、こんな分類にあてはまるかどうか知らないけど、一日中考えに考えてるようなタイプの人間、もしくは女の一人。一日中、よく考えることしかしない。でも、そう、他のことをしてても考えてる。誰もがこんなだとは思えない、違う、ありえない。たとえば、スーパーマーケットでリンゴを選んでいるとする、すると、どうしてかはわからないけど、そのリンゴを過大視する、そのリンゴを銀の果物皿に乗せて出したら、特別な客がそれをかじったら、わたしが自分で食べたら、まるでそのリンゴが一つの人生の、あるいは二つの人生の針路を変えてしまうとでもいうくらい。そして、青いハンカチにするか空色のにするかというときは言うまでもない、その選択には全人類の運命がかかってくる。抽象論に熱狂？　それとも、退屈な愚かしい迷信に？

前は運命のこうした罠のなすがままになるのをちょっぴり楽しんでいたけど、ここ数週間はもううんざり。それとも、危険がありすぎることに嫌気がさしたのか。入院してもうほぼ五週間。どうして奇数が怖いんだろう？　この日記をつけはじめるには、何か特別な理由がなくちゃいけない、でも、何にも思いつかない。

しばらく中断しなくてはならなかった、窓から突風が吹き込んで紙を吹き飛ばしてしまったから。ノートのほうがいい、もっと便利になるから。紙を拾い集めてもらうために看護婦を呼んだら、二十四まで数えたときに部屋に入ってきた、二十四は二、四、六の倍数だから、きっとこの日記の滑り出しは上々、でも、偶数がいっそういい運をもたらすような気がするのはなぜ？

でも、わたしたち、この日記をつける理由に戻りましょうよ。ちょっと待って、どうして、戻りましょうよ、だなんて言うんだろ？　もしかすると、わたしは独りじゃない？　それとも、この日記は誰かにいろんなことを話すための口実？　誰にだろう？　それとも、自分自身と話してる？　わたしは二つに分裂してる？　わたしのどの部分が他のどの部分に話しかけてる？　ほんとのところ、わたしたちっていう言い方は、ここのメキシコ人たちじゃないけど、神経にさわる《メ・カエ・ゴルド》。アルゼンチンだったら、メ・カエ・ペサードって、わたしたち、言うでしょ。言うでしょ、って、これもまた同じね。わたし、何かを、つまり誰かと話したいという欲求を隠してるように思える、ただ、それが誰なのか、いくら考えてもほんとにわからないけど。たぶん父さん、生きていれば。母さんじゃない、だって、母さんがどう答えるかは完全にわかってるから。母さんのお説だと、女ってのは誰でも問題を抱えている、なぜなら問題を抱えたがるから、女じゃなくて男であろうとするから。母さんはわたしの娘の世話をしている。毎晩、わたしの夫の帰りを待ってる、今も、あのブエノスアイレスで。

　母さんの言うとおりね、それは間違ってる、女という、感傷的な人形というわたしたちの立場を受け入れないなら、どうしようもない。でも、どうしてこんなに動悸が激しいんだろう？　ああ、まったくうんざりする、こんなに感じやすいのは、多感なのは。どうして男の人たちみたいに石でできてないんだろう？　でも、男の人を真似しようとするのは無駄。わたしたちは男の人たちを妬むのは諦めなくちゃいけない。わたしと他の女性、わたしたちは、だなんて、またしてもあの言い方。でも、わたしが話したいのは他の女性とじゃない、なぜって、女の返事ってのはすっかりわかっているから。男の人とじゃないといけない。ほんとに誰かと話す必要があるとするなら、それはきっと、話し相手の反応をわたしが知らないから、その人の返事に興味をそそられるから、じゃないかな？

　ポッシはありえない。わたしは彼のことをよく知ってるから、彼の反応を残らず予測する気になるはず。話したいのは、きっと、父さんとだ。父さんが死んだとき世界は今とはまったく違っていた、父さんはわたしの離婚のどたばた騒ぎ《シルコ》を楽しんだと思う。どたばた騒ぎ《シルコ》、これもメキシコ的な言い方だけど、滞在して一年もたつと、いろんな言葉が身についてしまう。アルゼンチンだったら他の言葉を使ってた。デスピオーレかミロンガ、それとも、デスピポーレ。シルコと言うのが好き。肯定的な言葉だし、もともとサーカスって意味だからシルコには色彩や喜び、情緒がある。わたしはメキシコのいろんなことが気に入ってる。訛《なまり》。テキーラ。残念なことにここの男たちが何を考えてるのかさっぱりわからない。不思議《ミステリオ》。それとも、あのお婆さんがラジオのコメディアンを真似て冗談で言ってたみたいに「不知議《モステリオ》」かな。わたしはとても幼かったから、あのお婆さんが「不知議」って言うたび笑いこけた。彼女が大好きだった、でもほとんど家には来なかった、人のいいあの家政婦の伯母さんだった。あれほど誰かを好きになれるってことはとっても素晴らしいことだった、わたしはそんな愛情を胸に抱いていた、彼女に会うたび、そうした熱いもので胸が一杯になった、わたしは胸に熱いものを抱いていた、胸一杯詰まっていたのは焼き栗？　それとも揚げたてのドーナツ？　何なのかしら、でも、それは、彼女を喜ばせるもの、彼女がとても気に入りそうなものだった。彼女のためにこうしたことを書いてるんだろうか？　いいえ、ひどい錯覚、かわいそうなお婆さん、彼女にはわたしの言葉は一言も理解できそうにない。

もしかすると、わたしの望みはもう一度子供になって、あの頃のように彼女と話をすること。そうなんだろうか？　そうは思わない、いいえ、絶対、そうじゃない。もう一度子供になるってことは楽しめなさそうだもの。楽しいことがあるとするなら、それは、たとえどんなにひどい経験であったとしても、何らかの経験をもとにして女が抱える問題に向き合えるってこと、そうでなかったら、もう一度子供になって、まだ何も知らずにいるというのは、どうにも退屈。でも、あの頃みたいに、人を好きでたまらなくなりたい。

わたしは自分自身さえ、あんなふうには好きになれない。他の誰よりも自分はだめ、なぜって、わたしが何より辟易するのは自分自身、もう知りすぎてる自分の反応なんだから、でも、それじゃ、なぜそれを書き留めているんだろう？　そう、認めなくちゃいけない、考えられる理由の一つは恐怖、わたしが書いているのは自分が死ぬかもしれないってことを考えないため。それにしても変ね、わたしたちが死ぬかもしれない、と今は言わなかった。

　はっきりしてるのは、わたしたち、なんて言い方をしないといけないとときどき感じること、ということはわたしは誰かと接触しようとしている。前世のわたしと？　たとえば二〇年代に絶頂期にあった女性。でも、わたしたちは同じ立場にある、ひどくかけ離れた別の時代の女性にあらいざらい話すのは無駄かもしれない。でも話してもいいんじゃない？　二つの大戦にはさまれたあの時代は女性にとってはいい時代だったはず。神秘的で、物憂げで型にはまっているというのは素敵。

　ベアトリスならどう言うか、もうわかっている。型にはまった、神秘的で物憂げな物だなんて、あくびがでそう！ってとこね。でも、ベアトリス、そうした生き方はともかく神秘的よ、自分自身の美しさに溺れ、自分自身のために生きるっていうのは。物、でも、大切な物。小さな装飾品《ビブロ》、大型陶磁器《ポティシュ》。そんな名前は今じゃ滑稽に響くけど。以前はどんなに強烈な印象を受けたことか。今は、かわいそうな女たちと同じように、それが物であるということだけで、もううんざりする。それとも、憐れんでる？　でも、わたしたち女ってのはそうしたもの、自分を変えようとしたって無駄。でも、わたしたちがいつも自分に気を配り、綺麗になるっていうのは素晴らしいことだとわからなくてはならない、なぜって、誰かが女に興奮するのを見るのはとっても楽しいことだから。もちろん、不細工な女は除外されてる、だから、そんな女たちはフェミニズムで悩ませる。こんなことを考えてると、あの時代の女性と話がしたくてたまらなくなる。

でも、違う、そうじゃないような気がする、わたしが話をしたいのは父さんとだ。でも、それはどうにも実りのないこと。そうじゃない？　ええっと、そんな必要がある？　きっと父さんがわたしにとってどういう存在であったかに関わってくるはず。そう、父さんがどんな人だったか、実のところ、わたしには知りようがないんだから。とても賢くて、とても公平で、とても静かな人だったように思えるけど、一方では、母さんみたいな女性が父さんを幸せにしたんだから、疑わしい。どんなことにでも、正しかろうが間違っていようが、妻が、はい、と返事するのを本当に気に入っていたんだろうか？　それなら小犬か、おとなしいけど骨の髄まで不実なアンゴラ猫でも飼ったほうがいい。父さんが死んだ、あの五九年十一月七日、わたしはまだ十五になっていなかった、友だちのお父さんたちは娘の十五歳の誕生パーティでは娘に最初にワルツを踊らせるのよ、とわたしが言うたび、口のパイプをとり、あらぬ方を見つめながら、そうじゃないというようにそのパイプを動かしたものだった。そんなワルツは父さんには滑稽で芝居がかっているように思えた。たぶん、踊れなかったからじゃないかな。次の手紙で、母さんに訊いてみよう。

それに、あと数年であの子も十五歳の誕生パーティを迎えるけど、父親が喜んであの子をダンスに誘うということも考えないと。型どおりにする人だから。ほんとに嫌になるくらい味わわされた。思い出すのは悪いところばかり。あの人と関係のあることは何もかもうんざりする。そして今、何千キロも離れたところにいると思うとほっとする。ただでさえこの病気で苛々してるのに、あの人がこの病院に入ってきて、心配する元夫の役を演じるのを見るなんていう胸糞の悪くなるようなことが重なったら……ああ、なんて嫌な人、いつもそんな役をしているなんて、あの人は舞台で演じているような印象をどうして与えるんだろう？　うまく演じるけど、作為的な俳優みたい。フィトには変なところがある、自分が感じていることを人にそっくり示してみせないと気がすまない。そしてあの人は全然何も感じてないんだと思う。何にも！　何にも感じないってことを感じてる！

父さんが生きていたら、あんな間違いをさせなかったかもしれない。どうなんだろう。フィトはフィトでいいところがあった。とても頼りになるし、とても人を庇《かば》う、とても意志が強く、それでいて、とてもセクシー。それに、とてもてきぱきしてて、山羊座の人ってなんて恐いんだろう。とても逞《たくま》しくって我慢強い、なぜって、生まれてからずっと――だと思うけど――、弾丸も通さないくらいのあの鎧を身をつけて生きているんだから。でも、あの鎧は何でできてるんだろう？　どうなんだろう？　でも、ああそうだ！　あれは棺桶みたいなもの。だからこそ何にも感じない、死んでるんだから。そして彼は、独りで、とても気分よく自分の棺桶におさまってるのよ。そのくせ、自分は全身感情の塊って自慢する。何も感じてない、でも娘だけは別。そう、クラリータを愛してる、それは認めないといけない。それは確か。クラリータに何かあると彼はがっくりする、娘にべったりで生きている。だったら、感情のない人間だなんてどうして言えるんだろう？　彼のほうこそ、お前には感情がない、とわたしに言えそう。わたしはクラリータのことを全然考えないんだから。思い出しさえしない。そして自分が母親だってことも。だとしたら、わたしは感情についてああだこうだ言えるんだろうか。

木曜。今日、日記を再開。最初の求婚者を家に連れてきたとき、父さんはうろたえた、と同じ中高等学校の、背の高い金髪の子が話してくれた。彼女の父親は悪魔にとり憑かれたようになった。かわいそうになるくらいその男の子を蔑み、家に忍びこんだ泥棒みたいに扱い、その後、何日か彼女と口をきかなかった。わたしの家では、母さんが何週間も寝られないことがあったけど、あれは男の子が学校の門の外でわたしを待っていて、音楽学校でのレッスンまでの待ち時間をずっと一緒に過ごしてるのを知ったときのことだった。母さんはその子がわたしに何かしやしないか、母さんの言い方だと、「わたしを興奮させる」ために、コカコーラにこっそり薬を入れるんじゃないかとひどく心配していた。あの頃はそんな錠剤のことがよく話題にのぼった。媚薬。もう長いこと誰もその薬のことは口にしないけど、ほんとにそんなものがあったのだろうか？　これも医者に訊いてみたいことの一つ。

父さんはわたしの求婚者を一人も知らずじまいになった。いったい、どんな反応をしただろう？ベアトリスの言うように、絹のクッションとクッションの間に、アンゴラ猫みたいな小さな魂をもった一家のお飾りが坐っている、やがてある日、一人の男がやってきて彼女を別の家に連れていきたいと言い出す。でも、違うわ、わたしはどうにも不公平、大げさすぎる、嫌なくせにベアトリスに感化されっぱなしなんだから。ほんとは親は娘が結婚するのを喜んでいたのよ。親たちが嫌がったのは恋愛が娘たちの学業を中途で終わらせてしまうこと、卒業すれば、その後の人生でいっそううまく自活できる、夫にそんなに頼らなくてもすむんだから。これは、ベアトリスに使ういい論法ね。

今日は九日、土曜。こうしてまた綴《つづ》るけど、前に書いた分は読む気がしない。何だか怖い。何が？普段の自分よりも馬鹿に思えるってこと。ノートを頼むのを忘れてしまった。フィト。面と向かってあれこれ言ってやりたくてたまらない。でも彼を前にすると、彼のことをどう思ってるか、それを口にする気になれなかった。怖かったからじゃない、どうして黙り込んでしまったんだろう？　あの腫瘍は鬱憤のせいだったと思う。今、あの人が目の前に連れてこられたら、自分の考えを彼に言う気になるか、それとも、ならないか、それがわからない。彼に言わせると、離婚はわたしにとって一歩後退だった。でも、今、この紙に、離婚は一つの進展だったとはっきりさせておきたい。なぜなら、全体としては、トラブルがあり、明らかな前進があったのだから。そしてそれを列挙したい。無駄な疑問はいらない。そんな疑問は時間の無駄、頭がこんがらかり、考えさせてくれない。でも、どこから始めるか、それがことね。要は、家では自分が指図すると彼がわたしに納得させたのはいつかってこと。いいえ、あの人は自分が指図したほうが都合がいい、そんなふうにわたしを納得させたのよ。

思い出すだけで腹が立つ。なんて嫌な人！　もちろん家では男が取り仕切るほうがいい、女よりしっかりしているし、合理的なんだから。でも、もちろん、フィトみたいな間抜けなら話は別。男、本物の。この先、いつか、本物の男性と出会えるんだろうか？　フィトの前には誰もいなかった、学校の友だちくらいのもの。彼はもう工学部を卒業するところだった。「文学部は金にならないけど、そんなことは全然かまやしない。生活費はぼくが稼ぐ、それに卒業したければ卒業したらいい、でも、結婚をこれ以上待ちたくない」。それじゃ、それが最初の悪い一歩だったんだ。つまり、お金にならない道を選んだこと、それも一つじゃ足らないとでもいうように二つも。文学部にピアノ、でも、それは父さんを喜ばせるためだった。文学部卒業というのはお金にならない。あたりまえよ、召使が二人、オペラのシーズン・チケット、海で三か月避暑なんていう、それまでに慣れ親しんだ暮らしを続けられるほどのお金には。最初の悪い一歩、それは間違った学部選択。それとも、そうした生活水準がとっても大切と思ったとき間違ったのか？　そう、それは大切だった。わたしはそうした生活に慣れていた。そして彼はそんな生活をさせてくれた。その上、わたしは彼がとっても好きだった。とっても。愛撫。キスして。髭で軽く触れて。でもそこでストップ、彼はその先には進まなかったのだから。

よく考えてみると、家でのあれほどの快適さに慣れていなかったとしても、どのみちフィトの術中にはまっていたかもしれない。彼がどんな条件を言っても――もちろん結婚の条件だけど――わたしは受け入れたに違いない。彼が欲しくてたまらなかったのだから。それじゃあ……最初の悪い一歩というのは彼に対する欲望を進んで取り除かなかったことなんだ、そんな熱を取り除き、適度なところまで下げてやる。そして、そのとき、ありのままの彼を見て、彼という人間を知る！　彼はこの世の美徳をすべてそなえてるなんて想像しないようにする。

でも、それは違う。みんなベアトリスの影響。自分ではないものに思われようとするのは無駄なこと。それじゃあ、どうしてこの日記をつけるのだろう？　本当のことを言うためだと思う。自分に嘘をつくことから始めていたら、どこにも行きつきはしない。今までいちばん好きだったことはフィトとの愛撫。あれがいちばん刺激的で楽しかった。そして、新婚数か月の間。それじゃあ、前に欲望を取り除いておかなくてはならなかったというのは疑わしい。新婚初夜、そして、そこにいたるまでのすべて、白ずくめの結婚式は夢みたいなものだった。その後はすべてが破綻したけど、始まりの素晴らしさを忘れる必要はない、そんなことをすれば、わたしとしては不公平になりかねない。独身時代、母さんの家でフィトと、もうだめというくらい興奮し、そのあと、結婚したら自分がどうなるか独りで考えていたけど、それは素敵だった。小さなベッドで独り、恋の悦びを想像していた。そしてそのあと、現実がすべてを凌《しの》いでしまった。残念ながら、あっという間のことだった。その思い出に満足しないといけなかったのかもしれない、それだけの価値があったのよ！　でも、ほとんど続かなかった……。

なんて情けない運命《ピンチェ》。ピンチェ、ここの人たちはそう言う。アルゼンチンでは、なんて言うんだろう？　ボルード？　でも、ボルードという言葉は、アルゼンチン人ならみんななりたがっている「抜け目ない」の反対語。ところがピンチェは情けないこと。考えてみると、情けないというのはメキシコ人が誰一人としてなりたくないもの。そして、馬鹿げたことになるんだろうけど、わたしは何かを信じたいのかもしれない、ちょうど、昔、恋を、恋でうまくいくことを信じてたみたいに。あの頃は、独身時代は、なんて想像力があったのだろう。ええ、今も同じ、でも今は嫌なことのため、びっくりするため。もう、とっても素敵なことを想像するためじゃない。そう、それが図星、わたしの心の中で消えたのはその小さなランプなんだ、なぜって、何かをどうにも欲しくてたまらなくなるには、何かに野心を抱くには、何かのために闘うには、その何かを盲目的に信じなくちゃならないのだから。そう、信じるって、みんなよく口にする、でも、まだ現実じゃないものを信じるというのは、そう、それは信じるってことじゃない、夢見るってこと。でも、それは夢見るってことでもない、それは、それは別のこと。何だろう？　そうね、それはきっと……何かを想像しうるってこと。以前、わたしはみんながあっと驚くようなことを想像することができた。でも、今はもうだめ。想像したくないっていうんじゃない。単に想像力が働かないだけ。

でも、話が枝葉末節にとらわれてる、話したいのは何が悪い第一歩だったのかということ。結局、最初の悪い一歩は結婚前に関係を持たなかったことじゃないということになった。じゃあ、最初の悪い一歩って何だったのか？　あーあ、少し疲れた。続きは明日にしたほうがいい。たくさん書いて疲れるのが好き。働いてたときみたいに、眠気に勝ったような気分にさせてくれるもの。あれはとっても素晴らしかった。あの時代のことを思い出したい、でも、それはもう少し先、やがてそうなる。寝よう。

日曜。問題は悪い一歩。きのう書いたこと、つまり、生きるためにはたくさんのものが、たくさんのお金が必要だったというのは疑わしい。それほど必要じゃなかった、中高等学校で何か授業をすれば、充分だったはず。えーと……娘はいない、両親の面倒はみなくていい、それなら、何があれば事足りたのだろう？　落ち着いて暮らせる小さなアパートを手に入れること、それだけ、別れた後手に入れたみたいに。車も特別な休暇もなし。高価な服に頭を悩ますことだって。わたしはとってもスタイルがよかった。こんな病気のあとじゃ、きっと、前と同じっていうわけにはいかない。このとっても微妙な年齢、ぞっとしない三十代直前というところにぴったり。でも、たぶん三十代というのはそれほど嫌なものじゃない。逆に、女が自分の望みを知りはじめるとき。

　そうだ、忘れないうちに書いておかなくては。ゆうべ、眠りこむ前、わたしがフィトを見放したのはいつのことだったか、それに気づいた。というのも、結婚して数か月たたないうちに、朝、目が覚めるとときどき頭痛がするようになったから。そして、頭が痛むのは何のせいだろう、何か食べ物が悪かったのだろうか、それがわからず、なんだろうと頭をしぼって考えたものだった。そして、ある日、気づいた、頭痛が始まったのは人を呼んで夕食をご馳走することになったその朝からだということに。それというのも、お偉方を夫人同伴で食事に招待しようとフィトが言いだしたから。フィトは、あの会社の社長、この会社の重役、その他、どこそこの誰それを招待したほうがいいと言い張った。ある日、忘れもしないけど、彼は自分で作ったリストを見せた、国中の重要人物の名が並んでいた。もうブエノスアイレスのお偉方だけでは満足していられなかった。彼のプランはすべてを抱き込むこと、国全体といい仲になることだった。そのリストを読んで卒倒しそうになった。リストは秘書にタイプさせたものでルカレジ夫妻という名前のあるファイルに入っていた。そうして、彼は自分の思いどおりにした、そして今では誰からも一目置かれ、彼の分野のトップにいる。

　そしてその日、わたしたちは初めて口論を、初めて真面目な議論をした。ぼくたちの招待客、つまり、お偉方とその連れ合いが愚かだなんて文句を言うな、と彼は命令した。わたしは自分の耳が信じられなかった、わたしがそうした連中を批判するのがどうしてそんなに気にさわるのだろう？　みんな商売上の戦略でしかなかったのでは？　口論は醜悪なもので、最初のとき、わたしは寝室に閉じこもって、ボクシングのリング、いいえ、もっとひどい、そう、まるでローマの闘技場で、やがて牙をむく野獣を前にしているみたいだった。あの日、彼はどうしてあんなに腹を立てたのか、わたしは何年も自問した。

離婚でごたごたしていた頃、母さんは一つの説明をしてくれた。母さんが言うには、もし彼がそういった愚劣な招待客たちと気が合うのなら、彼の言うこともっともだよ、なぜって、その連中にそっくりなんだから。わたしはすごく腹が立った、というのも、母さんがそう言ったのは、わけもなく家庭を破壊した責任をわたしに負わせ、彼を弁護するためだったのだから。母さんが言うには、彼は他の人たちとそっくり、そしておまえは違ってる、それか、違っていようとしてる、そのくせ、心底ではそうじゃない、なぜなら、いい暮らしをするのが好きなんだから。そして母さんが言うには、彼は一度だっておまえを騙したことはない、彼はいつもああいう人だった、だから今はおまえが我慢しなくちゃいけない、完全な夫なんていやしないんだからね。悲しかった、なぜなら、わたしは彼をもっと違う人間のように想像していたから。そして、まずいことに、わたしはクラリータを産むことにしてしまった。そうすればすべてがうまくいくと想像したから。赤ちゃん一人で家の中がどんなに素敵になるか想像した。

ベアトリスが来たので中断した。わたしが髪を真ん中から分けて肩まで垂らしているのを見てふと思ったのだろうけど、わたし自身、もう何年も耳にしなかったことを彼女は口にした。あなた、ヘディ・ラマーにそっくりねって。彼女の写真はもう長いこと見ていないけど、小さい頃はいつも決まって、似てるって言われた、もちろん、今はもう彼女は映画に出ないし、誰も覚えていない。彼女を閉じ込めた夫との顚末も。ベアトリスは、彼女の事例は研究されるべきだ、と言う。なぜなら、世界有数の金持ちの一人と結婚したのに、映画でのキャリアを積むために家庭を棄てるほうを選んだのだから。これまででいちばんではないにしても、最も綺麗な女優の一人ではある。今も綺麗なのかな？彼女の今の写真が見てみたい。わたしが彼女の年齢になったとき、いったいどうなっているのか、だいたいわかりそうだから。以前、わたしは歳をとった自分のことを考えるのが怖かった。今は違う。どうして女というのは変わるんだろう。誕生日が何回来たっていい、勝手に積み重なっていけばいい。若死にしたくない。いつ退院させてくれるの？　どうしてなかなかよくならない？　いつかよくなるのだろうか？

月曜。わたしは勇気を出した。今まで書いたところを読んだ。何よりもまず、二度と芝居がかったようにはならないと誓おう、というのも、あんなふうに悪い終わり方にしそうだから、何も気を滅入らせるためにこの日記をつけているわけじゃない。読んだあと、思わず笑ってしまった、自分の進歩の足どりをはっきりさせようとしていたから。どんな進歩のことを話してる？　一歩踏み出しても、それは後ろにだった、まるで蟹《かに》みたいに。フィトは喜ぶかもしれない。でも、気をつけて、このパズル全体を解きはじめたばかりなんだから。

さて、今日は枝葉末節にとらわれないようにしよう。クラリータ。わたしに何かあれば、あの子は父親の思うがままになる。まずかったわ、あの子を彼のもとに残すなんて、まずかった、彼が馬鹿げたことをあの子に教え込むかもしれないのに、何も手を打たなかったのは。クラリータは彼を慕っている、でも、大きくなって、あの憐れな人がどれほど浅はかか、気づいてくれるかどうか。ひょっとしたら彼とそっくりになるかもしれない。とにかく、あの子が好きなのは彼であって、わたしじゃない、あの子はわたしが好きじゃない、わたしはあの子を自分のものにできなかった。したくもなかった。正直になりましょう。なりましょう、だなんて、また、あの言い方をしてしまった、わたしが話しかけたがっているのはいったい誰？　それを知らないといけない！

火曜。ポッシが来るまで、まだ少しある。彼とははっきり話さないといけない。残念ながら、今日は楽しいことしか考えたくない。それでも、まったく正反対のことになるだろう。でも、彼が帰ったあと、力が残っていたら、素晴らしいことのリストを作ろう。まず最初に七一年という年、離婚して、ついに働きはじめたあの年はどんなに幸せだったか。その次はポッシとのこと、でも、あれはいいっていうだけのこと。百パーセントいいっていうことは、他になかった？　これっぽっち？　誰だったか思い出せないけど、人間というものは悪いことしか思いださない傾向がある、だから、素晴らしいことが起きたら、忘れないようにリストを作らなければならない、と話してくれた人がいた。七一年のことを何もかも記したい、音楽学校のわたしの先生がコロン劇場に任命されたことから始めて。先生と一緒に働かないかという誘い。仕事、興奮、世界一素晴らしいこと。劇場での丸一日。次々にいろんなことを企画する、それも大衆向けの一連の催し物！　わたしが企画するときは三百人どころか二千人の人が素晴らしい歌声のオペラを観ることができた。それはフィトと一緒に食卓につくことよりも喜ばしい（この言葉はポッシからうつった）ことだった。別居。ポッシ。ファン・ホセ・ポッシとは週に一度。娘とは週に二度。ああ、メキシコでも同じ仕事ができたら。素晴らしいことをしたい、治りたい、働きたい。元気になったら、今度は誰もわたしを止められない。別の岩が道に横たわってるなんていう不運に見舞われることはないはず。あることを、たとえば、信じていなくても悪魔のことなんかを考えると怖くなる。国を、友だちを、すべてを棄てなくてはいけない、そうしないと、悪魔が横切るから。

「ほんとのところ、あなたがここに来た日から、気分がよくないの」

「ぼくの言ったことに驚いたから……でも、アナ、よくない、ほんとによくない、びっくりするのは」

「驚かずにいられる？　とにかく、わたしはあの男が怖いの、わかる？　怖いの」

「アレハンドロはきみを……」

「その名は言わないで！」

「彼はもう、きみに何もできやしない。彼に電話し、本当のことを言うんだ、つまり、入院してます、腫瘍をとりました、全快しないんじゃないかと不安ですって」

「それはほんとじゃない、危険はまったくないって言ってるもの」

「でも、そんなことは問題じゃない、どの医者も、きみが不安であろうがなかろうが同じ。問題は、きみがまた会いたがっていると知ったとき、彼がすぐに会いに来るかどうかってことだ」

「ポッシ、あなたに何がわかる？　今頃、彼は他の女と一緒かもしれない」

「そういったことは全部、充分調べてある。彼はいまだに家やオフィスにきみの写真を置いている、それに、他に女はいない。脇目もふらずにひたすら仕事に打ち込んでいる」

「彼に電話したからといって、ブエノスアイレスからやって来るとは思えない」

「ぼくたちはみんな、来ると確信してる。きみもはっきりわかってるはずだ、あの男はきみにくびったけだってこと」

「それで、いつ誘拐するの？」

「着いて二、三日してから」

「すぐにじゃないの？」

「いいや、そんなことをしたら、きみが疑われかねない」

「それじゃ、わたしは会わないといけないのね」

「一度か……二度は」

「できないわ」

「ぼくたちは彼をどうこうしようって気はない。望みはぼくたちの仲間との交換なんだ」

「当然、わたしは怪しまれることになる」

「いいや。あながち、そうとも言えない」

「でも、訊かれる、それははっきりしてる」

「そこできみは本当のことを言うんだ。彼はわたしの友だち、わたしの求婚者でした、彼に電話したのは病気のことを話すためですって。本当のことをだ。そこが肝腎なんだ、きみは、言わなくちゃならない、具合が悪い、と。来てほしい、じゃなくて。こんなふうにするんだ、きみは彼に電話し、具合が悪いって言う……そして、家族や友人の支えはまったくないって。少しずつ話していくんだ。誰か友だちと話がしたいって。すると彼は言うよ、会いに行くって」

「そう言わなかったら?」

「言うに決まってる。きみは、そう、きみは、来てほしいって頼んじゃいけない。行くって言わせるんだ。彼がそう言ったら、いいえ、来ないで、と応える。そうすれば彼はやって来る」

「でも、面倒なことになったら? わたし、とことん彼を嫌ってる、でも、彼の身に何も起きてほしくない。深刻なこと、殺されるっていうようなことが」

「何も起きやしない。ぼくたちはきみに一つ約束するよ、これは正直な話、もしも人質交換がされなければ、何かがうまくいかなければ、ぼくたちは彼を解放する」

「あなたはそう言う、でもあなたの他の……同志？　仲間内でどう呼んでるのか知らないけど、その人たちはどうなの？」

「同志でいい」

「ポッシ、わたしをこんな面倒に巻き込むより他に妙案は思いつかなかったの？」

「知りたいなら言うけど、ぼくには思いつかなかった」

「でも、あなたはゴーサインを出した」

「悪く思わないでくれ」

「……」

「アニータ。こうすればぼくたちはとても大切な人物を取り戻すことができそうなんだ」

「ぼくたちなんて言わないで。わたしはその人が誰だか知らないし、あなただってその人の名前を言おうとしない。わたしが政治のことをそんなに理解できないってこと、知ってるでしょ。わたしがアルゼンチンを離れたのは他の理由。単に個人的なこと、わたしは政治に首を突っ込んだこともないし、この先、突っ込む気もない。政治はわからないから」

「あの男に抵抗したとき、もうきみは政治に首を突っ込んだんだ」

「何の関係が……」

「……」

「ベアトリスに電話した？」

「してない」

「とってもいい人よ、気に入るわ」

「他の人間に会う気分じゃないんだ」

「それじゃあ、ピラミッドに行った？」

「いいや、落ち着かなくて、アナ。きみから電話がかかってくるのを待ってるんだ、一日中」

「わたしを待ってる？」

「つまり、きみが決心するのを」

「……」

「彼はきみにひどい仕打ちをした、違う？」

「そう、それはそのとおり」

「そしてきみは、彼に対して一つの態度をとった、つまり、亡命するという」

「わたし、政治亡命者じゃない」

「好きなように言ったらいい、でも、実際はそうなんだ」

「ポッシ、あなたって人が理解できない。わたしはあなたたち、左派ペロニストのシンパじゃないのに、どうして、わたしの協力を期待できるの?」

「もう最初の日に言ったじゃないか、きみがどんな決心をするにせよ、その前に、ぼくたちの運動について説明させてくれって」

「いいえ、絶対、だめ。あなたに話させたら最後、きっと納得させられてしまうもの」

「それなりの理由があるんだろう……」

「でも、あなたは腕のいい弁護士、だから、白を黒にすることだってできる、わたし、あなたをよく知ってるの」

「……」

「あなたにとって大切なのは自分の言い分が正しいってこと、いいえ、わたしが言いたいことは、議論に勝つってこと、それがあなたの望み。あなたは議論を始めると正直じゃなくなる」

「ぼくの話を聞いてくれないか、そんなふうに自分の殻に閉じこもっちゃいけない」

「その話には興味がない、それだけのこと」

「ぼくは別の見方をしてる。きみは離れていたいんだ、ちょうど昔の女性が政治から離れていたみたいに」

「わたしは昔の女じゃない」

「ある意味、そうなんだ、政治のことになるととても消極的になる……それはどういうこと?」

「それなりの理由があってわたしはここにいる、そして、ブエノスアイレスにはいない。そんなに消極的だったら、あそこに留まっていたわ」

「きみは留まることもできたはず。きみはあそこで彼と向き合うこともできたはず、アレハンドロと」

「お願い、その名前は口にしないで」

「……」

「わたしが病後だってことは、あなたにはどうでもいいことだって、わかってる」

「あそこじゃ、きみは無条件でぼくを信頼していた。きみは出るべきじゃなかったんだ」

「無条件でって、何のために？　週に一、二度待ち合わせるため？」

「ここに来たのは間違いだったんだ、亡命が正当化されるのは、自国で行動を起こす可能性がすべて尽きたときだけだ」

「でも、すべてを棄て、新たに始めるには、あれがなきゃいけない」

「あれって？　金玉《コホネス》？」

「そう」

「それならそうと言ったらいい。自分の責任で何かを言う度胸もないくせに、自分を解放された人間だと思ってる女性たちもいる」

「すごく攻撃的ね……」

「きみとはできるだけ単刀直入に話したい、ぼくがどれほどきみが好きか、わかってるはず。きみを誤解するはずがない」

「わたしにはわかってるの、あなたが下品になるのは、負けかかっているときだって、ね、よくわかってるでしょ」

「……」

「でも、せっかく、ここメキシコに来たのだから、このチャンスを利用して、少しはメキシコを知らないといけないわ。せめてピラミッドと人類学博物館は見学しなくちゃ」

「……」

「いずれブエノスアイレスに帰ったとき後悔するわよ、何も見なかったことを」

「そう、ぼくはうまく行動していない、きみの言うとおりだ」

「少し気晴らししたほうがいいわ」

「話を聞きさえしてくれたら、きっと……。この前、もう話したけど、ぼくの頼みというのは話を聞いてもらうことだ。落ち着いてね。この運動が意図するものは何か、それを説明したい。それにぼくにはわかってる、きみには政治的にもしっくりくると」

「ポッシ……あなたのせいで頭が痛くなってきた」

「もうこれ以上言えない、きみがその気になったらいつでも……ぼくは来る。そして事の全容を明かすよ。そのあと、決心したらいい」

「でも、今はだめ」

「考えてくれ、でも、遅くとも明日には返事がほしい」

「ごめんなさい、でも、これ以上、一秒でも話し続けると頭が痛くなりはじめる、わたしにはわかるの」

「鎮痛剤を打たれるのかい?」

「ええ、でも、しょっちゅう頼むなんてことはできない。強い薬、些細なことじゃないの。お願い、二度とこんなふうに苛々させないで」

「すまない」

「わたしを苦しめることしかできそうにないのね、わたしの具合を悪くさせて」

第三章

ウィーンの庭園はどこも露に濡れて朝を迎えた。夫には不信感を抱かされていたが、それでも彼女はすっかり話すことにした、「目の下に隈《くま》ができて、蒼白く見えるでしょ、寝ても疲れがとれなかったからなの、悪夢に邪魔されて。なかでも最後の夢が最悪だった、しばらくわたしの話を聞いてくださらない？　心配事が数えきれないくらいあって、そうもできません？　こうしてわたしは、新生ヨーロッパの歩みを押しとどめているの？　電話はチェンバレンから？　総統？　ムソリーニ？　そうなの？　図星なのね？　当てたってことぐらい否定しないで！　それとも、あなたの助言を必死に求めるホワイト・ハウスから？」

夫はヒステリーの興奮を巧みな愛撫で鎮《しず》めた。「ありがとう、あんな気分がもう少し続いたら、何をしでかしていたかわからない、とにかく、ルールの鉄があなたの鋳造所を育てつづけてる、そして、そんな重要人物なら私生活を楽しむ権利はある。もちろん、わたしのことを言ってるんじゃないの……。手短にお話しするわ、数時間前に見た夢というのは……」。夫は今度は優しく唇にキスして話をさえぎる、「わたしを救えるのはあなただけ、なぜって、その悪夢はね、目が覚めてもつきまとうの。夢に見たその醜い男は今はわたしの目の前にはいない、あなたの姿が覆ってくれるから。夢の中で、わたしは誕生日を迎えてた、まだ子供だった、そしてひどい胸の痛みに襲われた。家はお昼過ぎのレセプション、つまり、子供たちのためのパーティの準備が整っていた……」

彼女は話を続けたが、話し終えたとき、彼女が期待したようなコメントは聞かれず、彼は彼で別の話をした。「その女の子、つまり君は、ひどい胸の痛みを感じなかったし、その日曜日にウィーンで自宅にいたただ一人の医者のところへ馬車で連れていかれもしなかった。君が十二歳になったその日、その医者は燕尾服を着ていなかったし、でっぷり太ってもいなかった、そして、君を診察したあと、君のお父さんに、死者と関わりをもってきた人間たちと関わりになりたくない、と言わなかった。彼が言ったのは別のことだった。そして、それも君が気にするようなことじゃない、なぜなら、君のお父さんはその日、そのでっぷり太った医者の家に君を連れていけるはずがないから。彼はそれ以前に亡くなっているんだ……つまり、大戦が終結する直前に。もう、わかるだろ、君の悪夢に怖いところはまったくないことが？　いずれにせよ、お願いだから、そんな話は決して誰にもしないでほしい、わかったね？」

若い女性はよくわかる説明を求めた。「そう、君の悪夢には意味はある、けれど、それは不吉な知らせじゃない、予感なんかではないんだ。どういうことなのか、今から説明してあげよう。君はとても小さい頃、聞いたことがあるかもしれない……つまり……死者との交際について。いや、そんなに急いで否定しないでくれないか、君の記憶はきっとその話を無意識の底にしまい込んでしまったんだ。君のお父さん、つまり、教授は、実験室に狂人か、見神者か、一種の……どう呼ぶかは忘れたが、とにかくそうした種類の人間をかくまった。そしてそんな疑わしそうな目でじっと見つめないでくれないか、その狂人のおかげで、私たちは今、こうして、一緒にいられるのだから。説明してあげよう。大戦中、両陣営の諜報部の上層部に一つの噂が流れた、その噂によると、ある研究者が実験の中でも最も野心的な実験、つまり、人が口に出して言わないこと、文に書かないこと、ただ頭の中で考えていることを読みとるという実験を進展させたという。そして、そこに狂人が登場する、その役目を果たしたのがまさしく彼だったんだ！　そして、その成功は死者たちと交わした契約のおかげと噂された。しかし、人類にとって幸か不幸か、かわいそうに、その男は、フラスコの一つが爆発したとき、秘密を明らかにしないまま死んだ。そのことが戦争の終結を速めることになった。待望の武器は夢と同じように手の届かぬものとなった、ちょうど、君の夢みたいに。そして、人の思考を読むことのできる人間という考えそのものが、あまりに恐ろしいものだったため、誰もがその狂人にまつわる一切を忘れることにした。だが、この世は臆病者ばかりじゃない、そして、何年か前……私は……その狂人の謎を解こうとした。さんざん調べたあと、私は君の一家に出くわしたのだが、君のお父さんが、同じ屋敷の別の部屋で錬金術の古い文献に没頭していたとき、痛ましいことに、狂人が引き起こした爆発がもとで亡くなっていたことを知った。私の調査全体はそこで終わった。というのも、狂人と密接な繋がりを持っていた人間は彼だけだったから。それはそうと、私は一つの奇跡が実現されることを願っていた、ところが別の奇跡が起きた、つまり、私の人生に君が登場するという」

次第に瞼が重くなってきていたが、彼女は、宮殿の夜会は何時から、と訊いた。何も心配しなくていい、時間どおりにやってくるから、ヘアードレッサー、ファッションデザイナー、メーキャップアーティスト、それに新しい調香師は然るべきときに現れる、決まった時間に来るよう言いつけてあるから、そんなことは心配しなくていい、と夫は答える。彼女は、その朝初めて足を踏み入れたウィーンの屋敷の自室を眺めた。眠りこむ前、びっくりするようなその細部のいくつかを目にすることができた。唯一の出口でもある高い入口、飾りのない黒っぽい木でできたその入口の両側は灰色の大理石に刻まれた二人の巨人に縁どられている、一人は苦しげに顔をゆがめ、もう一人はなにくわぬ顔。二人ともうつむき、女主人を見ていない、鼠蹊《そけい》部のあたりで、上になるにつれて広くなっている細い柱から抜け出し、高くさしのべた巨大な腕でペディメントを支えているが、その中では腰をおろした二人の婦人が静かに頬笑みながら、小さな子馬を見つめている。いずれも生身の人間のように見えた。灰色の大理石のせいで蒼ざめて、あるいは、死んでいたが。

若い女性が大広間に現れてから一時間たつと、招待客たちのうっとりとしたような目も落ち着きを取り戻しはじめていた。彼女は彼らの視線にうんざりすることはなかった、それどころか、守られているような気分になっていた。ヴァレンティノ流のタンゴのあと、フォックス・トロットが続き、今はまた仰々しく心地よいウィンナ・ワルツになっている。そのワルツも、着飾った四人の青年が現れ、彼女の夫にうやうやしく挨拶したときには、BGMの役割を果たした、彼らは、実業家が自分の最もその一人に注意を惹きつけられた、その男が誰かを思い出させたせいだが、それが誰かはわからなかった。

男は浅黒い肌で痩せており、まるで女性のような優しい顔立ちだったが、しわがれた声と荒っぽいような仕種から結局、男だということがわかった。彼は女主人から目を離さなかった。実業家がたまたまソビエト大使に呼ばれたため、彼女はここ何日かの間で初めて自分の思いどおりに振る舞えるような自由な気分になった。気にかかる青年にダンスに誘われ、それまでにドイツの首相とルンバを、オーストリアの大蔵大臣とビギンを踊っていたことから、夫に相談せずに、その申し出を受けた。

自分でもなぜかわからなかったが、女主人はその青年に、瞼を閉じて、もう一度開けてくださらない、と頼んだ。青年は言われたとおりにはせず、あなたは天使のようにお美しいですね、と言う。「あなたね、天使というのはいつだって美しいってわけじゃないの。ときには人を脅かしたりするの」、「奥様、天使というのは無邪気さをなくさないうちに死んだ子供たちなんです」、「罪のない人間が死ぬのはいつだってとても悲しい、それが可愛い盛りならなおさら。それに、わたし、考えるの、女の子の天使はいないのかなって」、「きっといますね。未来をよく知っている人間たちの犠牲になった子供は男の子、女の子、両方だったんですから」、「犠牲になった？」、「そうです、奥様、はるか昔には、それは慈悲の行為と見なされていました。未来を熟知し、この世でその子たちを待ち構え

重要な軍需工場で実験をさせるため、個人的に選んで奨学金を給付している技師だった。若い女性はる。画家や彫刻家たちは天使を空《うつ》ろな目つきにしてるでしょ、そんな目の奥に、悪意の影が見え隠れ

ている激しい苦しみを知る者たちは、心を痛めている親たちに子供を葬るよう、それとなく勧めたのです」、「怖い話ね……」、「見方によります。その親たちはとめどなく流れる涙で子供たちを溺死させてしまいたかった、でも、涙が足りなかった。そこで、幼い、生暖かな寝息をたてて眠っている子供たちを枕で窒息させなくてはならなかった」、「あなたって残酷ね、そんな人殺したちに賛成してるみたい……」、「絶望したその親たちが人殺し？　彼らは違います、それなら未来を熟知する者たちのほうです。彼らはたいていいつも本当のことを言った、でもときには、その力を些細な復讐のために使うこともできたのです」

彼女は恐怖の高まりをうまく抑えることができなかった、大広間にはバルコニーに出る扉がいくつかあった、どれも柱に挟み込まれていたが、その柱は細い基部から上に向かって少しずつ広くなり、突然、腰のあたりで本物のような黄金色の布の襞《ひだ》に変わり、そのまま、笑みを浮かべる黄金の女の胸まで続いていく、どちらの側の女も豊かな巻毛を巻き上げて愛らしさを振りまきながら、これまた黄金色の天井を支えている。二人の女性はあざけるように見つめ合っているが、明らかに女主人は落ち着かなかった、「まるで、未来を熟知する人間が実際にいたみたいにお話しなさるのね」、「実在したのです、奥様。彼らは霊との取り決め、つまり、永罰を受けた、自分の目を貸す霊と契約を結んで、その知識に到達したのです」、「誰の目ですって？」、「遍在し、すべてを見る霊、死者の目です」。「霊魂たちは何と引き換えに目を貸していたの？」、「推測するのは簡単です。お祈りと引き換え、罰の軽減と引き換え。生者の最後の休息の時が来たとき、自分たちの罰を分担してもらうのと引き換え。だから、死者たちは現在、過去、未来の合流する時の海に生者を早く近づけようとするのです」、「みんな大嘘ね。誰にも未来はわからないわ」

申し分のないそのペアは参加者の間に奇妙な効果をもたらしていた、誰もが二人の輝きに目が眩《くら》み、一瞬しか二人を見つめられなかった。女主人は自分のパートナーの言葉を否定したが、その大胆さには感心するしかなかった、夫の部下がどうしてそんな口調で彼女に話しかけるのだろう？「奥様、誰かが未来を知っているということが、なぜそれほど怖いのです？　たとえば、人の考えを読むことのできる人間は現実にはいないと言えるのでしょうか？」、「そんな話、聞いたことありません」、「ぼくには、未来を予言することのほうがはるかに害のないことのように思えます。何かを変えようというわけではなく、ただ単に、情報を先取りするだけのことですから。ところが、自分がさらされている恐ろしい危険をまったく予想せずにぼくたちの前にいる、そんな人間の現在の、なまの考えの中にずけずけと侵入していくということは……」、「お願い、もう止めて」。美女は次第に強く締めつけてくる男の腕を振りほどいたが、彼の燕尾服の襟《えり》の折り返しに留められた黄金色のバッジをまた一瞥するにはもう遅すぎた、あれは男の子の天使をかたどったものだろうか？

彼女は何となく数歩動いた。遠くにいる彼女のボディガードの一人が目に入る、グレーの服を着た太ったその婦人は出口のロココ風のアーケードの下で、いつでも彼女に随行する姿勢をとっていた。前は威圧的だったそのボディガードの風采が今は友好的なものに見える。そのボディガードと視線を交わしたが、青年はその視線をすぐ見てとった。彼は説明するのを諦め、パートナーは堂々たる階段を降りた。広い螺旋状のその階段は柱がなく、二人の年老いた乞食が支えていた。たった一個の花崗岩の塊に刻まれたその彫像は肩に階段を担いで、恨めしそうに女主人を見つめていたが、彼女はそんな視線など気にもしなかった。あの青年は誰に似ているのか、そのことだけを何かに憑かれたように考えつづけていた。

ふたたび朝になった。霧はいっそう白くなっており、狭い通りにある屋敷はいずれもことさら黒く見える。リムジンが止まると、グレーの服の婦人ともう一人、男のボディガードが女主人に付き添う。優しく顎に触れる青いベールに顔を隠した彼女は立ち止まり、帝国図書館のファサードを眺める、飾り気のない玄関、二階の長いバルコニー、そのどちら側にも大きなプランターが置かれ、それを男の子の天使が遊びながら見つめている、バルコニーのない三階、その上部はおとなしい子馬の両側からもたれかかる物憂げな二人の女性で終わっているが、いずれも他所者の訪問など気にもかけずに、たがいに見つめ合っている。

薄暗い館内で古い新聞を頼むと、即座に受け入れられた。ボディガードを遠ざけた、自分がどの欄を調べるのか、二人に知られてはならなかった。目当ての新聞、つまり、彼女が十二歳になった日の新聞はすぐ見つかった。何らかの理由で夢に見たその日の出来事を一刻も早く調べる必要があった。だが、何も見つからなかった。その日より前の数日分に、それから、その日のあと数日分の新聞に目を通した。すると、ついに、おそらくは自分に関わりを持つ記事が犯罪欄に出ていた。イニシャルしか記されていなかったが——わたしの乳母と同じ！　と女主人は心の内で叫んだ——あるメイドが奉公先の娘を娘の誕生日に毒殺しようとした。その家に長年仕えてきたことを考慮して実名は伏せられていたが、その女は狂気に憑かれて犯行を犯し、やがて収容された精神病院の独房で、三つ編みにした自分の髪で首を吊った。この憐れな女の遺体のそばから遺書が発見されたが、その本文が、珍奇なものとして、転載されていた、「さよなら、これがあたしの運命、かわいそうな兄と同じ、正気を失くしたので、あたしはこの世を去る。みんな、そう信じるだろう、でも、あたしの兄は一介の使用人に過ぎなかったのに、教授は自分の悪事を隠そうとして兄を狂人に仕立てた。狂っていたのは教授だ、憐れな召使のほうじゃない。彼は自分が疑われないように近親には嘘という嘘をついた。あたしはあの世に行く。そしてこの世には、あたしの罪の結晶、大凶、報われない愛の凶兆の下で身籠った娘を残していく。教授は亡くなった母親を崇拝し、母親があの世でどんなに辛い目にあっているかを考えると夜も眠れず、死者たちと契約を結んだ。契約を結んだ相手は善霊たち。でも、もう認めないといけない頃だ、あたしは彼が、誰よりも美男の彼が死ぬほど好きだった。家にはあたしの他に女はいなかった。教授は母親がいた場所を誰にも譲り渡そうとはしなかった、でも、ある晩、あたしの気持ちを知り、初めてあたしを見つめてくれた。そして、こう言った、私の祈りは聞きとどけられた、母の過ちの償いは私自身があの世でしよう、これでようやく母は憩いを見出すだろう。しかし、その代わり私はこの裏切り者の世で善に仕え、極めて厳格な命令を実行に移さなくてはならない。でも、そんなことがいったい、このあたしにどんな意味があるの、大切なのは彼に触れることだったのに！　あたしは彼が言った言葉を繰り返し、月の光の中で裸になった、白百合の庭はその夜、とても綺麗な宝石みたいだった。彼は、ついさっきまで銀色に輝いていた花を押しつぶすようにして眠り込むとき、夢うつつに何か言ったけど、あたしには理解できなかった。でも、その夜を最後に二度とあたしを見つめなかった、このあたしを！　あたしは今まで誰も見たことのないような美しい女の子をこの世にもたらした、そして、その子を昨日、殺そうとした、というのも、あの子がやがて善ではなく悪に仕えることになるのではと心配になったから、何しろあの子はいつか一人の男に仕えるように躾《しつ》けられてきたのだから。一人の男の召使であれ、すべての男の召使であれ、同じこと。そんなこと、あたしは赦《ゆる》せやしない！　あの子はあたしのように卑屈になってはいけない！　そんなことにでもなれば、あの子を憎んでやる！　だめったらだめ！　それくらいなら、死んだあの子を見るほうがいい！」

新聞の編集者は引き続き、遺書の最後は自殺した女性の涙のせいか、にじんで判読できない、と指摘していた。女主人は努力――超人的な努力？――をしてその記事を読み返し、あれが幻覚ではなかったことを確かめた。続いて母を思い出し、今までの人生で最も穏やかな、苦い涙を流した、この不幸な召使の話を知っている人が他にいるだろうか？　いいえ、いないわ、悪夢の中でこの日付を、この事件の正確な日付を知らされなかったら、長年新聞が載せてきた何百万もの事件の中からそんな記事を見つけられやしないから。

製本された重い新聞の束を閉じると、努力をしすぎたために彼女は気を失った。すぐさま屋敷に運ばれたが、宿命のページはすぐその巻を閲覧した読者にやすやすと見つけられてしまった。その読者にはすべてが造作もないことだった、古い新聞の上に散った涙はまだ湿っていたものの、精神病院で自殺した女が使ったインクよりも安定している印刷文字を溶かしていなかったからだ。その読者は不可解な表情を浮かべてその記事をむさぼり読んだが、襟では小さな黄金の天使が頬笑んでいた。


「ベアトリス、わたし、計画を立てた」

「話してみて」

「落ち着いて考えてから返事をするって彼に約束したの」

「彼の依頼のことね」

「そう。あなたにはすっかり話すけど、依頼の内容は別、それでいい？」

「でも、それなしだと、たぶん……問題がわからないんじゃないかな」

「きっとわかると思う。それじゃ……わたしの計画はこう。まず、わたしなりにそれをよく考える、彼に頼まれたことを、そして、さらにあなたに意見を求める。わたしと彼の関係がどんなだったか、きちんと話す、そして、あなたの意見を聞く」

「……」

「あなた、ここの医者を思い出させるわ」

「どうして？」

「彼は黙ってるの。わたしがどんな症状かすっかり話しても、何のコメントもしてくれない」

「わたしはまだ何も知らないのに、どんなコメントをしてほしいの？」

「冗談で言ったの」

「もう話をそらさないで、わたしは何もかも知りたいの」

「だめ、全部はだめ、言えないこともある」

「わかった、でも、さっさと始めて」

「彼とは学部で知りあった、また勉強しはじめたときに。わたし、ずっと美形に弱かった」

「誰に似てる？　このメキシコであなたの知ってる人、それがわかれば想像できる」

「白人で頬が赤い、両親はイタリア人。髪は茶色、アルゼンチンではよく見かけるタイプで、目は明るい茶色。いろんな人に似てるけど、誰とは言えない。髪はそんなに長くなく、立派な髭。髪はあの人のいちばんいいところ、茶色だけど、かなり明るめ。あなたが質問して。どこから始めたらいいのかわからないから」

「背は高い？」

「それほどじゃない、一メートル八十はない」

「で、他には？」

「どこから始めたらいいのかわからない」

「……」

「彼は授業のあと、一軒のバルに通ってた……」

「……」

「学部の前にある……」

「アニータ、あなた、わたしに何にも話したくないんだ」

「そんなことない」

「しょっちゅう黙り込む」

「わたしたちは他の友だちたちに紹介されたの、そして、最初、彼はわたしに攻撃的だった、まるで特権階級の人間として扱った、というのも、わたし、めかし込んで、午後に大学に行ってたから。きっとそのせいだった」

「そのあとは？」

「あまり会わなかったわ、会っても、いつもほんの一瞬、何しろ、わたしは家に帰って食事《コメール》する必要があったから」

「彼に会ってたのは午後なんでしょ？」

「そう、でも、ブエノスアイレスじゃあ食事《コメール》するって言うの。あなたたちなら夕食《セナール》をとるって言うでしょうけど」

「セナールが正しいスペイン語でしょ？」

「それにあなたたちはお昼に、食事《コメール》するって言う、ところが、わたしたちは昼食《アルモルサール》をとるって言う。

でも、ブエノスアイレスでもセナールと言う人たちもいる。でも、それは滑稽、まるで下層階級の言い方みたいだから」

「どこが滑稽なの？」

「違うの、滑稽って言ったのはそれがまさしく彼と、つまり、ポッシとちょっと関わってくるから。でも、それはあとで話す。いいわ、恥ずかしいけどもう話す。アルゼンチンには下層階級のものって見なされてる言葉があるの、たとえば、赤い《ロホ》とか……女房《エスポーサ》、美しい《エルモーソ》……夕食《セナ》とかいうような。初めてポッシに会った日、わたしは家に帰って食事《コメール》する必要があると言った、すると彼はそれを茶化し、みんながわたしのことを笑った、そしてわたしはスノッブと見なされてしまった」

「それで」

「わたしはそんなふうに躾《しつ》けられたの、家では一度も赤い《ロホ》なんて聞いたことがなかった、いつもコロラードって言ってた。女房《エスポーサ》じゃなくて妻《ムヘール》、亭主《エスポーソ》じゃなくて夫《マリード》。それがどれほどスノッブとか階級にこだわる人間とかいった問題に関わるか、それをわからせてくれたのが彼だった、わかる？　でも、彼は始終わたしにばつの悪い思いをさせた、攻撃的だった。彼はあの波、政治的な波に乗っていたから。トロツキストだった、そのあと、ペロニストになった」

「そうしたアルゼンチンの政治のことは説明してくれないと。わたしはペロニズムってものを理解したためしがないの」

「わたしがよく理解しているなんて思わないで」

「ペロニストに転向した左翼の人たちの問題、それは、わたしには不可解」

「細かいことだけど大切なことが一つ、つまり、わたしは彼のひどい恰好に注意を惹かれたってこと。ブルージーンズで歩きまわってたって言うんじゃないの、そんなことはたいしたことじゃなかったはずだから。そうじゃなくて、使い古した上着に、薄くて短い、流行遅れのズボン、ズボンの裾が靴に届いてないの、冗談じゃなくて。そして、わたしはときどきポケット版の心理学を利用するんだけど、それがけっこう役に立ってね。聞いてて。わたしの推論はこうだった。この人はとってもいい男だけど、とってもひどい恰好をしている。それは見かけに構っていないから、他のこと、もっと大事なことに夢中になってるからだ。でも、すぐにわたしの離婚のごたごたになった」

「……」

「六九年のこと。その後、ある劇場での初日に彼と出くわした。わたしはびっくりするほどエレガント、彼は相変わらず例のズボン、ネクタイの結び目は手垢にまみれ、朝、裁判所へ行くために着て出た服のまま、家には夜まで戻らなかったの。そして彼は劇場の出口でわたしを誘った、つまり夕食《セナール》するのはどうってね。冗談めかしてそう言ったの」

「あなた、言い直したの？」

「いいえ、きちんとした言い方ねって言った、だって、夜の十二時過ぎにはセナールって言えるから」

「それで、彼は？」

「わたしがその劇場のそばの、流行っていないレストランを選んだ、もっと落ち着いていられるように。そしてそこで、彼はわたしが警戒を緩めているのを見てとって、訊いた、きみは人を分類するのかって、それともっとひどい言い方だったのかも、ええと……きみは、食事《コメール》をするって言う代わりにセナール、綺麗《モノ》って言う代わりにエルモーソというような言葉を使ってる人たちを拒絶するのか。彼の言うとおりだったから、苛々した。彼ははっきり言ったの、そういった言葉は長年にわたる駆け引きで、そんなふうに、評判の悪いものになってしまったんだ。上流階級の人間によって。何もすることがなくて、罠を……彼はなんて言うんだろう？　そう、社会的にはい上がろうとする人間に罠を仕掛けようとする少数グループによって。そこで連中は同じ意味を持つ言葉を選んだ、たとえば赤い《ロホ》とコロラードといった、そして、その片方を悪趣味と決めつけた、それもこっそりとだ、わかる？　だからその言葉を口にする人間は自ら正体を暴露してしまうんだ、自分はいいとこの出じゃないって」

「あなたたちアルゼンチン人はスノッブだという評判だけど、そう思う？」

「もちろん！　あなたには上流階級がどんなものか想像できないでしょうね、わたしはその人たちをよく知ってるけど」

「……」

「わたしはそんなふうに躾けられたの。小さい頃、言葉を間違えると母に直されたものだった」

「あなたのお母さん、上流階級の出？」

「いいえ、まあまあ裕福だけど、上流じゃない。スノッブってだけのこと。そうそう、最悪なのを忘れてた。「お茶を飲む《トマール・エル・テ》」って言う代わりに「ミルクを飲む《トマール・ラ・レチェ》」って言うの。「赤い《ロホ》」って言うよりずっとひどいわ」

「上流階級のはどっち？　トマール・エル・テのほうだと思うけど」

「もちろんそう。英語から来てるの。でも、言葉の力ってすごいわね。誰かに、たとえば学校のクラスメートに、ミルク飲みに来ないって誘われても、わたしは行かなかった、想像しちゃうのよ、テーブルクロスの掛かっていないテーブル、欠けたピッチャー、その中のミルクに浮かぶパンくず、そのミルクも……何度も煮立たせてしまって、ぞっとしない膜ができてる。たぶんほんとはそうじゃなかった。やがて気づいたの、ブエノスアイレスの大衆の習慣だけど、バターをぬり、その上に砂糖をかけた厚切りのパンがどんなに美味しいかってことに」

「でも、すごく太りそうね」

「アルゼンチンの上流階級の人たちはみんな痩せてガリガリ。そして、けちだから、食事にお金をかけたがらない、知らなかった？」

「じゃあ、何に使うの？」

「知らない、わたし、ほとんど知り合いがいないもの。骨董的な宝石、昔の家具、そういったものに入れ上げてるんじゃないかな。それと、磁器」

「あなたは上流階級をよく知っている、わたし、そう思ったわ」

「そりゃあ、だいたいはね。あなたがその一人にお茶に招かれたとする、すると、テーブルクロスと磁器は間違いなくあてがわれる、でも食べ物はそんなにはない、イギリス風に、苦みのあるジャムを少し塗ったトーストってとこ」

「ポッシの話を続けて」

「彼はそうやってわたしに突っかかってきた。わたしは馬鹿だったから守勢にまわり、そんなことはどうでもいいような些細なこと、誰だって単なる習慣から何らかの言葉を使ってるでしょ、と反論した。心の底ではそうじゃないと確信してたけど。そして第一ラウンドは彼の勝ち。なぜって、アルゼンチンじゃ、著名人でありたいという執着は、国民的病いだから」

「ここじゃ、みな、お金にご執心よ」

「まだ赦せるわ」

「でも、お金は人をとても不作法にもする。どの国にも国民的な愚かさがある」

「そういったことを、アルゼンチンのことを話し合うと、ポッシはスペインをいちばん擁護して、よく口にした。スペイン人の執着は勇敢であることだって。そして、お金を重要視しないこと、寛大であることだって」

「でも、スペイン人はとっても男尊女卑的《マチスタ》よ、お友だちに言ってやりなさい」

「でも、わたしにとって最低なのはイギリス。アルゼンチンの人たちがとってもイギリスの真似をしているからかもしれないけど。それか、少なくとも彼らの欠点を真似てるからか。アルゼンチン人は誰もがシニカルであろうとする、もしくは、とても知的というか、決して感情に流されない人間であろうとする」

「じゃあ、タンゴは？」

「それは民衆の問題。わたしはいちばん上の層のことを話してるの、それに、社会の梯子を昇っていく人たちが強く望んでいることを」

「それで、あなたのお友だちはあなたと同じように考えてたの？」

「実はね、彼が言ったことを、そっくり、あなたに繰り返しているの。正しいかどうかはともかく」

「関係がどうなっていったか話して」

「二度目に二人で外出したとき、彼は帰りにもうわたしのアパートに来た、そして、そこですべてが始まった。認めるのは恥ずかしいけど、でも……」

「なあに？」

「誰にも言わないって約束して。それに、笑わないで」

「話して」

「言わないでね、でも、彼はわたしが知った唯一の男性だった、聖書みたいね？　夫以外に」

「決して口外しないって約束するわ」

「わたしって、あまり解放された女じゃないでしょ？」

「彼が結婚してることは知ってたのね」

「ええ、そのほうがよかった。二度と縛られたくなかったから。嬉しかったわ、もう一度独りになれて」

「でも、娘つきの独身ね」

「いいえ、あの子は父親のもとに残ったの。でも、先を話させて」

「あなたのお母さんと一緒だとばかり思ってた」

「そうして、彼とわたしは二年の間会っていた」

「その頃、あなた、お母さんと一緒に暮らそうとしてたんでしょ?」

「いいえ、わたしは一人で暮らそうとした」

「お母さん、どうして来なかったの、あなたの手術のとき?」

「うーん……。母はね、メキシコに来るのを禁じられてるの、高度のせいで。心臓に問題があって、そういったことはわかるでしょ……。わたしはブエノスアイレスで独り暮らし、だからポッシが会いに来れたの」

「あなたがここに来るまではね」

「いいえ、もう前から、そんなに会わなくなっていたの、彼がだんだん自分の政治活動で忙しくなっていったから。政治犯がたくさんいた時代だった。一方、彼は生きるために働かなくちゃならなかった、ある弁護士事務所の弁護士として、そして、そのあとは何でもして。かわいそうに、一日中、裁判所をあちこち」

「あなた、彼に恋したの？」

「いいえ、全然。でも、そう、最初はそうね、でも束の間だった」

「どうして？」

「二人ともプライドが高すぎたからだと思う」

「どういう意味で？」

「わたしたちには仕事がたくさんあった、そして時間を無駄にしたくなかった。それに、最初フィトに抱いたようなものをポッシには感じたことがなかった。最初フィトとは素晴らしかった。その後はだんだん、そうでもなくなっていった。そしてフィトとそのことを話しあったの。でも、二度とあしたことをしなくなった。結局、汚らわしいことだわ」

「何言ってるのか、さっぱりわからない」

「じゃあ、はっきり話したほうがよさそうね。最初、フィトとしたときみたいには、ポッシとは一度も愉しめなかった。フィトとのときは素晴らしかった。こんな悦びになるはずと予想していた以上だった。でも、長続きしなかった。すぐにフィトに失望したの」

「あれがうまくいかなくなりはじめたから失望したの？」

「ベアトリス、あなた、わたしのこと何もわかってないみたい。わたしはそういったことにはとっても精神的なの」

「どういう意味で？」

「説明できないわ」

「あれこれ幻想を抱くから？」

「幻想っていえば、フィトはわたしに悪い癖をつけた。でも、ああしたことはほんとに汚らわしいわ」

「汚らわしいからじゃなくて、がっかりさせられたからでしょ、何にも話してくれないわね」

「フィトの話だと、わたしは医者に行かなくてはならなかった。問題の原因が何か診てもらいに。肉体的なものかもしれないし、出産の影響かもしれないし」

「彼は落ち込んだの？」

「いいえ、彼はあいかわらず愉しんでいたわ。悩まされたのはわたし。でも、医者には行きたくなかった」

「どうして？」

「違うって強情を張った。それに、自分が正しかったと思う。悪いことに、そうした場合にはいつだって疑いは残る。わたしは、違う、原因は肉体的なものじゃなかったと確信してる」

「それじゃあ、何だったの？」

「もう彼が好きじゃなかったってこと。ほんとのことだけど、彼が好きだったことがあるのかどうか自信がない」

「それで、ああしたことが汚らわしかった？」

「いいえ、つまりね、ほとんど何も感じないって気づきはじめたとき、彼が言ったの、あの最中に他のことを考えてごらんって。たとえば、わたしたちは公園にいる、そして、わたしは子供、彼は大人で、自分を信用させるためにわたしにキャラメルを買う、そして、わたしを郊外の空き地に連れていく。それとか、わたしは十二歳の生徒で、アラビア旅行をしている、そして、スルタンに宮殿に閉じ込められるとか、そんなようなこと」

「舞台でやるように、いろんな役を演じるわけね。いろんな人物を」

「そんなところ」

「それが役に立った?」

「ええ、最初の頃ほどはもう感じなくなったけど、でも、役に立った。そして、ポッシのときはそんなに感じないって初めからわかったので、いろんなことを想像しはじめた。彼は刑務所から出てくる、そして国民的な英雄、でも、拷問されて目が見えなくなっている、そして、わたしは彼の世話をする。そう考えるととっても興奮した。それとか、わたしは召使《ムカーマ》で……」

「久しぶりに、そんな言葉聞いたわ」

「どうして?」

「ここじゃ、そうは言わない、クリアーダっていうの。でも、子供のころ見たアルゼンチン映画じゃ、メチャ・オルティスとかパウリーナ・シンヘルマンにはきまって召使《クリアーダ》がいたわね」

「話を続けるわ。こんなふうに想像したの、わたしは彼の家の召使で、家族の目を盗んで彼とうまくやっている。でも、彼を殉教者に見立てたときのほうが多かった、そのほうがもっと興奮したから。わたしが興奮したのは彼のそんなところ、いい男で、同時に自分を犠牲にしてるってところ。とってもいい人だし」

「とってもいい人なら、どうしてペロニストになった?」

「ベアトリス、いい人たちがたくさんペロニストになったのよ」

「それがわたしにはわからない。ペロンは左翼の人たちを迫害したでしょ、最初に政権を握っていたとき。ここ、メキシコじゃ、ペロンはファシストという評判だった。どうやったら二つのものを結びつけられる?」

「わたし、それをはっきり理解したことがない。左派ペロニストの中では彼しか知らないの」

「じゃあ、右派ペロニストは?」

「いつか話してあげる」

「先に言っておくけど、そんなにわかりそうにないわ」

「彼が言ってたとおり話してあげる。ポッシによると、ペロンは国家的な、あるいは民族主義的な政治を尊重させることのできた最初の人物だった」

「あるいは、国家社会主義的な、ね。国家的《NACIONAL》、それもCではなくてZで綴るほうの」

「なあに、それ?」

「ドイツ語でいう国家的、つまり、国家社会主義っていうときの。Zで書くの、NAZIONAL、

NAZI」

「ナチという言葉はそこから来てるの？」

「もちろん」

「今まで気づかなかった」

「お友だちたちの話を続けて」

「ベアトリス、わたし、彼らを弁護しちゃあいないの。彼が言ったことを繰り返してるだけよ。彼にはあなたがわたしに言ったことをそっくりそのまま。あなたのせいで苛々しそう」

「ごめんなさい、でも、続けて、あなたを理解したいから」

「肝腎なのは、ペロンはどうにかこうにか初めて組合を組織し、労働運動に重要性を与え、それを組織化したということ」

「わたしの知る限りじゃ、ペロンは組合を利用するために労働運動を組織したけど、本当の社会主義的基盤を固めなかった」

「そんなに細かいことまで要求しないで。どんなものだったのか、よく知らないんだから。でも、そうね、事の終わりからすれば、あなたの言うとおりね」

「でも、この前のとき、左翼はどうしてあんなふうにペロンに幻想を抱けたの？」

「知らないわ、ベアトリス」

「それで、何をアドバイスしたらいい？」

「彼のこと。あなたには、彼がわたしを愛している人間のように見えるかどうかってこと。つまり、わたしを本当に愛しているかどうか」

「もっと話してくれないと。知ってる範囲じゃ、何にも言えない。わたしが知りたいのは彼はそんなに私利私欲のない人だったのかってこと、つまり、政治犯弁護にあたってのことだけど。でも、ペロニストだったとしたら、怪しいわね」

「いまもペロニストよ」

「じゃあ、愛してないわね、絶対、愛してない。死ぬ前にペロンが左翼にあんなことをしたあとでもまだペロニストだなんて言うなら、愛してない。全然、信用できない」

「でも、ベアトリス、事はとっても複雑なの、彼によると、社会主義はペロニズムを経験しなければならなかった、特別な、歴史的な理由から」

「ファシズムと戯れる者は我が身を焦《こ》がす」

「それじゃあ、どんなアドバイスをしてくれる？」

「アニータ、考えてみて、わたし、あなたがなぜメキシコに来たのかさえ知らないのよ、なのに何か意見を言ってほしいですって？」

「それはポッシとは関係ない」

「でも、あなたの状況を理解するためには大事なことでしょ」

「……」

「少し顔色が悪いわ」

「ベアトリス……想像つかないでしょうけど、ひどく疲れを感じてる、こうやって話してきたから。ひどくからだが弱ってるのね、きっと」

「少し黙ってるようにしなさい、その間、わたしが話をするから」

「でも、あなたにはもっといろんなことを話したい。きのうは初めて、夜間の分とは別に鎮痛剤を頼んだ。もう痛みはじめてる、ここ、首筋。頭痛に似てる。それと同時に、おかしな圧迫感がある、胸の真ん中、胸骨の下に。いつもこうなの、二つが同時」

「ちょっと休みなさい、そしてあとで話しましょ。ほんとのこと言って、時間があるかどうかわからないけど」

「痛みはじめると、なかなか退かないの、鎮痛剤なしだと」

「だったら頼みなさい。すぐに効いてくるの?」

「ええ、でも、寝てしまう、強い薬なの。常用するようになるのも嫌なの」

「しばらく黙ってるようにしなさい。雑誌でも眺めてるから、わたしのことは気にしないで」

「いいえ、ベアトリス、看護婦を呼ばないといけないみたい」

第四章

鋳造工場の広大な中庭で不恰好な二つの影が赤い火の輝きに映し出されていた。世界最高の兵器製造業者でさえ隠しマイクを避けるには策を弄さなくてはならない。二重スパイ、三重スパイたちと付き合うにはそんなことも必要になる。溶けて煮えたぎる鉄は大音響をあげて流れ出し、いっさいの音を消す。兵器製造業者は、今は自分の身の潔白を信じさせようとして英国諜報部員の耳もとに直接ささやきかけている。諜報部員は不可解な顔の表情を変えない。自分の若い妻がスパイ、それも第三帝国のスパイではないかと疑ったことは一度もない、と兵器製造業者は断言する。プロのスパイならともかく、実際、彼女のほうから近づいてきたわけではない、教授の足どりを追っているとき、たまたま、この私が彼女を見つけたのだ。

英国人は皮肉っぽくわずかに顔をしかめたが、相手に気づかせようとして、しばらくその表情を崩さなかった。そしてすぐ、言い添えた、厳密に調査した結果、奥さんの出生届に不審な点が発見されて、以来、奥さんに対する疑惑が始まったのです。届は書き直されており、両親として教授と上流階級の婦人の名が記されている、日付やその他の事項が訂正されているが、それはおそらく彼女の年齢や性別に一致させるため。

問題の女性の現在の書類も見直され、矛盾が増えた、そうしたことをもとに、彼女は、いつか世界の考えを読むことになる人間を探し求めるもう一人の諜報部員であると見なされた。実業家が重要な秘密の鍵を握っていると信じて巧妙に近づいた諜報部員。実業家は、いたずらに自分を守ろうとするかのように、外套の革襟を立て、フェルトの山高帽をできるかぎり深めにかぶった。

英国人は話し続け、自分の話に筋のとおる結論をつけようとしていたが、話相手はその諜報部員が脈絡のない情報の断片を繋ぎあわせようとしていることに気づいた。人の考えを読むことができる、従って、どの大国の秘密の計画でもぶち壊しうる人間……その人物は三十歳になった日から、そんな能力を得る、そして、その人物はもう既に生まれている。こうした推論は、死者との契約とか読心術の可能性といったことに言及しているずいぶん古い文献を研究することでもたらされたものだった。

二つの影は離れたが、火は赤く輝き続ける。その場所から出るとき、兵器製造業者は恥ずかしさを隠すために最も暗い秘密の通路を、そしてまた、重々しく鼻にかかった復讐の声に耳を澄ますために最も静かでもある通路を通ることにした。その声が彼に途方もない抹殺方法をいくつか仄《ほの》めかしたが、その中の一つが、とりわけ魅力的だった。妻は――有罪が証明された以上――火薬の爆音やそれに似たような音をたてずに、処刑されねばならない、あいつとあいつの宝石を残らず一緒に金庫に閉じ込めてやろう、そうだ、セロファンみたいに透明で鋼のように硬い、とても小さな部屋に入らせるのだ。

素っ裸にして中に入らせる、口実をでっちあげ、いいや！　口実などいるものか、また麻酔をかけてやるんだ、そうして、目が覚めると、自分が宝石と一緒にもう捕まっているのがわかる。あいつが数立方メートルもない酸素を消費するところを外から眺める、ゆっくりと息をつまらせ、美しさを失くし、ヒキガエルみたいに腹を膨らませて爆発し、腐っていくのを見る。兵器製造業者は重い懐中時計を見た、午後三時。今晩にも島の屋敷で、あいつの不意をついて片《かた》をつけてやる。

一方、若い女性は夫が百キロ離れたところにある鋳造工場に緊急の用件で呼びだされたことを知らされ、まったく眠れない奇妙な一日を過ごしていた。何日か前、図書館で味わった不快感はまわりののどかな風景になだめられ、あれは夢だった、あんな体験はしなかったのだと何となく思えるようになっていた。午後三時だったが、まだ寝室の外には一歩も出ていなかった、もう一度バルコニーから身を乗りだすと、光が庭園を愛撫しているように見える。彼女は楽天的な考えを抱いた、こんな美しさが存在するのは、善霊が宇宙の運命を握っているからね。すると、最後の一筆を入れてその魅力的な絵を完成させようとするかのように、えも言われぬ女の姿が庭園に現れ、片側は樹々、片側は真っ白い花で縁取りされた小道を歩きまわる。しかし、その衣裳も歩き方も、シルエットも顔も彼女自身、つまり女主人そのものだった。その瞬間、彼女は庭園を歩いている自分を眺めることになったが、その自分は彼女が今からあの道を散歩するときに身に着けようと思っていた衣裳をまとっていた。庭園の彼女自身は遠くをじっと見ている、何を探しているの？　たぶんあの世の存在、すべてを見せると約束した相棒の死者たちと話をしてる。彼女は恐怖によろめかないよう、カーテンをしっかりつかみ、深呼吸をした。

　誰かがドアをノックした、彼女は、お入りと言ったものか開けないでと応えたものか、どうしていいのかわからなかった、その瞬間には何もかもが怖かったからだ。テアはためらうことなくドアを開けたが、その鍵束があればどこにでも入れるのは明らかだった、「奥様、およろしければ、お庭を散歩なされてはいかがでしょう、この時間、光が素晴らしいです」。「テア、あなただけじゃなさそう、そう考えてるのは」、「もちろん奥様も同じでございましょ」、「ええ、テア、わたしも」、彼女は庭園のほうに視線を戻した、幻影は消えてはいず、まだそこに留まっていた。召使は大窓のほうに進んだ、「瓜二つでございましょ?」、「でも、いったい、どういうこと、冗談なの? わたしをすっかりおかしくさせたいの、まるでわたしのかわいそうな母……」、「おそらく奥様がご自分と瓜二つの人間をご覧になるのはこれが初めてのことでございましょ? 申し訳ありません……どうにもおかしくって! 奥様の身をお守りするために、旦那様が身代わりの女性を雇うようお命じになられましたこと、お聞きになっておられませんか? でも、それをお聞きになっておられないとしますと……。真っ先に、奥様にお話しすべきでした……」、「身代わり? でも、何のため?」、「つまり、奥様がこの島におられないときには身代わりの女性をここに残す、そうやって、いつ襲ってくるかもしれない誘拐者や犯罪者たちの目をここに引きつけておく、旦那様はそのようにお考えのようです」、「でも、今日、わたしはここにいる」、「本日の予定にミスが生じたに違いありません」、「あの女の人、わたしにそっくり、でも、こんなわけのわからない状況はたまりません。今すぐ、ここから出てってもらって」、「似ているのは外見上のものでしかありませんし、それも、少し距離を置いてのことです。顔が似てるのは仮面を使っているからですし、申し分のないシルエットはコルセットで締めつけたり、あちこち詰め物をしたりして得られたもの。でも、およろしければ、話題をお変えになりませんか、奥様、今まで延びのびになっていましたが、この島に根付いた椰子の林をご覧になられるのでしたら、いまが理想的なお時間です」。女主人はもう一度自分の替え玉に目をやったが、すでにその姿は消えていた。

鉄とガラスでできた温室、鉄は光り輝く黒で塗られ、ガラスは植物の緑で陰っている。鉄の枠組は雄の力。ガラスの覆いは雌の服従？　女主人はそんなふうに考えたが、すぐに激しい喉の渇きを感じた。テアが重い南京錠を開け、鎖を外し、小さな扉を押した。砂漠の乾いた空気が夫人の肌に口づけをする、その中に入って熱い黄金色の砂を踏むが、砂丘からは強烈な光の束が上に向かい、鈴なりの椰子の実の間を通り抜け、まばゆい天井のガラスに触れる、そして、そこで反射していっそう太くなった光の束は新たな光学上の冒険を求めてふたたび椰子の枝へと降りる。冒険好きな酔っぱらった肉厚の光。鏡面が器用に遊び、地平線をはるか遠く、到達できないところにあるかのように見せる。起伏のある女性合唱の効果で音楽は東洋的に響くが、リズムはシンバルやその他のオペラ風の打楽器群に刻まれて、西洋的なものになっている、とはいえ、砂漠を行く華やかなキャラバンのお供にはふさわしい。パン……パ・パ・パ・パン、パン、パン……パ・パ・パ・パン・パン・パン……そして突然、バイオリンが、ル……ル・ウ・ウ……ル・ウ・ウ、一つの魂が自らの肉体、あるいは牢獄の中で嘆き悲しむ。

女主人はそのカデンツァに合わせて足を運ぶしかなかった、太鼓のリズムに合わせて毅然として進むが、呼吸は渦を巻くようなバイオリンの悲鳴を追いつづける。すぐに衣裳が邪魔になってくる、テアがいることなどお構いなしに服を脱ぎはじめる。身に着けていたものが砂の上に落ちるたびにテアは拾い集めていくが、やがて、すぐそこを右にまいりますとベドウィンのテントがございます、本物ですが隅々まで清潔にしてありますので、そこでちょっとお休みしましょう、と言う。女主人は何も答えなかったが、小道が二つに分かれたとき、右に進んだ。テントの中は目のくらむような太陽から守られて、涼しいくらいだった。おびただしいクッションがあり、一種のスツールの上にはトレーとなみなみと注がれたグラスが置かれている、彼女は急いで飲もうとするが、その前に、楽しみを先取りするように匂いをかぐ。あの飲み物だった、だが、テアは無礼にも空手家のような硬い手でそのグラスを地面にはたき落とす。

女主人はびっくりしてテアを見つめた。テアはテントの出口のほうに二、三歩後ずさりする。召使は出口の房飾りの間から射し込む光を背にして逆光になっているため、夫人にはテアの表情が見極められない。そしてそのとき、今度は夫人が恐怖に後ずさりする番になった、というのも、次第に声を太くして、こう言いながらテアも服を脱ぎはじめたからだ、「わたしは常軌を逸したとき、愚かしい欲望を抱いたとき、その飲み物を作ったんです」。テアのシルエットは次第に細くなり、和毛に覆われた筋肉質の両脚がはっきり見えてくる、「でも、あなたのご主人の臆病さを真似るつもりはありません。催眠薬を使うつもりはないんです。ありのままの姿で、あなたの前に立ちたい。あなたに決めてほしい」。最後の一片まで取ってしまうと、テアは三つ編みにして後ろで留めていた鬘《かつら》をつかんで一気に外し、地面にあるたくさんのぼろの一つを拾いあげ、顔を擦《こす》って化粧を落としはじめる。こうした動作の途中でテアが横向きになったとき、女主人はテアが男であることに気づき、思わずひどくほっとした気分になった。

その男とは、そのときは服を着ていたが、彼女はすでに宮殿での夜会でワルツを踊ったことがあった、「もうぼくが誰か、おわかりのことと思います。あなたのご主人の警備機関を騙し、召使として雇わせることができました。ぼくみたいに運動神経の発達した女性を見つけるのはあの連中には難しかったのです。うまく女に化けて連中の前に現れると、その場で採用されました。ですからぼくの名は本当はテアではなく、テオなんです」。結婚して数週間になるが、それまで女主人は意識がはっきりしているときに裸の男を前にしたことはなかった、それも一物を屹立させているところはなおさら。テオは彼女のほうに数歩進んでいた。今や彼女はテオの姿を隅々まで眺めることができた。おそらくもっとよく見るためだろうが、彼女は真っ白いクッションにへたり込んだ。もう一つの思いがけない強烈な反応が彼女の心を揺さぶる。つまり、自分と同じくらい美しく、同時に、男性ゆえに好対照をなす人間が目の前にいるという事実が、自分は何度か人に指摘されたような美の怪物などではなく、平凡な普通の人間なのだと感じさせ、くつろいだ気分にさせたのだった。

彼は彼女の横に坐った、「でも、話はそれで全部ではありません。先を続けますが、ぼくは完全にあなたの思いのまま、それはおわかりいただけるでしょうが。ぼくは召使、そして、あなたのボディガードとしてこの家に入りましたが、それはあなたのご主人に代わってあなたを見張るため、そしてまた、外国のある大国に代わってあなたを密かに調査するためでした」。夫人はテオに手を愛撫され、やがて優しく握られるのを感じたが、その手を引っ込めはしなかった。それが恐怖のせいか、何のせいかわからなかった、「ぼくはソビエトのスパイです。ぼくに命令を下した者たちはあなたが第三帝国の諜報部員ではないかと疑っています、でも、ぼくは確信しています、あなたはそうじゃないと。あなたは、どのようなトリックかわかりませんが、恐るべき死の商人の網にかかったにすぎないんだと」、「間違ってないわ。わたしは潔白です」。テオは彼女のもう一方の手を取った、「どんなことに対しても証拠がないんです。でも……ぼくは……心底、死ぬほどあなたが好きになりました、身を守る術《すべ》をなくしてしまいました、完全にあなたの虜《とりこ》……」。彼女もまた彼の意のままだった、そしてそれを認めはじめてもいた、「テオ……この牢獄から抜け出す手助けをして、わたし、夫が憎いの。守ってもらえると思って結婚した、でも、知らなかった、あの人が求めていたのは自分のコレクションにもう一品増やすことだったなんて、つまり……」、「美術コレクションの、でしょ、口籠もることはありません」、「わたしは美術品なの？　そう思う？」。ピンクの乳首はすでにその青年の毛深い胸筋に触れはじめていた、「あなたにこの命を捧げます、必要なら……奥様……。でも、あなたをもっと別の呼び方で呼べないものでしょうか？」。答える代わりに夫人は唇をそっとテオの唇に置く。もはや彼は話しつづけられなかったが、息が詰まるまで全身で、両手、両脚、屹立した恥部で誓った、必要であれば、この命を捧げます、あなたを自由の身にするためなら。

二つの肉体はへとへとになった。彼女は充たされた悦びをテオに説明するために言葉を、イメージを、メタファーを無邪気に見つけだそうとした。そうして彼女は愛人としては新米というところを露呈した、というのも、経験豊かな青年にはわかっていたからだ、「奥様、筆舌に尽くし難い空もあるんです」。そのとき彼女の幸福感をかすかに曇らせたのは温室のサウンドトラックだけであり、リムスキー・コルサコフの『シェヘラザード』やドリーブの『ラクメ』、ケテルビーの『ペルシャの市場にて』といった東洋を模した音楽のさわりが繰り返されていた。一瞬彼女は音楽を気にせず、恋人の声しか耳に入らなくすることができた。「今日にでも、ぼくたちはここから逃げださなくちゃいけない。いいことを思いついた。きみはきみの替え玉で通るから、数時間外出する許可を求めることができる、ランチの船長は他の使用人仲間には甘いし」、「ねえ、あなたを信頼してる。でも、その手はちょっと危険じゃない？　わたしだってことが見破られたら……」、「すまない、でも、実現可能なものとしては、それぐらいしか思いつかないんだ。服を着て、その計画を実行に移さなくちゃならない。まず、きみの替え玉を始末しないと」、「人殺しをするの？」、「そうとは限らない。猿轡《さるぐつわ》をかませ、手を縛りあげなくちゃいけないけど、でも、抵抗したら殺すしかない。薄汚いスパイなんだ。彼女の経歴はその仕事につきものの裏切りや卑劣な行為でびっしりだ」、「テオ、あなたもスパイでしょ。あなたの仕事って、そんなに下劣なものなの？」、「もうスパイじゃない。きみのために祖国を、政治的理想を棄てた。それはぼくが決めたことじゃない、きみに抱いている称賛の気持ち……欲望……そして、愛情が何よりも強くなったんだ。ぼくは不正を憎んでいる、だからこそ、社会主義の大義を信奉した、でも、きみが残虐な仕打ちを受けているのを放ってはおけない、それはぼくよりも強力なんだ、もうこれ以上、きみをあの怪物の手の中に置いておけない」、「でも、この先、わたしたちはあの人の手下ばかりか、あなたが棄てようとしている諜報機関にだって追われることになる」、「もう棄てた機関だ。ぼくはこれから先の人生をきみと一緒に暮らしたい。きみが年老いていくのをそばで見る。きみはいつまでも美しい……三十歳のときには、最高に美しくなる」、「そんなことを言うなんて意外ね、わたしはそんな齢になるのが怖い。いつもそんな恐怖を抱いてきたの、それに、なぜだかわからないけど……。ほんとに四十過ぎになるっていうのは女にはぞっとすることなの」、「何も恐れることはない。きみが三十になる日、そばにいるって真面目に約束するから」、「わたしの気持がよくわかるのね、だから、ときどき、まるで読んでるみたいな気がするわ、わたしの……」、「続けて。どうしてやめるんだ？……じゃあ、行動にかかろう、もうすぐ暗くなりはじめる。ぼくの日課は庭園の夜間警報のスイッチを入れること、そうすることで、庭園に何か異常があると、庭園全体が照らし出される、昼間みたいに、いや、それ以上かな」、「それで、わたしは？　その間、わたしはどうすればいいの？」、「部屋に戻って、あまり目立たない外出着を選び、きみの宝石が全部入るくらいの地味なバッグを探してぼくを待つ。ああ、それに帽子は薄いベールがついてるのがいい、いいかい、きみは自分の替え玉で通すんだ」

部屋に戻り、ふたたび独りになると、恐怖にからだが震えはじめた。沈着冷静に行動しなくてはならなかったが、ドレスのジッパーさえ降ろせない。手の震えのせいかどうかはわからないが、ジッパーが動かなくなった、縫い目を思いきり引っ張って、クレープデシンを引き裂かなくてはならなかった。隣の化粧室に行こうとすると、目の前でそのドアが荒々しく閉まり、内側から錠にロックがかかった、どうやって中に入るかわからなかった。宝石箱が寝室にあることを思い出してほっとする、箱を隠し場所から取り出したが、小さな鍵は——錠にしっかり入っていなかったために——ミンクの敷物の上に落ちた。暗い茶色の毛を撫でまわすが、見つからない。ヒステリックになり、ひざまずいたまま、華奢なプラチナの宝石箱を叩きはじめるが、効き目がない。縞《しま》のサテンを張った壁に向かって、それを投げつける。宙で箱が開き、宝石が飛び散る。鍵は掛かっていなかったのだ！　彼女は宝石を一つ一つ拾っていったが、キラキラと細かく震える宝石の光に目がちらつき、めまいがした。

力を振り絞り、ようやく立ち上がると、ヴェネツィア製の大きな鏡の中に答えを探した、せめて鏡の中の自分と見つめ合い、何か気分を落ち着かせてくれそうなものを探そうとしたのだった。自分の顔の美しさに彼女はどぎまぎした、これまでそんな顔を見たことがなかった、新たな光が彼女の胸に灯り、空色の目や赤みを帯びた白い肌、黒っぽい髪に、その輝きを放っていた。拾い集め、両手いっぱいに持っている宝石にもう一度目をやると、対照的にくすんで見える。ふたたび鏡に映る自分を見たが、そのとたん、鏡は枠から外れ落ち、粉々になった。すぐに彼女は、死者たちがそんな非友好的な、明らかに敵対的なやり方で現れたのではと思った、何が望みなの？　たぶん、この死者たちも夫に雇われているのでは？　邪魔なんてできっこないのに、なぜ、わたしが逃げるのを遅らせようとするんだろう？　女主人は新鮮な空気を求めてバルコニーから身を乗り出した。テオは、いや、テアは何時間か前、彼女が自分の替え玉を見かけたまさにその場所にいた。その水路の縁で身動き一つしないまま、替え玉もじっと見つめていた方向を同じように見つめていた。二人は何を見つめていたの？　あの姿勢には、遠くに消えるあの視線には何か意味があるのだろうか？　日が暮れる前に、取り決めた合図を死者が送ってよこすのを待っていたのだろうか？

　テアは庭園を離れ、本館の地下に向かった、そこには替え玉の部屋がある。廊下で年老いた召使の一人と出くわし、みんなと一緒にお茶の時間にしないか、とその老人に誘われる。わしらは美味しいトルテが大好物でな、あの有名な、大公お気に入りのトルテ……。テアは女の声にするのを忘れたまま、しないといけないことがいっぱいあるの、とぶっきらぼうに言って老人の話を遮《さえぎ》る。だが、老人は耳が遠く、何も気づかずに話しつづける、この島の菓子職人はロドルフォ大公に仕えていたことがあって、あの有名なトルテのレシピを知ってるのは彼女だけなんだ。女装した彼はしばらくそこに顔を出すことにした、それに替え玉がみなと一緒にいるかもしれない、いたら、何か口実を見つけて連れ出すこともできる。老人たちは大喜びで彼を迎え入れたが、それを機にこぼしはじめた、使用人の中には若い女はもう一人しかいないが、あの女は自分たちを馬鹿にしてる。老人たちは新しく雇われた使用人、むろん替え玉のことを話していたのだが、自分たち年寄りと仲間付き合いをしないなら、この島では住みづらくなる、と予言する。テアはトルテを一切れ貪《むさぼ》り、言い訳をしてその場を離れた。ようやく計画を続行できる。

　替え玉の部屋のドアをノックした、狙いは彼女の手足を縛り猿轡をかませて、女主人と自分が逃げる間、部屋から出られなくすることだった。女はしぶしぶドアを開けた。数分もたたないうちにテアはきれいな手で部屋から出てきた。手は首を切って殺した女の服で拭ってきていた、経験豊富なその女スパイが激しく抵抗したため、他にどうしようもなかった。人を殺したのは初めてのことで、喉元で心臓の高鳴りが聞こえる。廊下には誰もおらず、お茶の会は続いている、女主人の部屋に上がるためにエレベーターに乗ることにした。ゆっくり動くエレベーターがもうすぐ地下に着くというとき、使用人を呼ぶベルがけたたましく鳴った。テアが鳴っているベルの番号を見ると、自分を呼び出すベルだった。受話器を取って応えるしかない。彼女を呼んでいたのは女主人で、もうじっと待っていられない、上がってきて、と言う、女主人は彼女をテオという男の名で呼んでいた。声色を使い、短く、「はい、はい」と応えただけだったが、若い使用人がそんなふうに応えることはひどく不躾なことだった、誰かが、いつものように、電話を盗聴しているかもしれない。

テアはエレベーターに乗ったが、そのゆっくりとした上昇にじりじりする、あの年寄りの電話交換手に仕事を忘れさせるのは大公のトルテだけだと考える。実際、楽しそうに騒いでいる連中の中にその交換手がいたように思った。召使に変装しているため奇妙な気がしたが、それでも女主人はテアの胸に飛びこんだ。彼女はついさっき準備しおえたばかりで、コートのポケットは宝石の重みで底が抜けそうになっている。テアは彼女の帽子のベールを下ろして、その効果を見ようとする……そのとき電話が鳴った。誰が電話に出たらいいのだろう、彼女、自分、それとも忠実なボディガードのテア？彼は夫人に応えさせることにした。夫からだった。優しい声で、すぐに身支度をしてウィーンに来てほしい、そこで待っている、と夫は言う。宝石を残らず持ってくるように、とも言う。彼女はほとんど受け答えできなかったが、彼女の驚きはその状況によく合っていた。兵器製造業者はさらに続ける、特にこれといった問題はないはず、何もかもやるよう、このあとすぐテアに話しておく、ランチに乗ってウィーンの私設埠頭に着くまで、あの召使に君のお伴をさせる、そこで待ってる。テアはここにいるわ、と夫人が言うと、電話に出してくれ、と億万長者は言う。指示はいつもと同じで、片時も妻から目を離さないようにとのこと。彼はそのまま電話を切った。

こんな巡り合わせがあるのだろうか？　その電話がもう少し前にかかってきていたら、テオはあんな残酷なことをして手と心を汚さなくてもよかったはず、あんなに急がなかったら！　でも、それはそれとして、宝石を残らず持ってこいというのはおかしいのでは？

すでに日は暮れ始めていた。豪勢なランチは次第に黒ずんでいく菫色のドナウ川の波を素早く切り進んでいく。年老いた船長は二人が乗船するとき頬笑みかけた。その振る舞いはいつもどおりのようだった。テアは自分が女主人と交わした電話での短いやりとりを誰かが耳にし、すぐに主人に知らせたのではないか、だからこそ自分のところに二人を呼びつけたのでは、と心配していた。しかし、あの二つの電話の間には一、二分ぐらいしかなかった、そんなに速く対応できるものだろうか？　できないこともない……あの男の並はずれた能力は誰もが認めているのでは？　その頭の回転の速さを疑ってはいけない。テアは、失礼します、と言ってその場を離れ、キャビンに下りた。女主人は船長の驚きに気づいた、ボディガードは決して彼女を一人にしてはならなかったからだ。女主人は船長となごやかに話をしようとした。船長は舵を放さなかったが、明らかに落ち着きがなかった。彼女と話をするのは具合の悪いことなのかもしれない。その瞬間、船長は自分と一緒に旅しているのは女主人ではなく替え玉ではないかという気がした。ただちにボタンを押し、目的地である私設埠頭に連絡を入れる、そこに配置されている警備機関に業務に何か異常がないか訊くつもりだった。

拳銃の銃身に妨害された、齢のせいで丸くなった彼の背にテオが拳銃を押しつけていた。テオは針路を変えるよう命じたが、老船長はだしぬけに勢いよく飛びかかり、腕でテオの手から拳銃をはじきとばした。二人はもつれあって格闘し床を転がったが、銃は目と鼻の先にある、老人が手を伸ばしてそれをつかもうとするが、女主人は重大な危険を直観し、自分のしていることもわからないまま、船長の背中に一発撃った。火薬の黒い煙が一瞬、彼女の姿を隠す。

テオが舵をとり、ハンガリーに向かう、せいぜい三十分足らずの航行。「それで、そこからどこへ行くの?」、「ブダペストでソビエトの諜報部に連絡する」。彼女はからだを震わせる、彼は彼女の腰を抱いて自分のほうに引き寄せ、航路を見すえたまま、頬にキスする。「心配いらない、彼らはぼくたちに必要な書類を用意してくれる。ぼくは連中に嘘をつく、きみの助力で手掛かりをつかんだが、そのためにアメリカに渡らなくてはならない、と言ってね。アメリカに着いたら、どこでもきみの好きなところへ行こう、何しろ、そのときにはぼくたちは、きみのご主人やぼくの元同志たちの手の外にいる」。二人はキスし、目を閉じた、自分たちが逃げるためにすでに二人の人間の命を犠牲にしていることを忘れたかった。彼女がふたたび目を開けると、まだ絹の手袋をはめて舵を握っているテオの大きな手が見えた。彼女は喜びと恐怖に身震いした、不信が絹の手袋で絞め殺すという言葉を思い出した。一方、彼は目を開けなかったが、脳裏には火薬の黒い煙が現れる。その煙の中から、命取りの熱い武器を握りしめた夫人の姿が浮かび上がる。

木曜。ベアトリスにしたことは公平じゃない。真面目にアドバイスしてもらうために呼んでおいて、そのくせほとんど何も話さないのなら誰も呼んじゃいけない。いざというときになって彼女が信頼できなかった。それもわけもなく。そしてまず損をしたのはこのわたし、彼女の意見を訊きたかったのだから。ポッシのことではベアトリスの言い分が不当だとしても。それとも彼女の言うとおりなのだろうか？

恥ずかしい、嘘なんかついて！　わたしの家では夕食《セナ》のかわりに食事《コミーダ》と言うだなんて、ベアトリスにそんなでまかせを言う必要がどこにあったの。わたしの家は中流のどの家とも同じだった。どんなに居心地のいい中流だとしても。あの中高等学校に転校したとき、自分が思っていたほど恵まれていないってことを知った。あそこで、そうした違いを学んだ。上流階級の娘たちが何人か通っている授業料の高い学校。違いを教えてくれたのはその子たちの軽蔑だった。そしてわたしはその馬鹿な子たちを無視するどころか、真似をした。あの子たちはいったいどうしてるんだろう。何人かはとってもいい子だった、でも、その後は誰とも付き合っていない。階級はひとりでに分かれる。母さんの話だと、あの子たちはわたしを妬んでいた、わたしが誰よりも綺麗だったから。

もう一つ腹が立つのはベアトリスと議論しそこなったこと。何を話すかを決め、充分な対策が立ったとはっきり確信しないかぎり、もう二度と彼女とは何も議論しないことにしよう。それともう一つ、もう一つの嘘、つまり母さんの病気のこと！　ああいった嘘はもうつかないってきっぱり誓おう。自分で自分に罠を仕掛けるみたいなものだもの。母さんがここにいないのは、わたしがいてほしくないから、母さんには我慢ならないし、苛々させられるから。そして母さんがメキシコに来られないのはここの高度が心臓に悪いからだなんてベアトリスに言ったけど、恥ずかしいわ、わたしより丈夫な心臓なんだから。どうして彼女にほんとのことを言わないんだろう？　母さんは一度だってわたしを辛い目にあわせたことはない、いつも外出し、たくさん友だちを持ち、あちこちの家でトランプをしている。でも、わたしは苛々させられる。我慢ならない。心臓病をでっちあげたことが恥ずかしい。

とにかくベアトリスとはかなりの時間、話ができた、とってもいい友だち、しなきゃならないことがあっても、しばらく病院まで来てくれるんだから。でも、どこか彼女には引っかかる。さよならのキスをしたとき、それに気づいた。昔、友だちに抱いたような愛情を彼女には感じない。もう誰に対しても何にも感じられない？　彼女は帰っていくのに、わたしは病気のまま残る。それが、嫌らしいことに、羨《うらや》ましくもあった。わたしはまるでハイエナ。そして彼女は聖女。でも、たぶん、そうね、わたしにはほんと聖女みたいだから。とっても大きな愛情で接してくれる、でも、なぜだか、友情にふさわしくないようなところがある。母親みたいなところ、あるいは、こじつけじゃないかと思うけど、わたしに対する接し方にはどこか……互角じゃないところがある。高みに立ってる人みたいなところが。だからこそ、母親みたいなところってことになる、なぜって、母親というのは子供よりすごく優っているものだから。もちろん一面では当然のことだ、わたしと較べたら、彼女はとても優位な立場にある、お金はあるし、まったく申し分のない家庭、そして健康。続けるのが怖くなる。彼女には何かが、よくわからないけど、気を遣いすぎるようなところがある。わたしが考えているようなことでなければいいけど。わたしの病気が治らないことを彼女は知ってる、なんてことでなければいいんだけど。彼女はメキシコでの親友、そして医者は彼女にだけは本当のことが言えた。そんなことでなければいいけど。たぶん、みんな、知ってるんだ。わたし以外は。

さて、もうこれ以上悲観的にならないと約束した、その約束は果たすつもり。医者が来る、書くのを止めないと。

大西洋航路の豪華客船がサウサンプトン港を離れようとしていた、その舷側から、品よく着飾った乗客たちが手を振って旅立ちの挨拶をするが、手袋をはめたその手は次第に心細げになっていく。乗員たちの間でとりわけ注目の的となったのは、ずんぐりした、いくぶん年配の紳士だった。映画のプロデューサーということだった。「その天空には空よりもたくさんの星が輝いているハリウッドの、あの有名な会社の持ち主です」とがさつなポーターがもう一人に話す。プロデューサーは居合わせた新聞記者たち、すぐボートに降りて編集部の巣窟に戻ることになる彼らに明かしていた。私は調査旅行中にヨーロッパの素晴らしい人材を発見致しました、もちろん、すでに全員が我が社と七年間の専属契約を結んでおります。しかし、プロデューサーは穏やかには見えない、そこ、舷側で、何かを、貴重だが見つけるのはほぼ絶望的となったものを探しているみたいに、絶えずまわりを見まわしていた。記者たちから解放されると、気分が落ち着かないときだけ喫う葉巻の火を消し、自分のスイートルームのソファに深々と腰をおろして、スチュワードを呼んだ、「今夜中にあの世界一美しい女性の居所をつきとめてくれたら、チップはたんまりはずむよ、タラップを上がってくるところを見かけたんだが、見失ってしまってね。でも、船内に留まっているのは知ってる、星の性質に関しては、私は専門家でね、近くで光を放ってるのを感知するんだ、彼女の全存在そのものがカメラで撮ってくれと求めている。そんな叫び声が聞こえる、私には」

旅の最初の朝、日が昇りはじめたとき、乗客たちは眠っていた。幸せな夢を見ている者もいれば、そうでない者もいる。その定期船の中でたまたま女主人はいちばん幸せな夢を引きあてた。目覚めると、一人の青年が自分の横で眠っている夢を見ていたのだ。彼を起こさないよう細心の注意を払ってベッドから抜け出し、鏡のほうに向かった。明かり採りの——両腕を広げても抱えられないくらい——巨大な円窓が彼女を照らし出す。二人はベッドで夜更けまで月のない空と海に見とれ、カーテンを引かずに眠り込んでしまっていた。彼女は夜明けの光に目覚めさせられる夢を見ていた。あなたはいまだ世界一美しい女性、それゆえ、お連れの男性にふさわしい、と鏡が語りかける。安堵のため息を洩らし、ふたたび横になると、アイルランド製のリンネルのシーツと毛皮の上掛けに心を奪われる、どんな動物の毛？　何かわからないが、熊のように厚く、絹のような感触の毛皮。瞼が重くなった。またうとうとしたのかもしれないが、それもほんの数分のこと、なぜなら、どちらからともなくお互いの肉体へ移動して夜の遠出を再開していたからだ、白い滑らかな地域を女主人は夜に紛れて《バイ・ナイト》、雲雀《ひばり》狩り、そしてしばらくして大物狩り、雄の肉体のジャングルへの危険なサファリの間、暗闇では飢えた野獣たちがうなり声を上げる、だが、そのとき、明かり採りの円窓から差し込む太陽の丸い不躾《ぶしつけ》な光が突然ジャングルを照らしだす。おそらく船が穏やかに旋回したのだ。光が若者の顔を傷めそうになったため、彼は目を覚ますしかなかった。

　二人とも夢を見ていたの、夢は、一緒に朝を迎えたとき、死んでしまった昨夜の悦びを一緒に思い出すことにある、と彼女は言う。すると彼はその言葉を訂正する、いいかい、まず第一に、過ぎ去っていく夜は死にはしない、ただ過ぎていくだけ……二人の思い出の中でいつまでも生きるために、それに、もう一つ……ぼくたちは夢を見ていたわけじゃない、目覚めていたんだ、きみは幸せに慣れなくちゃいけない、そしてそれを夢の領域に閉じ込めちゃいけない。恥ずかしさのあまり彼女は赤くなった、テオの言うとおりだった、二人は目覚めていたのだ。

　日暮れになると、一等甲板は人気《ひとけ》がなかった、吹きぬける冷たい風のせいかもしれない。二人はそれを幸いに、スコットランド毛布で覆われている快適なデッキチェアーに腰をおろした。船旅の二日目の夜にいち早く現れる星々を眺めようとしていた。「きみに話しておきたいことがある。不安におびえてるのは自分一人だなんて考えてほしくないから。こんな幸運が巡って来るなんて、ぼくもときどき信じられないときがある。夢と現実を区別する手助けになるかと思って、ぼくは、つまり、……日記をつけてるんだ。でも、一つ頼みがある。それは、その日記を読まないでほしいってこと、約束してくれる?……ありがとう」

メッセンジャーが二人の話を遮り、書類上偽名で旅行しているテオにメッセージを渡した。彼女は身を震わせ、それを開けないよう頼む。「拝啓、私にご連絡頂きますようお願い申し上げます。第七の芸術に対する奥様のお仕事を請け負う契約を致したく思っております、私は彼女を世界で最も称賛される女性にすることができます。敬具……」。文面の最後を飾る署名に彼女は知り合いのような気がしたが、記憶の糸を辿《たど》ってみても、誰だかはっきりしなかった。一方、テオは単なる誤解と見なすことにした。彼女は反対したが、彼は耳を貸さず、その紙を海に捨てた。「でも、どうして相談もせずに決めてしまうの?」、「きみの夢に出てくる男は自分の妻が言うところならどこにでもついていくような浮ついた男じゃないはず。女は男に支配されなければ、自分の気紛れに支配される。ぼくに支配されるほうがいいんじゃないか?」

夜になった。ハリウッドからのメッセージに刺激されたせいか、若い女性は夕食の前に、船室でしばらく休息をとらなくてはと思う。テオは彼女のそばで横になった。しばらくして彼女は起きたが、意識はまだ眠りつづけていた。彼が隣にいたら引き止めたに違いない。彼女は夢遊病者のように歩き、廊下に出る、そこから甲板へ向かい、小さな階段を昇り、梯子を降りたが、まるで目隠しされたあと誰かに手を引かれているみたいだった。しかし、いったい誰がそんなに速く、ためらうこともなく彼女を導いていくのか？　どんな未知の力が彼女の運命に関わっているのか？　風に透けたネグリジェをひらつかせて通り過ぎる彼女を見て、乗員も乗客も亡霊かと思う。最後に彼女は狭い廊下に入り、乗員用の小さな船室の前で足を止めた。ドアの換気孔に耳を近づけるとテオの声が聞こえてくる、「何時にフンシャルに接岸するんだ？」。「夜明け前だ」と船乗りのしゃがれ声が答える、「それじゃ、我々には好都合。闇は失踪にはもってこいだ」。「乗客は朝食後下船して少し町を見て歩く、そしてその客たちの名は名簿にきっちり記録される」、「そして、名前が名簿にきっちり記載されていない人間は船内に残っていると見なされる。島に残っているなんて誰も疑わない」、「そのとおり」、「このイヤリングは本物の真珠だ、前金代わりに片方渡しておく。もう片方は終わったときにやる……仕事が」

　夢を見ているのではないことを確かめようとして、彼女は指を強く嚙んだ、そして、そのとき、はっきり目覚めた。しかし、今度は悪夢ではなかった、ついさっき耳にした言葉は本物だったのだ。すぐさま両手を耳たぶにもっていく、寝ている間に誰かがイヤリングを外した！　息をひそめて一等船室に戻り、ベッドに入った、するとすぐ、テオの足音が聞こえてきた。額にキスされたとき、目覚めるふりをした、「休めたかい？　いいかい、明日は下船して、エキゾチックなフンシャルを散歩する、だから力を蓄えたほうがいい」、「わかった、あなたも睡眠薬を少し飲んだほうがいいんじゃない？

船医さんが小瓶でくれる。そうすればまたのときに使えるから……ありがとう」

しばらくして彼女はスイートの控えの間で夕食をとることにした。あとは食後のコーヒーというとき、二人は手を握りあっていたが、突然、美女は、背中がぞくぞくすると偽り、ショールを取って、と恋人に頼む。そのショールはテーブルから数歩離れたところにあるトランクにしまってある。銀のコーヒー・ポットに催眠薬を溶かし込むには何秒もかからなかった、「テオ、いつものようにコーヒーを二杯飲みなさい、そのあと、しばらく甲板に出ましょ、話したいことがあるの」。テオは従う。「あのね、テオ、わたしは何も飲まなくても寝られる、もう眠くってたまらないくらいだから……。見て、この空、わたしたちの最後の晩になるかもしれないって、そう考えてみて、そうはならない？　船が氷山に衝突してあっという間に沈没するかもしれないでしょ。今度はわたしに手を引かせて、見て……この船べりの奥、突きあたりの船尾には人っ子ひとりいない。気持ちのいい風ね？　この風が考えをすっきりさせてくれる……何しろ、とっても重大なことを話さないといけないから。わたし……わたしは普通の女の人たちとは違う、そしてそのことをあなたは知ってる、そうでしょ？　さあ……わたしの目を見て、あなたはそれを知ってるのね？　あなた自身、いつだったか話してくれた、でも、そのときは気づかなかった。そのあといろいろ考えてみて気づいたの、あなたは何もかも知ってるって。あなたはこう言った……ぼくはきみのそばを離れない、きみが三十歳になる日は特に、なぜなら、その日……。ねえ！　どうしてびっくりしてるの？　ひょっとしたらそのことがわたしたちを引き離すかもしれないと心配してる？　つまり、あなたがそれを知っているということをわたしが知っている、それをまたあなたが知ったということが原因で。ねえ、ねえ……こんな何でもない話のせいで体がよろめくの？　膝に力が入らない？……わたしは逆、いつになく落ち着いてる。なぜって、わたしが怪物だということを知っていながら、あなたはわたしを愛せるんだから、もうそれだけで……わたしの不安はすっかり消えてしまう……。そう、そのほうがいいわ、手すりにつかまって。その下の海を見て、とっても暗い！　でしょ？　ここはとっても居心地がいい、誰もわたしたちを見ていない、ただ海と空だけが……。でも、船べりから身を乗り出して、いったいどうしたの？　しゃきっと立っているようにしなくちゃ、いつもみたいに男らしく……。さてと……もう、目が開けられないでしょ、そして手も腕も脚も眠ってしまった、もう声も出せない、だから、いい、じっとしてて。心臓近くにあるあなたのポケットから、あなたがいろんなことを書いてるあの手帳を出すから……。いい？　そう、その調子……いい子ね、もう好きにさせてくれるわね、うーん、そう、最後のところだけでいいの……。少し、読んでみましょ……。『今夜、自分がどうにも卑劣に思える……。明日、彼女はぼくに愛されていないと考えると思う、なぜなら彼女を同志たちに引き渡すからだ。ぼくはソビエトの諜報部員、死ぬまでそうだ。彼女には本当のことが言えなかった、彼女に棄てられるような危険を冒しもしたが、それはぼくには堪えられないことだった、何とかしてぼくのそばに引き止めておかなくてはならなかった。いいや、ぼくは彼女に汚いまねはしていない、もしかしたら彼女は理想も名誉もない男を崇めるのでは？　気弱になり、航海が終わるまで彼女についていく気になったときもあった。そして航海のあとは、どんな土地へ行っても幸福感はますます大きくなり……。でも、一つの不安がぼくを待ち伏せ、気を楽にさせてくれない。それは愛情そのものよりも強い不安。自分の大義を裏切るときに抱く後悔よりもっと強い不安、それはその日が、彼女が三十歳になる恐ろしい日が来るという不安、そしてその日、彼女はぼくの考えを読み、知ることになる……。いいや！　そうやって彼女を失望させるくらいなら、ぼくがスパイであり、彼女を裏切ったのだと思ってほしい。でも、彼女をどれほど愛していることか！　どんな女に対しても、これほど大きな愛情と欲望を感じることは二度とないだろう、しかし、こんな妄想はもう消えてほしい、もう耐えられそうにない、何が起きるかを知りながら、その不吉な誕生日を待つなんて……。彼女だって、失望させられるくらいならぼくに殺されたいのでは。必要なら殺そう。そうだ、最悪なのは彼女を失望させることだ。そして、彼女が知れば、それは避けられないことになる、つまり、男はみんな……』」。テオは最後の力を振り絞って手帳を叩きおとしたが、手が震えてつかめなかった、風がそれを運び去り、渦巻き状に巻かれたロープにぶつける。テオはふたたび懸命になって、薄目を開け、彼女を見た、その若い女性は煙を上げている拳銃を握っているみたいだった。彼女は何も手にしていなかったが、青年が最後の力を使い果たして船べりに身をあずけているのはわかっており、何も必要ではなかった。足音が聞こえたような気がして振り返ったが、誰の姿もなかった。恋人のくるぶしをつかんで持ち上げる。押すまでもなかった、青年は自分の重みで手すりを乗り越え、海に落ちていった。

彼女はすぐに手帳を探しに駆け出したが、突風に先を越され、手帳はデッキを滑っていった。すべてが知りたくてたまらなかった。三十になったとき、彼の考えの何を読むのが心配だったのか、何が怖かったのか？　からだを屈め、黒い手帳を拾おうとしたが、また風に奪われてしまう。手帳は宙に舞い上がり、手すりを越え、海に落ちた。彼女は自然が解き放った力に憎悪の声を上げた。「ご心配いりません、私は何も見てはおりませんから」。美女はびくっとして振り返る。数歩先に、ずんぐりした、かなり年配の男が葉巻をふかしながら立っていた。「もう一度言いますが、私は何も見てはおりません。私はあなたに電報をお送りした映画プロデューサー、つまり、今世紀で最も重要な、夢の製作者」、「夢？……わたしは夢が怖い……」、「奥様、さっそくですが本題に入りましょう。我々はハリウッドにある私のオフィスにいるとお考えください。私は何も見なかった。いいや、そう、実は見たのです、絶望した青年が船べりから身を投げるところを。そしてあなたが私の魅力的なスタジオと素晴らしい契約——それも終身契約——に応じられるのを耳にしました。それに報酬はたっぷり支払われます。もちろん、あなたの私生活はいくつかの規定に従わなくてはなりませんし、会社はあなたの行動を監視することになります、特に、倫理的判断に関わることに対しては。条件はお気に入りいただけましたか？」、「子供が生まれるの、さっき自殺した青年の」、「もう心得ております、会社の首脳陣がその子、もしくは、その女の子に対する処置を決めるでしょうが、あなたは、ご自分の美しさを永遠に伝えてくれる女の子がお望みなんでしょうね？」

彼女は答えなかった、答える必要があっただろうか？　彼女は船室に戻ろうとした、数分しかたっていないが、数分もあればテオは溺死しているはずだった。もう彼は生者の運命を弄《もてあそ》ぶ、実体のない、ものぐさな霊魂の軍団に加わっているに違いなかった。

第五章

金曜。今日はポッシのいいところに目を向けてみる。最初の日が大切だった？　そうは思わない。あれは学部のカフェでのことだった。ああ！　ゆうべ、あることを考えていたんだ、つまり、わたしがフィトにからだで報いていたのか、それとも彼がわたしに報いていたのか？　彼とあの悦びを味わうことができていた間、夜になると、彼が好きと思ったものだった。でも、残念なことに昼間はとっても長く、そんな思いは数分と続かなかった。そうね、日曜の朝はもっと長くて、ほとんど午前中ずっと、急がずに、じゃれあっていた。でも、そのあとは一日ずっと、支払うべき代償があった。とっても高い。あれがうまくいかなくなりはじめたから彼が好きじゃなくなっただなんて、ベアトリスはどうしてそんなふうに考えられるんだろう？　そうじゃないことはとってもはっきりしている。

それに、最初の数か月は悦びが続いたとしても、そのあと、家事に専念することで、その代償を支払わないといけないの？　彼が報いればよかったのよ！　そうしてもいいくらいわたしは綺麗だったし、今だってそう。そう、もちろんわたしが報いていた、なぜならわたしは家事にうんざりしていたし、わたしにとっては夜のことは代償に、彼がわたしにする報いになっていたのだから。でも、どうも混乱してる。矛盾したことを言っている。彼はわたしに報いてなかった、わたしが彼に報いていた、そこをはっきりさせておきたい。もしわたしが独身だったら、離婚してからのように、一日をもっと有意義に過ごせていたはず。結局、わたしが彼に報いていたと言ってもでたらめじゃない。わたしのように価値のある女を家に置いておきたいのなら、彼のほうが報いて当然だった。そう、彼は家を維持していた、でも、すべてを機能させていたのはわたしだった、家をきちんとしておくには一日中気をつけていないといけない、召使たちに対してでさえ。そこでわたしは昼間は主婦になった、そして夜はいつも家での雇われ娼婦。そして彼がわたしにくれたのは食事と服。それがはっきりわかったのは別れたときだった。というのも、わたしは出ていきたかったので、彼からは一銭ももらえないってことを受け入れなくてはならなかったから。だからわたしは彼が招待する愚劣な人たちとの食事を我慢し、何でも彼の望みどおりにしないといけなかった。そしてそうしたことから得たものは親密な快い瞬間だけだった。だから実際、わたしは、自分の仕事で、家事に専念することで彼に報いていた、夜になって悦ばせてもらうために報いていた。考えれば考えるほど腹が立つ！　みんなからお返ししてもらいたい！　わたしは女、そして、最新流行の考え方だと一つの対象物なんだから、お返しされたい、それもたっぷり。少なくとも、あれは！　この病院を退院したら自分の考えをはっきりさせないといけない。それかフェミニストみたいに男まさりの女《マリマチヨ》になって、あんなことは二度としないか、それとも、たっぷりお返ししてもらえるよう精を出すか。むろん、三十になったら、もう話は別。

二十という年齢でもう一度始められたら！　そうなれば、きっと自分に高い値をつけるだろう。みんなにお返しをしてもらおう、お金でじゃない、ほんとにお金なんか問題じゃない、気配りで、我慢で報いてもらう、なぜなら、もう無償で身を粉にするつもりはないから。そしてわたしは少しも報いなくなる。

枝葉末節にこだわっている。それも枯れ枝に。楽しいことを書いて気分を高めるどころか。素晴らしい一瞬、それは精神分析の最新の理論についてポッシがしてくれた説明がすっかりわかったとき。あれは彼がわたしのアパートにやって来るようになった最初の月のことだった。もう一つの素晴らしい瞬間、それは新しいネクタイ。でもそれはもっと前のこと。順を追って思い出さないと。最初に出かけたときのことじゃない。楽しい思い出が記憶から消えていくのはどうして？　なんとか思い出そう。そうだ、彼が初めてわたしのアパートに来たときのことだ。新しいネクタイをして現れた！　尻尾を出したのよ。わたしを感心させたかったんだ、ほんと素晴らしい瞬間！　でも、そう言うのは正確じゃない。あれは素晴らしい瞬間ではなかったもの。素晴らしい瞬間はそんなにたくさんなかった。彼とは一度もなかった、あのゼミナールのあとの夜を別にすれば。それにそれだって彼のおかげじゃない。彼が説明してくれたあの理論のおかげ。

ベアトリスに訊かれて気づいたけど、彼はわたしを説きふせることができなかった。いったいどうして？　もしかしたら女を説きふせるのに必要なものがすべてそろっているわけじゃない？　とても男前、感じがいい、知的、敏感、いつも話題にはことかかない、セクシー、心は優しい、これでいったい何が不足？　何にも。じゃあ、きっとわたしのせい、わたしは誰にも何にも感じることができないということははっきりしてる。でも、違う、それも正しくない！　わたしは感じる！　誰かに、こうしたことをすっかり変えてくれるような男性に出会いたいとやっきになってる！　そして、自分の心の奥底にあるものを考え、探しはじめたら、そして、今、この一瞬と同じように気を集中したら、完全に気を集中したら、そんな男性がほぼ目に見える。それはわたしが称賛する男性、そして、わたしは通りを歩き、家に帰ったり、仕事に、あるいは買物に出かけたりする、そして彼と出会う、するとわたしは何をしなくちゃならなかったのか忘れてしまう、どこへ行くのか忘れてしまう、それを彼に尋ねる、すると彼はわたしが迷っている、道に迷っている、途方にくれていることに気づく、というのも、わたしは自分が誰なのか思い出せないから、自分が美人であること、プライドが高いこと、最初に出くわした男にのこのこついていきはしないことを思い出せないから。すると彼はわたしを自分の家に連れていく、そこは本でいっぱいの古い家、グランドピアノがあり、大きな窓が草木の生い茂り半ば陰になっている庭に面している。そして、誰かがピアノを弾いている、彼の母親？　それとも奥さん？　するとそのとき彼はわたしが家の中に入れないことに気づく、そして誰にも悟られないようにしながら、わたしを連れて家を離れる、そして一緒に見知らぬ場所に出かける、そしてある日、彼はわたしと同じように街で迷う、というのも、彼はその場所を知らないから、そしてどこへ向かっていたのか忘れている、そして通りの名を尋ねるが誰も答えられない、というのも、どこへ向かっていたのか思い出せないから、すると、あなたは誰、とみんなが訊く、ところが彼はそれも思い出せない、もしくは、誰であるのか言いたくないのか、どうなんだろう。いいえ、道に迷うのなら、わたしは彼をそんなに好きにはならない、もうそれほど彼には感じないのかもしれない、そう、きっともう彼には何にも感じないいんだ。

どうかしてるわ、意味のないことを書いたりして。でも、ほんとのところ、そんなことが心に浮かんでる間……確かにその見知らぬ男性を熱烈に愛していた。ポッシの欠点は何だろう？　続ければわかるかもしれない。最初にわたしのアパートに来たとき、部屋の飾りつけを褒めた。無粋じゃなかった、どれがいいものか、それが彼にはわかった。推測するのは簡単だった、つまり、いい趣味をしてるんだから、うっかりひどい恰好をしていたことになる。彼はわたしの人生をすっかり語らせた。ただ話しに話しただけで他に何も起きず、かなり夜更けに彼は帰っていった。わたしはとっても冷淡だった。どうしてとりつくろっていたのか？　わたしとすればどうしても何か起きてほしい、フィトとは違う体験をしたいと思っていたからだ。でも、外見をつくろった。固まっていた。彼が帰ったとき、後悔した。

二度目に会ったときのこと。彼にどう言って電話したものかわからなかった、奇抜な考えが浮かんだ。彼に電話し、土曜の午後にバレエがあるけど、ボックスシートのチケットを家族分あげる、と言った。切符売り場に封筒を預けておいた、そうすればすべてが品よくいくし、彼の奥さんとか家族とかに会わなくてもすむ。彼はあとで電話をかけてきて礼を言った、そしてわたしたちは家で会う約束をした。前のときのお返しに、今度はわたしが彼の人生について訊き出すことに決めた。そうだ、最初に家に来たとき、どうしてあんなに冷めた雰囲気になってしまったのか、思い出した。それは彼が尋ねたからだ、わたしが離婚したのは他に男ができたからかって、そして、他に原因があるなんて信じようとしなかったからだ。まるでいつも男が介在していないといけないみたいで、わたしはどうにも腹が立ち、他に男なんかいないってはっきり言ったけど、彼はまるで信じられないというように、にやにやしながらわたしを見つめていた。そしてそのあとは記憶の糸が切れている、どこで会ったのか、最初と同じレストランだったのかどうか、思い出せない。

「夕食《セナ》」のとき、彼はすべてを、ブエノスアイレスから三十分のところにある自分の町のことを話してくれた。ブエノスアイレスの近所ねって言うと彼は怒った。キルメスがブエノスアイレスの近所かい？　自分が生まれたところをとっても愛している人たちが羨ましい、そして食事の間、ポッシは自分の人生を語りつづけた。父親はデリカテッセンをやっていた、奥さんになった公証人の娘とは十五のときから恋人だった。家には学費を出す余裕はあったけど、弁護士になる前から働きはじめた。そして、今は、ある商社で働く一方、他にも仕事を抱えていた。それがどんな仕事か、話したがらなかった。社会的な仕事、と言ったと思う。ところが出し抜けに、弁護士を雇えない政治犯の弁護、と彼は言った。わたしは自分を抑えきれず、脂のついた、チキン・カッチアトーレの脂だったと思うけど、彼の唇にキスした。気前のよさには気前のよさで応えたかった。彼の言ったことは気前のよさの証拠のように思えたから。そこでわたしは自分の台座から降り、彼にキスした。なんて軽率だったんだろう。でも、衝動にかられるときがあってもいいんじゃない？　でも、ほんとのところ、女というのは受動的であればあるほどいい女になる、いっそう品よくなる、そうじゃない？　ともかく、そのときのことを思い出すのは楽しいことじゃない、逆に、思い出すと恥ずかしくなる、正直にならなくてはいけない。そんなキスをしてる自分が滑稽に思える。どうして？　ほんとに滑稽だった？　あのキスがどうして恥ずかしい？　何もかも脂じみている、彼の父親のデリカテッセンもチキン・カッチアトーレも、それとも、わたしって何もかも、思い出までも汚すことしかできない人間なの？　その夜、わたしのアパートに行った。そのあとは次のデートのときの誤解となる、あれは楽しくなかった、そして、そのあとがゼミナールのことになるけど、あれは楽しかった。不愉快なことは書きたくない。ある晩、彼はラカンに関するゼミナールに行かなくてはならなかった。週に一度のゼミナールだった。わたしは、休んで、と彼に言った。何て馬鹿なことを。彼は、一緒に行こう、と誘った。出かけたけど、ちんぷんかんぷんだった。そこからまっすぐ家に帰った。食事には冷たい食べ物を用意しておいた。さっぱりわからなかったことが恥ずかしくてわたしは長々と泣いた。彼はゼミナールで話されたことを、その基礎から始めてすっかり説明してくれた、わたしは完全に理解できた。わたしたちは話し合い、わたしは彼に知的だと思われそうな意見を述べた。赤ん坊と鏡についてだったと思うけど、そんな理論の一つをわたしたちは自分たちの知人にあてはめてみようとした、そうして一晩、語り明かした。わたしたちは夜が明けるのを見た。そして今は、その理論のことはもう覚えていないけど、その当時、わたしはその理論をすっかり説明している本を買った、でも、ここへの旅行のごたごたになり、その本は向こうにある。知りたいという意欲が湧きあがってくるのはなんて素晴らしいことなんだろう。自分を高めたいというのは。わたしの人生でいちばん侮辱的な、いちばん醜悪な瞬間の一つはフィトといたあのときだと思う。彼はわたしを怒鳴りつけた、というのも、一緒にテーブルについている招待客がいったいどこの会社の重役なのか、ときどき思い出せなかったからだ。わたしは赦しを乞い、これからはいつもよく覚えておくって約束した。あの馬鹿がいったいどんなふうにわたしを侮辱したか。まさにこの瞬間、どれほど殺してやりたいことか。絞め殺してやる。ほんとにくず、もらって当然の返事をわたしがしなかったからといって、わたしにあんなに腹立たしい思いをさせるなんて。彼に何を抱いていたのだろう、肉体的恐怖？　どうして女はときどきそんなふうに蔑《さげす》まれるままになるのだろう？　身をすくませるそんな恐怖は何が原因？　どこから来るの？　叩かれるという恐怖？　彼は一度だって叩きもしなければ脅しもしなかった！　じゃあ、その忌まわしい恐怖はどこから来る？　こんな説明しか見あたらない、つまり、男は脅さなくても殴ることができる、そして女よりもはるかに強いから。そして女は男に恐怖を感じるしかない、なぜなら、面と向かったらまったく女に勝ち目はないのだから。自然がそう望んだのだから。ろくでなしの、汚い自然、どうして女をそんなはきだめみたいな状況に置かなくてはならないの？　えっ、どうして？

苛々することで、なんの得がある？　大げさになってもいけない。「おまえはやることなすこと大げさなんだよ」というのが、母さんが人生でいちばん繰り返した言葉の一つ。とりわけ、わたしの娘が生まれたとき。というのも、わたしはクラリータの世話をするために一晩中寝ないでいたけど、何にもできず、結局、他の人たちに世話をしてもらっていたから。あの子が生まれて数か月の間、わたしは心配で寝られなかった、あの子に何か起きるんじゃないか、ちゃんと息をしてるか、寒くはないか、暑くないか、そう思って。そんなふうに心配してたら頭がおかしくなってしまうよ、と母さんは予想した。そしてそう、わたしは頭がおかしくなってしまった、事態はどこかで爆発しなくちゃならなかった。そう、そうじゃなくて、正気になった。その最初の数か月の間、わたしは頭を酷使していた、いつもあれこれ想像した、でもひどい無駄骨だったのでは？　病気、わたしはクラリータを襲いそうなものを残らず想像した、油断のならない風の流れ、不思議なことに夜になると開きかねない窓、そして肺炎をおこしそうな冷気がもう入ってきていた。ピラールがいなかったら……。サン・ルイス州の出で、四十ちょっと、独身、母親を亡くしたばかり。フィトの家族に感謝しなくちゃならないのはそのこと、子守りのことだけ。彼女がいなかったら、わたしはどうなっていたか？　彼女が、まるで救命板にしがみつくみたいに、クラリータに抱きつくのを見た。ああいった地方出の女たちはあれこれ言う、彼女の話だと、何か月も何か月も手もとに死神のカードが配られてきた、そして負けてしまった、だからこそ、老婆の世話をしてきたあと、赤ん坊の面倒をみられるのがとても嬉しいとのことだった。わたしはそんな気持ちが理解できるのにどれくらいかかったのだろう？　数日だと思う、それとも一瞬のうちにだったか、そしてクラリータが安全なのがもうわかった、そしてそれと同時に、わたしはほぼ三年間のブランクののち大学に戻ることを決めていた。ときどきわたしの頭はコンピュータのように働く、恥ずかしいけど。あの人は計算高い、と言うとき、そういうことが言いたいのでは？　認めるのは癪《しゃく》だけど、実際、そんなだった。

でも、計算高いというのとてきぱきしてるというのは別問題だ。きみは機械みたいだ、とポッシは言った。自分の一週間の予定を立てている、まるで、彼がどう言ったか覚えてないけど、まるで蟻みたいに、じゃなくて、でも、何か嫌なものにたとえていた。もちろんポッシは自分の一週間の予定を立てることができたけど、わたしはだめだった。彼がよく口にするもう一つのおかしな言葉は「操縦士」。わたしはクラリータとの規則的な面会を操作したけど、それと同じように彼を操縦しようとしたから。たとえば、ポッシは、クラリータと会う日を劇場でマチネーのある日にぶつける、と言ってよくわたしを非難した。それは自分の仕事をしていて、ついでにクラリータと会うためじゃなかった。上演中、わたしは劇場にいる必要はなかった。ほんとのところ、あの子にいい趣味をつけさせたかった、バレエから始めて、その後はあの子が気に入ればオペラを少し、そしてその後はコンサートというように。五歳の女の子なら、もう音楽が好きになりはじめるはず。でも、クラリータは興味を示さなかった。あの子は最高のボックスシートで、自分とわたし、それに母さんの三人だけで六人用のボックスシートでくつろいでいるのが好きだった。でも、あの子はぼんやりし、ときどきステージを見ていないようだった。ポッシと話したとき、それを言ったのは彼で、わたしより先にそのわけを予想した、いつかクラリータに父親と行けるようにチケットをプレゼントしたら、と提案した。わたしは『胡桃《くるみ》割り人形』、『眠れる森の美女』といったあの子がもっと気に入りそうな子供向きのものに連れていっていた。翌週はより変化に乏しい『ジゼル』しかなかった。あの子はとってもはしゃいでいた、とフィトは言った。そしてわたしがあの子に訊くと、他のバレエよりもずっと素敵だった、と答えた。

言うことなし。そして服にしても同じ調子で、わたしが買ってあげた服は……あの子はめったに着ようとしなかった。おまけにフィトの母親があの子に買うものはすごく悪趣味。自分の娘がひどい恰好をしているのを見るのはどうにも辛かった。そこで劇場へは、わたしの代わりに、ピラールにあの子を連れていかせた。だから、子供は特殊な、確かな嗅覚をそなえていて自分を愛してくれる人間を知る、なんて言われると無性に腹が立つ。わたしはあの子が好きだった、というのも母親っていうのは自分の娘を、それもあの子みたいにとっても可愛らしい娘を好きにならないはずがないから、そして、わたしは何よりもあの子の幸福を願っていたのに、どうしてクラリータはわたしとあんなにトラブルを起こしたのだろう？

ポッシはそれが決して理解できなかった。きみが家を出たことがあの子には許せないんだ、とポッシは言った。彼に何がわかっていた？ クラリータにとって母親はずっとピラールだった、わたしはいつもそれがわかっていた、でも、とにかくあの子はわたしにもっと優しくなくてはならなかったはず。ところがフィトは、娘のこととなるとうまく立ち回り、わたしがあの子に会いたくなるといつだって会わせてくれた。ポッシはときどき話すのが目的で話したりする。フィトの一ついいところは、わたしがあらかじめすべての段取りをしておくことが好きだったこと。わたしが彼の扱い方を心得ていたら、彼との話し方を知っていたら、たぶん彼も変わっていただろう。でも、だめ、彼には彼の人となりがある、誰にもそれを変えられやしない。違う、彼と結婚したのが間違いだったの。でもある意味、彼は分別のある人間だった。そしてポッシはときどき分別をなくし、もしもクラリータが男の子だったら、きみはあの子を自分の手もとに置こうとしたはず、と決めつける。どうにも頑固。今度彼が来たら断固とした態度をとろう、そう誓うわ。ほんとのところ、フィトがわたしを悩ませたがっていたとは思えない、彼は食事の件は大切なことだと本当に信じていた。自分の考えてることを話さないわたしが悪かったんだ。そうやってわたしは鬱憤《うっぷん》を蓄えていった。話をしないことほど悪いことはない。でもわたしは、何かに腹が立つと、すっかり殻に閉じこもってしまうだけ。たぶん、そこに女と男の違いがある、女はすべて衝動、すべて感情、そして自分の思っていることを口にするかわりに怒りに精根を使い果たしてしまう。でも、ほんとは……わたしはそうしたときには考えない。誰かに侮辱されても何も考えない。頭に血がのぼるだけ。典型的な女の反応。ところが男は誰かに侮辱されたとたん発奮する。これは認めなくてはいけない、女はもうそんなふうに生まれついている。ベアトリスは、女はそんなふうに生まれついていない、そんなふうに躾けられたの、と言う。わたしは気質の問題だと思う。

それが理にかなっている。男にとって女が魅力的なのは女の感性、女がどれくらい優しくなれるかっていう点にかかっているから、それなら女はすべて知性っていうわけにはいかない。人はどちらか。そうでなかったら、たがいに惹きあうものなどないはず。一方に何かがあれば、もう一方には別のものがある。でも、そうだとしたら、彼らがわたしを侮辱しようとするときに怒る必要はないのかもしれない。それに、彼らは結局自分の目的を果たすのだし。でも、そこに問題がある。つまり、本物の男性、あるいは、言ってみれば優れた男性、でも、わたしより優れていない、というのもそうなるとベアトリスの言い分が正しくなりかねないから、でも彼女の言うとおりじゃないけど、別の意味でわたしより優れている……。うーん、もう一度始めたほうがよさそう。

とにかく、女は男と同じだと女たちに吹き込むのはよくない、よくない、よくない、よくない、わたしたち女は違うんだから。厄介なのはわたしたちを評価してもらう、理解してもらうためにはとっても特別な男性が必要ってこと。また、わたしたち、だなんていう言い方をしたわ。そして一つ確かなことはわたしは女の人たちと話をすることに関心がないってこと、たぶん花瓶に話をするみたいだから？　わたしたちを理解してくれる、そしてわたしたちの弱味につけ込んだりしない男性。優れた男性。わたしが話をしたいのはそんな男性とだと思う。いつか運よくそんな男性と知り合えるだろうか？　存在するのだから、もちろん存在してるわ。

ベアトリスはわたしのことが理解できない、あの人は他のことに没頭してるから。それに、わたしがすっかり話さないから理解できないというのもほんと。どうしてなんだろう？　恥ずかしいから？　それとも、いつもの癖？　つまり、フィトとは面と向かって話す気になれなかったのと同じで、彼女とも話す気になれない？　そして自分自身とだって？　この日記にはアレハンドロのことは一度も書いていない、だから、いつか自分自身とさえ向かい合って話しかけるという勇気がない。でも、いつ、何を話す？　たぶん、わたしが話したいと思う人が誰かわかれば、おそらくそのときには話そうとするはず。優れた男性。でも、どこにいる？　いるっていうサインをどうして全然送ってくれないんだろう？　父さんがあんな若さで亡くなってなければ、たぶん、今、助けてくれるだろう。父さん、ぜひとも訊かなくてはならないんだけど、死者は生者に起きていることを見てる？　わたしはそう思う、そのとおりだと何かがわたしに語りかけてくる、でも、だったら、どうして父さんの言葉がわたしに届かないの？

そうじゃないほうがいいのかもしれない、死者は何も見ていないっていうほうが、だから父さんもアレハンドロとの出来事を見ることができなかった。それを思い出すと恥ずかしくなる、だからこそ、誰にも話したくない、考えることさえ、だから父さんは聞こえないし、わたしの考えを読めない。誰にも絶対話さない。そのうち忘れてしまうわ。

金曜。父さん、わたし、怖い。今日、手術前と同じ痛みをまた感じた、どうしたんでしょ？　前ほどひどくはなかったけど同じ痛み、取り除かなくちゃならなかったものが、たぶん取れてなかった？　気分がよくないの。

もっとあとで。鎮痛剤をくれたので楽になった。最悪なのは怖がること。父さん、わたしはちょっとした痛みにおびえなくていいの。父さんにあれこれ話したいことがある。でも、そのことにもおびえなくていい。父さんがわたしのことを理解してくれるから。父さん、わたしが知らない間にすべてが始まったの。まさしく劇場で、そこにいるとわたしはとっても満足、とっても楽しかったのだけど、でも、そこで始まったの、あんなことになるなんてわかるはずがなかった。二人の偉大な歌手、つまり当時最高のルチア歌いと最高のエドガルド歌いがブエノスアイレスで『ランメルモールのルチア』

をやった。とっても素晴らしい出来だった、でも、初日と次の公演の間に五日の空きがあったので、わたしは二人に、アルゼンチンらしい牧場を訪ねられないか、と訊かれた。友だちの友だちが、自分の知り合いにブエノスアイレス州にある牧場の持ち主がいる、車でたった五時間のところ、大の音楽好きだからどうかって勧めてくれた。電話をかけてもらった。三十分後にはもう、アレハンドロはわたしの事務所に来ていた。

わたしは彼が気に入らなかった。一目見て拒絶感を抱いた。ミルクみたいに白く、大柄だけど少し太り気味、それに、禿頭。巨体だけどぶよぶよって感じ。おどおどした目つき、鼠みたいな目に金縁の眼鏡。いつも目を伏せてる。父さん、わたしの言ってることわかるでしょ、彼がどんな種類の人間か？　祖父母はスペイン人とイタリア人。父親は町の競売人だったけど田舎の土地を買って財をなした。その父親が死んだとき、彼は医学を勉強していたけれど、母親と暮らすために町に戻った。その母親は一生の間ずっと病気だった。彼の話だと慢性の貧血。彼が物心ついたころから母親はずっと病気で、ひどく信心深かったとのこと。父親は頑健そのものだったけど、突然の心臓発作で急死。きっと母親というのはわたしたちの誰よりも長生きする、わたしもこんなだったら、いつなんどき逝くことか。

第一印象は否定的だった、いつも第一印象に従わないといけない、でしょ、父さん？　その牧場での週末は申し分のない天気だった、冬のパンパの太陽の下、みんな充分服を着込んでの乗馬、暖炉の燃えあがる、牧場の家の居間。外国人たちはすっかりご機嫌。わたしは牧場主の過剰な心遣いに苛々し、神経をたかぶらせていた。ブエノスアイレスに帰ると、花束とボンボンを受け取った。二人で初めて外出したとき、最高級のフレンチ・レストランに連れていかれた。あまりの心遣いに緊張のしっぱなしだった。信じられないくらい小心なくせに給仕をする人たちには横柄、そんな男に胸糞が悪くなった。その点では父さんがお手本、父さんはそういった人たちを丁重に、そして威厳をもって扱っていた。

二度と会わない決心をしていた。彼は毎日電話でいくつもの言伝を残した。電話に出ると、わたしとクラリータ、それに母さんを牧場に招待した。牧場は素晴らしいところだった、だから、そこへ二人を連れていかないのはわたしのわがままのように思えた。それがひどい間違いだった。クラリータは退屈したし、母さんは醜い老婆と馬が合わなかった。クラリータは二度と行きたがらなかった。醜い老婆は本当にガリガリで、息子の優しさ、息子が自分にどれほど尽くしてくれるかを二六時中、わたしに話した。実際のところ、週の半分を過ごす牧場で彼の唯一の刺激は素晴らしいレコード・コレクションだけだった。

まさにその月曜、劇場にいるわたしにパリから電話がかかってきた。サン＝ローランの店がわたし名義の貸方票のことを知らせてきたのだった。でも、わたしは心苦しく、断った。それでも数日後にはサン＝ローランの店から包みが届いた、結局、あれほど美しい品々を送り返すことなんかできなくなった。サイズはぴったりだった、前に一人の召使、彼の母親の服を手直しする召使が寸法を取っていた。わたしが牧場に行ったときに、わたしの服のサイズを測っていたの。わたしが甲高い声で、サン＝ローランの品にはうっとりする、と言うのを彼は聞いていた。その週のいつか、夜に会う約束をした。でも、厳密に友だちとして。父さん、わたしのひどい誤りはファン・ホセ・ポッシという若い男性との関係を最初から彼に話しておかなかったこと。たぶん、それはもっとプレゼントが欲しくてたまらなかったせい。それに、そのファン・ホセとはだんだん会わなくなっていたことも認めなくちゃいけない。そして、父さん、父さんには理解できないけど、オートクチュールの一点物に夢中になれない女は女じゃないのよ。

心配で夜も眠れないということがどういうことか、わたしにはわかっていなかったけど、彼のせいでそんな体験をすることになった。それも一度といわず。最初のときのことはとてもよく覚えてる。その晩、一緒に食事したあと、彼はわたしを家まで送った。彼がその場に残り、あの若いファン・ホセが来るのを見るまであたりをうかがっているなんて、わたしには思いもよらなかった、それにわたしがカーテンを引いていたら、ファン・ホセが入るのはわたしの家だってことをどうやって知る？　ファン・ホセは確かに言い当てた、つまり、アレハンドロはきみに探偵をつけた、と。わたしはそれをファン・ホセのパラノイアのせいにした。彼は自分が警察やなんかに見張られてると思い込んでいたから。彼の、つまり、ファン・ホセの言うとおりだった。その晩、ファン・ホセが帰ったあと、わたしは何の心配もなく、とても気持ちよく眠っていた。ね、父さん、そう、その点でわたしが悪かったことは認める、なぜって、二枚のカードをもてあそんで喜んでいたのだから。とっても安っぽい女に見えるでしょうね？　でも父さん、女は自分の道を探さなくちゃいけない、そうした種類の関係を持つことは自分の値打ちを下げることにはならない、父さんにもはっきりそう断言できる、時代が違うの。ポッシと関係を持ちながらもそんなことをして、父さんにはよくないことに思えるってことは理解できるわ、でも、淫乱じゃない。ええ、父さんの時代には、男性はそんな女に敬意を払わなかったってことは理解できる。でも、今は反対なの、経験のない女、猫かぶりの女は敬意を払われない、それとも父さんは猫かぶりの娘が欲しかった？　話を戻すと、その晩、とっても遅く、電話が鳴った。彼は朝いちばんに会いにきてくれなければ自殺するってわたしを脅した。自殺するって誰かが口にするのを一度も聞いたことがなかったので、びっくりした、ひどく心配になった。馬鹿なまねはしないと彼に約束させた。

翌朝早く、彼に電話した。わたしは一睡もできなかった。ところが彼は、きっと、ぐっすり寝てたのね、なかなか電話に出なかったし、眠そうな声をしていたもの。彼はわたしのアパートにやってきた、わたしはふと思いついた、彼の興奮を鎮めるのにいちばんいい方法は……そう、関係を持つことだって。その瞬間、わたしは意を決して真面目に彼にそのことを話した、そんなことを言い出すのはずいぶん現代的なことのように思えた。でも、そうすれば惹かれてるのは肉体だけってことにあなたは気づくはず、わたしたち二人の間には本当の精神的な触れ合いがなく、これっぽちも理解しあっていないのだから、そう彼に言った。

ところがアルゼンチン人があんなこと言えるなんて思いもよらなかった。でも、言ったの。私はカトリックです、と彼は冗談なんかじゃなく真剣に言った。自分を愛してくれる女性としか性的な関係は持ちません。そしてあなたが私のことが好きでなければ、そんなことは決してできません。なぜなら、私にとって愛のないセックスは獣のすることだからです。

その頃までにはもう劇場でのごたごたは始まっていたと思う。七三年のシーズンのことだった。もうカンポラのペロニスト政権になっていた。ポッシは自由の雰囲気に、とりわけ報道の自由、政治犯に対する恩赦に大喜びしていた。カンポラが権力の座に就き、政治犯を全員釈放したあの五月二十五日以前は、かわいそうにポッシは自分が関わっている政治犯たちのことで忙殺されていた。彼が暇になったとき、わたしはすでにあの男と浮気していた。でも、どうやったら、そんなことがわかってもらえる？　つまり、嫌悪感を抱くような男にどうして自分を差し出せるのかってこと。その名前を書くことさえできないくらいの嫌悪感。アレハンドロ。まったくその名に合っていない。わたしにとってその名は偉大さ、つまり、アレクサンドロス大王に結びついている。あだ名をつけるべきだったのかもしれない。ポッシはあの人のことをベルゼブルって呼ぶ。悪くはない、でしょ？　悪魔の名、でも、変な悪魔、陰気な悪魔。

そして劇場での陰謀。『リゴレット』の上演中、その幕間に、三十人か四十人くらいのごろつきが通路に入り込み、大声で国歌を数節歌いはじめた。聴衆は、公の行事で国歌が歌われるときはいつものことだけど、起立した、みんな敬意とむかつくような恐怖が混ざったような気分で。国歌に対する敬意、そして、ごろつきに対する恐怖、父さん、わかる？　でも、どうやって中に入ることができたんだろう？　劇場の管理部の誰かが画策したのは間違いなかった。彼らは歌いおわるとすぐ、声をそろえて叫びはじめた、コロン劇場はアルゼンチンの芸術家のためのものである、外国人は出ていけ。民族主義者のグループだった。外国のものはすべて憎悪している人たちの。そして、わたしたちがアルゼンチンの歌手とだけ契約することを要求しようとしていた。でも、それは無茶なことだった。なぜって、たとえば、確かにクラシックのバレリーナはあらゆる役を任せられるほどそろっている、でも、声楽はそうじゃない。いいアルゼンチンの歌手もいる、でも、この劇場での一シーズンの登場人物のすべてをまかなうほど人はそろっていない、何しろコロンは世界第三のオペラハウスなのだから。要するに、それは無理な注文だった。それに、どんな立派なオペラハウスだって自国の歌手だけでは何ともならない、アメリカ合衆国だって、イタリアだって。いつも誰かを外から雇わなくてはならない。そして、その頃には、新政府に任命された役人たちが来はじめていた。一人がこう言えば、もう一人はああ言う。やってきた役人たちの中には劇場の名声を維持しつづけようとする人たちもいれば、すでにリハーサルに入っている外国人歌手との契約を破棄しようとする人たちもいた。

ベルゼブル。彼はどんな政治思想を持っているんだ、と最初に訊いたのはポッシだった。そんなもの持っていないとわたしは思っていた。『リゴレット』の夜、ベルゼブルはわたしを食事に連れていくために出口で待っていた。わたしはまず彼に劇場内での野蛮な行為の話をした。彼はその連中を弁護した。我々の根に、つまり健全なカトリック国の根本に戻らねばならない、とかなんとか彼は言った。わたしには信じられなかったけど、わたしたちのものではない習慣を嫌悪していた。彼の話だと、習慣の頽廃であるものすべてに対する嫌悪、その頽廃は外から、つまり、ヨーロッパ的な頽廃から来ている、そしてわたしたちはどんな犠牲を払ってもそれを真似ようとする、なぜなら、わたしたちは劣等感を抱いた馬鹿であり、外来のものはなんでも優れているように思うからだ。言い換えれば、彼はものすごい潔癖主義者。

ものすごい潔癖主義者、そう、このページにそう書いている。でも、彼にそう言ってやったことはない。それが癪《しゃく》にさわる。彼が怖いからというわけじゃない。それどころか、その気になれば一言で破滅させられる男だった。でも、彼のことをどう思っているか、それはいろんな理由から、面と向かって言ったことはない。もちろん、どんな理由かわたしにはわかっている、でも、誰にもわからない。彼がひどく気の毒に思えたから、ただそれだけのこと？　ね、父さん？

最初に自殺するって脅された日のすぐあと、わたしたちはそんな話をした。彼をどう思っているか、どうやったらそれを言う気になれたのだろう？　でも、わたしは人のいい女と思われたくもない。彼のプレゼントも大きな一因となっている。たいへんな金持ちはどれほどの力を持ちうるものか、それを考えると怖くなる。母さんは長年、ミンクのコートに憧れていた、それがアパートに届いた日、それを毛皮商に返すなんて勇気をいったいどこから、どうやったら出せるんだろう？　あれは七三年の十月、母の日のことだった。「あなたのお母さんにです、この世にこれほど美しい人をプレゼントしてくれたお返しに」とかなんとか。ベルゼブル。そんなこと悪魔にしか思いつきはしない。どうしたらあんな喜びを母さんから奪えるほどわたしは残酷になれるだろうか？

でも、私立探偵に跡をつけさせてるでしょ、とどうして言う気になれなかったんだろう？　それは具体的な事実であり、単なる思い込みとか、それに類するような漠然としたものではなかった。そう、それは一つの侮辱であり、わたしのプライバシーに介入していた。じゃあ、どうしてそれを言う気にならなかったの？　きっと怖かったからだと思う。でも、何が？　わたしはすごい金持ちがいつも怖かった、それともそれは別のもの？　敬意を抱かせる？　それはわたしに限ったことじゃないと思う、まるで自分ひとりが悪いかのように、あれこれ自分を責めるほどの馬鹿である必要はない。人は口には出さないけど、わたしにはすごい金持ちはあらゆる人に影響を及ぼすように思える。そして、実際、わたしたちがぼんやりしてると、金持ちは自分が望むものを、人を、警官を、判事でさえ買いかねない。

私にとってあなたの手にキスすることは他の誰にもまして大きな意味を持つものです、と彼は言った。そして、あなたが私のことを好きになりはじめたと言ってくれない限り、決してあなたの口にキスはしません。ここで、わたしにはさっぱり理解できそうにないことをもう一つ打ち明けないといけない。つまり、母さんが毛皮をもらった日、わたしは嫌悪感を抱きながらも心を偽って、あなたのこと好きになりはじめたわ、と彼に言ってしまった。父さん、父さんを騙すつもりはない、でも、それはほんとのこと。わたしはその費用に感激していた。すると彼は初めてわたしの口にキスした。唇がないくらい薄い口、それに、とても冷たい唾液。ぞっとした。そして、三千ドルぐらい彼には何でもないことだと知っていながら、そのプレゼントに感激している自分にぞっとした。でも、だめね。毛皮や高価な、それも、とっても素敵な！ドレスに対するこのフェティシズムというものは。いいえ、女性に対して公正さを欠いてもいけない、女だからといって軽薄さや浅薄さを問題にする必要はないのだから。ない！　そしてこのことをベアトリスに充分強調したい。衣裳のことはとても複雑、というのも、そこには、父さん、そこには芸術の問題が関わってくるから。あのパリのドレスは芸術作品だった。職人芸なんかじゃない、芸術！　夢の創造物なの。サン゠ローランは世界にとっての危険人物だわ、父さん。そしてもちろん、女はもっと芸術的な感性を持てば、明らかに、誰もわたしの言うことを否定しない。そう、もっと感受性が鋭くなると、女はああした衣裳をいっそう評価し、分別をなくす。でも、だからといって分別をなくしたりしないわね、ベルゼブルが攻撃用の武器の選び方を知っているから、なくすのよ。ほんとを言うと！

母の日があったあの十月か十一月のことだった、劇場と文化省の職員が、カンポラ政府に任命された人たちの多くが辞めたのは。三か月もその職に就いていなかったと思う。そして、新政権、つまり、ペロンとイサベルの政府の連中がやってきた。ベルゼブルは一言もあらかじめ言ってくれてなかった。ある朝、劇場の要職に就く数人の役人の名簿が届いた、そしてその中に彼の名があった。でも、それまで一度も政治に関わっていなかったのなら、どうして？

母さんが気づいた、そして、ポッシも気づいた、電話で話してるうちに、でも、もちろん、彼はその頃にはまったくと言っていいほど電話をかけてこなかったので、わたしに知らせてくるまでにはずいぶん間があった。わたしは母さんの言うことを信じなかった。電話は盗聴されていた。それに母さんの電話も盗聴されていた。ポッシは家でさえ、わたしにそのことを言おうとしなかった。アパートにだって盗聴マイクが仕掛けられているはずと彼は考えていた。あるカフェで会うことにした。アレハンドロが任命されたのとほぼ同時期のことだった。いいえ、その頃はまだ結婚話がもちあがっていなかったから。年末近くだったはず、というのも、ベルゼブルが結婚のことを言い出したのはクリスマス近くだったから。年末に結婚して、ハネムーンは夏に東洋、ヨーロッパ、あなたのお望みのところで過ごしましょう。ああした日付はよく間違える。彼は火星に行こうって言いだしかねなかったけど、そうなら、嫌って言っていただろう。キスはキス、結婚は結婚。ほんとのところ、わたしは超例外的な男性としか再婚しないつもりだった。でもね、そんなこと、決して自信をもって話せるものじゃない。女が恋をするのは結婚という誤りを犯すため。でも、だからこそ、わたしはいま無事でいられるのだと思う、なぜなら、このうえなく例外的な男性にしか恋をすることができそうにないから。落ち着いててね、父さん。

わたしのメキシコへの旅は、実はそこから、つまり、ポッシと会ったあのカフェから始まった。アレハンドロのことをできるかぎり調べあげた、とポッシは言った。彼は極右で、自分の牧場近くの町で政治活動をしたことがある。つまり、その町の中高等学校の教師のカップルが同棲していたんだが、その二人に対する抗議行動に関わり、不道徳ということで追放してしまった。それに仲間が悪くて、極右、過激なカトリック、そして民族主義者の連中。そして、そういった連中がペロン新政権とぐるになってる。アレハンドロは危険人物。わたしの閉所恐怖症が始まったのはそのときからだった。つまり、ブエノスアイレスではもう息ができないような気分になりはじめたのは。

知りたいことが一つある、でも、どうやって？　それはこういうこと。ポッシとそんな話をしたあと、アレハンドロがどんな人間かもうはっきりわかっていた、ところが、彼に次に会ったとき、彼という人間を責めもせず、それまで以上に優しくなった。彼にふさわしい場所に追いやったとしても、それだけのこと、わたしはその後の出来事を避けられただろうか？　でも、わたしも混乱してる。実は、ポッシがそうしたことをすっかり話してくれたとき、その話が本当だと納得しなかったのだから。

そう、それがほんとのところ、というのも、クリスマス・イヴの前日、母さんの家が家宅捜索されたとき、わたしは、彼に、アレハンドロに助けを求めにいった。彼が陰で糸を引いているかもしれないなんて一瞬も考えなかった。彼はすぐにわたしに会いにきて、内務省に連れていった。彼の話だと、父さん、父さんがとある集まり、秘密結社に、今は新政府に反感を抱く人物が属している結社に入っていたことがわかった、そして、できるかぎりの証拠を集めているとのことだった。内務省では誰もわたしには何も言わなかった、わたしの前では、赦しがたい過ちだとかなんとか、弁解ばかり並べたてた。秘密結社のことを話してくれたのはアレハンドロだった。気の毒なのは母さんで、ショック死しかねなかった。そして、母さんとわたしは、わたしたちを弁護してくれた彼に感謝しまくった。

でも、無意識のうちにわたしはなんとなく反発しはじめていた。そんなことがあって数日のうちに、わたしはパスポートの更新申請をした。心のどこかで、この先、アレハンドロとどうなっていくのか、実際にはすでに起こりつつあったのだけど、それをうっすら予感していた。おまけに、父さん、父さんにはいつもおかしなところがあったよ、秘密の集会に出たり、何だかはっきり言えないようなことをしてた、と母さんが言い出した。その話にびっくりした。でも、今考えてみると、笑える、つまり、父さんにはその頃誰かいい人がいて、母さんには何かと言い訳していたのかもしれないんだから。わたしは父さんのことは理解してる。でも、その後、逃げ道はなかった、一月の休暇が終わると、その月はずっと彼の牧場で、あの頭のおかしい母親と、これまた半分頭のおかしいわたしの母さんと、退屈し、そこにいたくないクラリータと一緒に過ごしたけど、そのときにはもう他に逃げ道はなかった、そして、そのときだった。あなたとは決して、絶対、結婚しない、と言ったのは。

でも、仕事に戻ると最悪の事態になった。わたしはポッシに電話した、それまで会いたくなかったのは一つには休暇ということもあったけど、何よりも、アレハンドロが次第にわたしを夢中にさせていったからだった。でも、ポッシに電話をかけ、話した。アレハンドロが言うには、内務省には母さんを拘留して徹底的に尋問し、父さんの活動について、父さん、もう二十年も前からのよ、話をさせようとしている者たちがいる。アレハンドロの話だと、彼がいなければもうとっくにひどいことになっていたはず。ポッシはわたしの意見に賛成した、つまり、みんなアレハンドロのでっちあげた嘘だという。でも、彼には嘘を本当のことにする力があった。さらに、もう一つ問題がつけ加わったとき、何もかもとてもはっきりした。私と年末までに結婚してくれれば、お母さんをそうした不愉快な目にあわせなくてもすむようになる、とアレハンドロが言ったの。間違いなく脅しだった。でも、わたしはそんなことを面と向かって言う気にはなれなかった、それは必ずしも怖いからじゃなかった、はっきりしなくて腹が立つことだけど、わたしは彼を恐れていなかった、父さん、誓ってもいい。面と向かってあれこれ言ってやることは怖くなかった、気の毒だったの、彼はわたしに夢中だったから。

その頃だった、半年ちょうだい、結婚するかどうか、もう一度考えてみるって約束したのは。婚約を発表したほうがいい、と彼は言う。わたしはクラリータをだしに使った、つまり、あの子があなたのことをもっと知るようにしたい、あなたになつくようにしたいって。だいたい九月頃には結婚できる、とわたしは言った。春の花嫁。ほんとは、何もかも悪夢に思える。ポッシとは会えなかった。もう恐怖にすっかり取り囲まれていた。でも同時に、何もかもうまくいく、そうだ、アレハンドロは一人失望することになるという期待を抱いた。だいたい年の半ば頃だったけど、事態は前より落ち着いているように思った。なぜなら、はっきりしていたから、わたしは彼に、不満なあのベルゼブルにうんざりし、することといえば話だけ、彼は彼でわたしにうんざりしていたのが。でも、彼に辛くあたると、いっそうきついしっぺ返しをされた。そして、その後まもなく、いちばんの恐怖、最大のショック、つまり、失職。劇場をくびになったのは、もうわたしの業務が不要になったからだった。アレハンドロは、それは内務省の中で私を憎んでいる人間の仕業だ、あなたを通して私に仕返しをしている、とのことだった。嘘よ、彼の命令だったの。疑問の余地はない、そう思わない？　もうそれ以上我慢ならなかった。別れも告げず、何にもなしで、わたしはここに来た。もらったプレゼントは残らず持ってきた。付き合っている間に彼がプレゼントしてくれた宝石を持って。そして、こうしたことを全部まとめながら、考えに考えている。わたしは彼を憎んじゃいない。ひどく気の毒に思っている。父さん、わたしってどういう人間？　誓ってもいいけど、わたしは彼を憎んでるんじゃなくて、憐れんでいる。でも、自分自身をもっと憐れむべきなんでしょうね？　父さん……父さんをとっても遠くに感じる。まるでわたしの言ってることがわからないみたいに。

第六章

スクリーンの新たなセンセーション、そして、世界一の美しい女性として知られた女は高熱にとりつかれベッドでもがいていた。遠くから小さな女の子の泣き声が聞こえてくるような気がする。上体を起こしたかったが、頭が枕から離れない、手を伸ばし、どれでもいいから近くにある鏡の柄をつかもうとするが——鏡に囲まれて暮らしていたからだが——それもできなかった。手を額にもっていったものの、まるで熱いアイロンにうっかり触ったかのように、びっくりして指をひっこめる、だが、すでに火は指にまわり、パチパチ音をたてて焦がしつつ、あっというまに彼女を焼きつくしていく。火傷の激しい痛みに目が覚める。時計は五時二十九分を指している。また悪夢だった、最悪なのは、夜、よく休めないと、目の隈が目立つこと、すると、カメラが嬉しそうにその隈を指摘する。そのたびに彼女は会社から脅迫めいた伝言を受け取り、夜も寝ずにくだらない本ばかり読んでいることを咎められる。夜、彼女ができることといえば、現状では、読書以外にないからだった。

一分後、ベルがいつもの朝と同じようにぶしつけに鳴り、女優は起きた。いいお天気！と、付き添いの婦人がバンガローの簡易台所《キチネット》で上げる耳障りな声が聞こえてくる。彼女は応えなかった、地獄の門の番犬のようなその女には、自分は朝は機嫌が悪いとすでに教え込んであったからだ。こうして撮影の日々の変わりばえのしない一日がまた始まったが、それでも一つの映画から次の映画に移る間に待ち受けるプログラム――同じ会社での舞台のレッスン、続いて体操、バレエの訓練、そして、くだらない発声練習――よりはましだった。顔を洗い、適当なパンツをはき、ブラウスを着て、頭にスカーフを巻く。嫌われたベッツィはすでに紅茶をいれている。熱い飲み物を二口、三口すすると、いつものように腹を動かしにバス・ルームに引き返す、そのあと続けて、玄関先の庭で五分間、深呼吸をする。他のバンガローでは誰もが眠っている、おそらく昨夜見た彼女の最新作に出ていた女優の夢を――妻の隣で押しつぶされて――見ている若い夫もいることだろう。しゃれた小屋がハリウッドの数多い丘陵の一つの斜面に点在している。二人の女はジグザグの細い道を降り、通りに出る。

六時ちょうどに、撮影所の運転手が到着した、「おはようございます、ミス・スター。おはようございます、ベッツィさん」。二人は応えなかった、それが黒人の運転手に対する習慣だった。女優と運転手はバックミラーを通して妙な視線を交わした。ベッツィはすぐタイプ打ちの台本を開き、その朝撮るシーンの台詞を大きな声で読む。いつものように、外国人女優は子音のWの後に母音が続くと決まってその子音でつかえる。六時三十五分に撮影所に入ったが、中はすでにごったがえしていた。会社は家で朝食をすませてくるよう女優たちに要求していたが、彼女は起きて一時間以上たたないと固いものはまったく食べられなかった。会社は妥協し、広い食堂で豪勢な朝食を彼女に提供した。幸いなことに、その時間、そこにいるスターは彼女だけであり、神々しいウィーン女性――と宣伝されている――がからだの線を崩すこともなく飲み下すことのできる、オートミール、ハム・エッグ、ミルク、パンにバターを羨む女優たちはいなかった。

七時ちょうどに彼女は自分の化粧室に入った。どのスター女優もこの区画には自分専用の通路から近づく、というのも、起きぬけの、化粧前の顔を見られたいと思う女優はほとんどいないからだ。世界一美しい女性は化粧にあまり時間をかけない、一時間半あまりくらいのもの。まず髪が洗われ、次に、よく知られているように髪の真ん中に線が入れられ、長い髪の先がカールされる、続いて、十九の異なる化粧品がつけられると、顔はレフ板の光をものともしなくなる。その間、べツィは急ぎもしなければ休みもせずに台詞を読み聞かせつづける。撮影用のセットに入る前の残るわずか三十分を使って、彼女はもう撮影のセットそのものの中にある自分の楽屋まで歩き、最初のシーンで使う衣裳をまとう。

九時ちょうどに、彼女は東洋風のカフェのセットが作られているところに着いた。ヨーロッパ風のスーツ・ジャケットを着ていたが、髪にじかに付けた軽く長い、黒いベールが彼女のからだを脚の半ばまで包み込んでいる。彼女の美しさは称賛のどよめきを引き起こした。ハンガリー人の監督は満足げに、逞《たくま》しい主演男優は妬《ねた》ましげに、彼女を見つめる。あたりさわりのない、短い挨拶のあと彼女は、こともあろうに、ドイツ語で監督と話しはじめた。逞しい主演男優はカリフォルニア訛《なまり》しか話せないため、抗議のつもりか、小さなコーヒー・カップを床に叩きつけた。彼はどこの軍隊かはっきりしないが、将校の白い制服を着ていた。コーヒーのはねが純白のズボンに染みついたが、たいした問題ではなかった。最初のテイクでは、カメラはテーブルの向こうに坐っている彼を撮るからだ。

彼女は、沈痛な面持ちで、恋人を捜しにその狭苦しい部屋に入らなくてはならなかった。天井から下がる四枚羽根の扇風機の影は、世界の映画界の誇りともいうべき彼女の完璧な顔を撫でなくてはならない。続いて彼女は、ストーリー上でも同じように動揺し、少し酔っているその男優の横に腰をおろすことになっている。プロットでは、彼女は主演男優への愛ゆえに植民地の高官である夫を棄てるが、可愛い娘を交通事故で亡くすことで、運命に罰せられる。その不幸は不倫という恋愛関係に対する罰と解釈されており、彼女は真実の愛に別れを告げにやって来ていた、なぜなら、娘の愛情を失くした夫が、今や、かつてないほど彼女を必要としていたからだ。監督は、最初のリハーサルでは女優の演技が気に入らなかった。彼女が冷淡に見えたからだ。そのシーンが繰り返されたが、好ましい変化はなかった。

女優は何度繰り返しても嫌にならなかった、というのも、そのテイクは、二人がテーブルから立ち上がると、カメラが二人の上半身を捉えるまでアップになり、そして、二人が抱き合いキスするところで終わるからだった。彼女には、共演者がプロとしては鼻もちならないが、肉体的には魅力的な男に思えていた。リハーサルの間、その逞しい男は本気でキスをしなかったし、興奮している様子もまったく見せなかった。カメラがまわれば女優はドラマに没頭すると期待して、監督はそのシーンを撮ることに決めた、「ライト、サウンド、カメラ、アクション！」。彼女は自分の演技をきっちりこなしたが、感情が顔にまったく出なかった、会社の重役たちが許可しないかぎり、どんな男とも会ってはならないと決められている以上、何度も繰り返されるキスは暗黙の代償と考えていただけだった。彼女はテーブルにつき、発音に困ることなく自分の台詞を言い、キスをするために立ち上がった、そして演技に夢中になっている男優が彼女にキスするとき、突然勃起したことに気づき満足した。監督はそのテイクをやり直すよう命じたが、彼女は喜んでいた。二度目のテイクのあいだ、彼女はもう少し刺激してみることにし、黒いベールの襞とぐるになって、最も好奇心をそそる主演男優のその部分に手を触れた。男優は不意をつかれたような反応を示し、うなり声を上げるかのように、ぼそぼそささやいた、「この汚らわしい売女《ばいた》。僕はあんたとは違う、あんたみたいな単なるセックスの対象じゃない。僕は知性で人を惹きつけたいんだ」。彼女は鬱憤ばらしに、指使いを含めて、テイクのたびにまったく同じ演技を繰り返した。

十度目のテイクが失敗したとき、誰にも気づかれないようアラビア人の召使に変装してセットにいたプロデューサーの怒りが爆発した、「あなたも女優っていうんなら、一度、女優ってところをとっとと見せてくれませんかね」。彼は足を踏み鳴らして、すさまじい音を立てた、その音が、そこに居合わせた者たちの何人かのキャリアを根底からぐらつかせる、そして彼は葉巻に火をつけ、出ていった。監督はとりなした、「大丈夫。このシーンでの心の動きは、たぶん、あなたが一度も経験したことのないようなタイプの感情なんです、だから、それを表現するにも骨が折れる……。でも、いいですか、おそらく似たようなことを思い出せるはずです、好きだった人を亡くしたときのこととか、むろん、小型のペットの犬でもいいし、毛並みのいい猫でもいい……」

彼女は、どうしても率直に応えなくてはという気分になった、「確かに、似たような思いを味わったことがあります。まったく同じ感情、まさしく娘を失くしたの……奪われて、いまどこにいるのか知らない。知らないけど、どうでもいいこと、よく聞こえた？　どうでもいいの！　彼女のことは決して思い出さない！……そしてそのわけを知るのは難しくない、あの子の父親が裏切り者だったから、だから、そのことを思い出させるものは何もかも憎いの！」。監督は彼女のこの心の揺れがフィルムにうまくのるのではと思い、ふたたび声を上げた、ライト、カメラ、アクション。彼女は自分自身が置かれた状況しか考えなかった、自分の殻に閉じこもり、人間的なものをはるかに超えた、母親の苦しみという神秘的な次元でそのシーンを演じた。批評家たちはその出来の素晴らしさを評価しなくてもいいのかもしれない。

正午に撮影は中断し、全員昼食ということになった。ベツィは食堂まで彼女に付き添った。二人は目につく中でいちばん孤立したテーブルについた。ベツィはその朝の演技について何一つ言わなかったが、女優はそれを不合格の印とみなした、だから逆に嬉しくなった。実際、ベツィの好みはひどく平凡であり、ワーナーブラザーズの女優たちの俗悪な派手さに惹かれていた。スターは、自分と同等の（?）女優たちがあちこちのテーブルについているのを眺めた。女スフィンクス、最高の女優は一度も食堂に来なかった。高等数学の知識を必要とするカロリー計算と苦闘しながら、彼女が目にしたのは、どんぐり目に大きな口の――躾のよさと切符売り場への吸引力のせいで――会社お気に入りの女優、その向こうには今、人気の安っぽいブロンド、さらに向こうには会社の「元」お気に入り女優、その女はいまでは葉巻のプロデューサーからことあるごとに馬鹿にされていた。だから食事のときのサービスは最後にまわされ、髪をといたりメイクをしたりするのは最初になる、そのため彼女はいちばん早くテーブルから立たせられる。とっても残酷な世界ね、と世界一美しい女性はつぶやく。

地獄の門の番犬のような女は、女優が沈んだ表情をしていることに気づき、気を紛らわせようと、その朝出たばかりの映画界のゴシップ・ファン向けの雑誌を見せた。ウィーンの女優が表紙を飾り、彼女の記事が大見出しになっている、「わたしは働くのが好き、働いていれば自由だから」。彼女は会社の宣伝部が用意した、でっちあげのインタビューにざっと目を通した。その文面はまるでお笑いぐさだった、彼女の自立心、仕事をするときの、そして、誰にも頼らずに自分の望みのものを手にいれるときの快感、最後にカリフォルニアでの幸福感が語られていたが、その幸福感に水をさすのははるかな祖国に忍び寄る戦争の影だけだという。そのとき彼女はふと思った、この雑誌の読者は真実のほうを知りたくなかったのだろうか、わたしが今までずっと、とても太刀打ちできないような邪悪な力に操られてきたこと、通行人を楽しませるためにいつもデラックスなショー・ウィンドウに入れられてきたこと、まるでファッションモデルと同じくらい彼女を敬う人の冷たい手で服を着せられたり、脱がされたりしてきたこと。彼女はかつて救いに駆けつけてくれた人たち、今みたいに憂鬱な状況に置かれたとき、あの世から憐れんでくれた人たちに心の底から助けを求めた。だが、その呼びかけに誰かが応えてくれるような気配はなかった。スターたちは食事をしていた、会社の「元」お気に入り女優だけが彼女と同じくらい悲しげな表情で、ウエイターが給仕してくれるのを待っていたが、その間に一粒の涙がスローモーションで頰を伝った。

ベッツィはセットまで彼女に付き添い、それでは、またあとで、と言ってそこで別れた。家に帰り、撮影終了きっかり三十分後に女優が戻ってくるときには夕食を出せるようにしておくのが付き人の義務だった。午後一時から六時まで、様々なテイクが撮られた。女優は一分一秒を惜しんでてきぱき着替え——さらに一分一秒を節約するために——化粧も落とさずに、家に戻る車に乗りこんだ。黒人の運転手はバックミラーごしに女優にあえて頰笑みかけた。車はスピードを上げていつもの道を走ったが、途中、しばらく道をそれ、邸宅が建設されている、木立の鬱蒼《うっそう》とした人気のない袋小路に入る。その時刻にはロサンゼルスはもう暗くなっているが、大工たちは日暮れ前には仕事場を離れていた。運転手は全速力で美女と関係をもつ。二人が性器をあわせて五分でオルガスムスに達すれば、その後、バンガローには会社が決めた門限内に着くことができる。

ジグザクの小道を走ったあと、六時三十四分に彼女は家に入った。禁じられた抱擁のあとでも残っている化粧を落とし、シャワーを浴び、七時十五分にテーブルについた。八時から九時までは仮眠。九時から十時までベッツィと一緒に翌日の台本を見直す。大凪《なぎ》が緩やかで優しげな丘陵のせいで分散する町を包み込んでいる。彼女の人生に決定的な変化をもたらす舞台、見知らぬ力が干渉する恰好の舞台はそこではなかった。ロサンゼルス市、ロス・アンヘレス《ロサンゼルス》、天使たち《ロス・アンヘレス》、その天使たちがいつも彼女をつけまわし、待ち伏せ、スパイし、裏切ってきた……。「やめて、もうたくさん！　どうしてこんなふうに責めたてるの？　こんな拷問にふさわしいような、どんな悪いことをしたっていうの……」

ベッツィは聞こえないふりをしてレコード・プレーヤーのところまで行き、スターがこの先どんな失言をしても消せるようなボリュームをいっぱいに回した。バイオリンは熱帯の熱情に酔いしれ、ドラムはハリウッド化したルンバのリズムを激しく刻む。するとすぐ、リフレインを合唱する声が聞こえてくるが、その声は録音ではなく、その丘の斜面にある他のバンガローに住む幸せなカップルたちの声だった、彼らは窓辺から顔を出して、その浮かれ騒ぎに加わっていた。熱っぽいリフレインはドラムのクレッシェンドに道を譲るが、その頃にはカップルたちは、それぞれの家の中庭に出て、ダンスの魔力に身をゆだねていた。世界一美しい女性がいるにふさわしい丘の頂から見ると、その官能的な音楽に身をまかせて踊る若者の集団は、暗示に満ちた派手なミュージカルを演じているようだった。女たちは透きとおるネグリジェ、男たちはパジャマのズボンだけ。女優は悟った、世界の誰もが幸せなんだ、でも、例外のない規則はないっていうけど、その顕著な例外がわたし。


「三日考えさせてって言ったけど、まだ結論は出てない。知らないことがいっぱいあって！　どうしたら決心できる？」

「知りたいことは全部はっきりさせよう、そのためにぼくはここにいる。それに、そのために派遣された」

「このこと全体に大きな混乱があると思う、つまり、左派、右派のペロニストたち、それに、もう一方には社会党の」

「何でも訊いて」

「そお、じゃあ……。あなたのような左翼の人間が、どうしたらペロニズムに夢中になれた？」

「ぼくはペロニズムに夢中になった、でもそれは、ペロニストになったあとのことだった」

「ややこしい言い方をしないで、何が言いたいの？」

「なぜ政治に関わるようになったか、今まできみに話したことがなかった」

「少しはあったわ」

「いいや。以前は、きみに情報を詰め込みたくなくて、話そうとはしなかった。ぼくのことで尋問されるようなことになったら、迷惑をかけかねないから。そんなことにもなりかねなかったんだ」

「わたしの知らないことって、いったいなあに？」

「中高等学校でのことだった。ペロンが二期目の政権を握っていたとき、ぼくは熱烈な反ペロニストだった。彼が失脚したとき、ぼくは十五歳で、社会主義青年同盟と中高等学校生連盟に入っていた」

「なあに、それ？」

「覚えてない？　反ペロニストの中高等学校生の本部。でも、こうしてペロンがいなくなってみると、いろんな経験をしたことを思い出すよ。ある日、二二九系統のバスに乗っていた。そして第一連隊前のファルーチョ広場にバスが近づくと、ひどい恰好をした労働者の一団がいて、泣いたり、怒鳴ったりしてるんだ、ペロン失脚を祝いながら車で通りかかったデモの参加者や軍人たちに向かってだよ。あの当時、アルゼンチンで車を持つっていうのは金のある人種のすることだった。そして、そのバスの中にははっきりメイドとわかる一人の女がいた」

「いくつぐらいの人?」

「内陸部出の典型的な浅黒い肌の女性《モローチャ》。四十歳ぐらい。その女がぼくたちみんなに向かって怒鳴りちらしたんだ。ぼくはその日、幸せな気分でいた。でも、それがぼくの心に残った。ショックを受けたんだ。何かが機能していない、ぼくは寡頭政治の支配者たちと祝おうとしている、貧乏人は暴君を擁護している、そう思いついた。そのときは深く考えはしなかった、でも、心に残ったんだ。五五年のこと」

「ええ、それで」

「ああ、それともう一つ。そのあと、数日後のことだけど、ぼくは、サンタフェ大通りのデモでトラックの上に乗っていた。ぼくの属している社会主義者センターの労働者が一人、ぼくたちと一緒に来ていた。ペロン政府と激しく闘い、傷ついた労働者がね。そして大勢の人が、通りを過ぎていくデモ参加者たちの中から、彼を攻撃した、「おい、黒いの、おまえ、連中の一人だろ」と。半分、冗談、半分、本気でね。ぼくたちは彼を守ってやらなくてはならなかった。ところが、信じられないことに、絶えず誰かがちょっかいを出す、というのも、労働者だとわかっていたから。その男はうんざりして、どこかへ行ってしまった。ぼくは幸せな気分でいたので、それ以上思い出さなかった」

「でも、どうしてサンタフェ大通りなの？」

「そこでデモがあったんだ。どうしてだって？　金持ちのいる地区、儲けている連中の地区だったんだ。誰も労働者の地区じゃあ、中流階級の地区でだって、デモをやろうという気にはならなかった。そしてすぐ、社会主義青年同盟内部で騒ぎがもちあがる。つまり、同盟は反ヒオルディの立場をとりはじめたんだ」

「ちょっと待って。彼は社会主義者じゃなかった？」

「そう、でも、彼は、選挙実施反対で、最も保守的、最も反労働者的な立場をとっていた。もう少し話すよ。ペロニズムに関わるぼくの個人的な経験の中で、ショックを受けたときのことを、もう一つ。新たな軍事政権に助言する諮問会議があり、どの政党もそれに加わっていた。社会主義青年同盟からはぼくたちのグループが派遣された。というのも、その諮問会議は大掛かりなパレードをやって軍部が民意を得ていることを示そうとしていたから。ぼくたちは旗で――アルゼンチン国旗で――飾りたてたバンに乗り、拡声器で宣伝するよう命じられた。そして、何かの徴候といったものを感じたんだ。金持ちの住む地区に行ってみれば、何も起きず、熱烈というんじゃないけど支持の表情、中流階級の地区では孤立した動きがあり、そしてまた孤立した支持も。ところが、労働者の地区に行くときまって罵や非難の声が雨あられと飛んでくる、ときにはナイフでバンを止められ、車から降ろされることさえあった。ぼくは、まさにキルメスで、平手打ちを食らうことになったが、あのときははらわたが煮えくりかえった。明らかに階級間の問題があった。反ペロン革命は階級運動だったんだ。そして、そのあとはもうフロンディシの時代になる」

「ペロンのあと選挙で選ばれた最初の大統領ね。それは知ってる」

「その頃からぼくは社会党に失望しはじめた、というのも、それは中流階級の運動だったからであり、民主的であるために、絶えず分裂し弱体化していったからだ。路線もなければ政治力もなかった。一方、共産党は、ハンガリー事件を抱えていた。アルゼンチンの共産主義者たちはソビエトの干渉を完全に正当化した、ぼくにはそれで充分だった。ぼくは次第に革命といった類いの解決を信じはじめたが、スターリニズムは信じてなかった。ぼくは社会主義のヒューマニズムを救うような解決策が欲しかった、でも、それはどの共産主義国でも実践されていなかった。だからぼくは社会主義者たち、共産主義者たちは反ヒューマニストであると見なし、彼らから遠ざかった。その結果、左翼の中では浮いた恰好になった」

「それは何年のこと?」

「五八年の選挙戦の頃のこと、そのときぼくは法学部に入った。父に依存しないよう、勉強しながら仕事することにしたんだ」

「でもお父さんのデリカテッセンは儲かっていたでしょ、どうして援助してもらわなかったの?」

「頼みごとをするのは好きじゃない。そのときも好きじゃなかったし、今も好きじゃない。どれほど努力してきみに頼んでいるか、わからないだろうが」

「それ、学費を払ってもらおうとしなかったことだけど、わたしには大げさに思える。犠牲的精神で大げさになってるみたい」

「この世には全然何も持っていない人たちがいるのに、ぼくはたくさん持ってる、いつもそう感じてた」

「さっきの話の続きをして」

「どんなグループよりもぼくはプラクシスに惹かれていた。そのグループは社会主義のヒューマニズムを回復しようとしていた。でも、それは一つの研究グループで、具体的な行動はしなかったし、労働者たちとの接触もなかった。でも、学部にいたときぼくは彼らに近づいた。大混乱の時期だった、一方ではフロンディシが大統領に就任するし、そしてキューバ革命を忘れちゃいけない、共産主義者たちからはさんざん叩かれたけど」

「まさか、彼らは反カストロだったの？　知らなかった」

「カストロは反動主義者だ、とトロツキストたちは言っていた。社会主義者とプラクシスの連中は彼を擁護していた。何とかして国のために闘おうとする自由主義者の姿をカストロに見出していたんだ。でも、それは五九年のカストロ。ところで、これはいつも心に留めておいてほしいけど、ぼくは今までぼく自身のリベラルな社会主義者という根をなくさなかったし、なくしたくもない。それが憎悪させてくれるんだ、偏狭さを、全体主義を」

「そして暴力は？」

「そして暴力もだ。そして暴力を憎悪することでぼくはペロニズムに接近しはじめた」

「そしてわたしに、アレハンドロとのごたごたに首を突っ込んでもらいたがってる、まるでそれは暴力じゃないみたいなんだけど？」

「それは具体的状況における具体的暴力」

「ポッシ、そんなふうに話さないで、わたしが理解できないってこと知ってるくせに」

「人生においても政治においても人間はユートピアではなく現実の中で生きてる。そして、ときには現実は暴力を受け入れさせることがある、たとえ暴力に反対していても。でも話を続けさせてくれないか、そうすればどうしてぼくが今、こうして、きみの前にいて頼みごとをしているのか、それが理解できるようになる。フロンディシは誰にとっても失望だった」

「どうして？」

「約束したこととときっちり正反対のことをしたから。ペロニズムを味方につけることで彼は政権の座に就いたが、数か月もたたないうちにコニンテス計画を持ち出して労働者の組織をつぶしにかかったんだ」

「労働者の組織は何を望んでたの？」

「賃上げを要求していた。例を挙げると、銀行ストでは全員逮捕。冷凍工場のストは戦車で鎮圧。いくつもの私立大学を創って、教会に権限を与えた、というのも、カトリックの大学を創ることを認めたから。その頃プラクシスの連中は民衆に話しかけようとして、スラム街に行きはじめた。ペロニストかどうかって、ぼくたちは最初に訊かれた。でもぼくたちは具体的なことは何一つ提案できなかった。その頃だった、ぼくはトロツキストの過激主義に苛立ちはじめた、すでに中流階級が存在するアルゼンチンではプロレタリア国家というものは何の意味も持たないと思いはじめたんだ。彼らとともに獲得することになるのは恐ろしい独裁か、そんな類のもの。それに、その頃、ペロニズムは、左翼学生にとっては、ペロニズムにそなわる最も攻撃的な意味合いをなくしていた。フロンディシがそれをはたき落とし、反対勢力へまわしてしまっていたんだ」

「でも、簡単に言うと、あなたにとってペロニズムってどんな意味があったの?」

「話を続けさせてくれないか。ペロニズムはあらゆる自己矛盾を抱えながらも、民衆の抵抗のシンボルへと変わっていった」

「でも、どんな矛盾か言ってくれなきゃ、話がわからない」

「根本的な矛盾というのは、それが著しく労働者的、民衆的性格から成り立っているのに、官僚的な組織がそれを操っているということ、それと、混乱したイデオロギー」

「ナチ?」

「ナチじゃない。でも、まるでイデオロギーの大盛りサラダって感じで、誰も理解するまではいかなかった。でもその分析は後まわしにさせてほしい。大きく言って二つの結論がぼくをペロニズムへと導いた。まず、ペロニズムは政治をするための、現実を変えるための唯一の具体的な手段を意味するということ。きみのような人に、その説明はいらないだろ？」

「きみのような馬鹿、薄のろ、でしょ？」

「いいや、ノンポリってこと。真面目に話したいなら、ちゃちゃを入れないでくれ。政治をするっていうのは力の問題だ。政治は力と同じなんだ。勝利する側だけが正しい、というのも、彼らだけが現実を変える可能性を持つから。一度も政権に就かず、生涯反対の立場をとりつづけても勝てるかもしれない、でも、バルのテーブルに坐って自分が正しいと思っていても決して勝ちはしない。二つめに、アルゼンチンの構造にとってアルゼンチンが必要としているもの、役立つもの、それは階級間の運動、国家的な運動であるという結論に達したんだ」

「どんな？　国家社会主義？」

「いいや、国家国民。いまきみが言った問題を提起する連中はアルゼンチンが辺境の、未開発の国、帝国主義に従属した国であることを考慮に入れていない。かつてのヨーロッパの例はどれも役に立たない、どうしてペロンを南半球の一労働党員としては見ずに、ナチかファシストみたいに考えないといけないんだ？」

「労働党員っていうほうが聞こえがいいから、そう言ってるの？」

「違う。労働党の政策はヨーロッパにとっても一つのモデルとなる一つの試み、つまり、政党を結成し、その背骨を形作る労働組合の試みをしているからだ。イギリスでは反動的な新聞、『デイリー・テレグラフ』がペロンの政治漫画を作り、彼を未開発国の労働党員として描いた。実のところ、偏狭な愛国心以上に全世界的な病はないってこともある。人は自分自身の現実の範囲の中に他の様々な現実を配置しようとする。だからこそヨーロッパ人は西ヨーロッパと似た展開をするチリの現象はよく理解できる、ところが、認識できるような政治的スペクトルを見せないアルゼンチンは理解できない」

「でも、それじゃあ、ペロンを一言で定義してみせて、それか、誰と比較できるのか教えて」

「きみはレッテルが好きだから。そう、いい言葉がある、人民主義《ポピュリズム》。彼はポピュリズム的な指導者、民衆運動のリーダーだった。誰かと比較したいというなら、一人だけ思い浮かぶ、つまり、ナセル。でも、それはまた別の話」

「でも、あなたは回り道ばかりしてる、そしてわたしたちはたどり着かない……」

「着くって、どこに？　きみに話をしてるよ」

「でも、あなたにとって彼は右寄りの人間だったんじゃない？」

「人民主義者《ポピュリスト》だった」

「それはもういいわ」

「ああ、よすよ。彼の精神構造は軍隊教育とムソリーニのイタリアで暮らした経験に形作られたけど、何より彼は実践的な人間だった、つまり、権力が存在する場所で権力を求めていた。彼が心のうちでは右翼であったかどうかは重要じゃない」

「でも、どうして重要じゃないの。彼が遺産として残したものがあるわ、つまり、極右の女大統領」

「きみの言うとおり、重要だ、数か月前からぼくは自分が思っていた以上に重要な気がしはじめている。でも、責めないでくれないか。遺産は一つの結果、一つのフィナーレなんだ。政治は選択を通して実践される、つまり、きみが投票するとき、そこにあるものの中から選ばなくちゃならないというのと同じなんだ。ぼくにも同じことが起きた、そこで、きみがぼくにした質問を別のレベルで自分にしてみた。白状すると、その質問に全部が全部答えられていない」

「わたしがわからないのは、どうしてあなたがあんな党に入ったかってこと。つまり、泥棒や大勢の右翼、それに、運悪くわたしが身近に知ったあの人みたいな潔癖主義者がいる党に」

「ぼくはどの党にも入らなかった、ペロニズムに入ったんだ、それは一つの政党なんかよりはるかに大きなものだ。ペロニズムは一つの運動なんだ、政党、労働組合、企業や学生の組織、まったく正反対のイデオロギー傾向を包括するような。その傾向は民族的な運動という考え、そして、ペロンという人物の中で一つになっているだけ」

「でも、彼が死んだ今、何がそういったものを一つにしてるのか、それを教えてくれない?」

「ペロンが死んだ今、あのような政党はもうこれ以上、存在しえない。今、政府が残っているが、長続きしない。その後残るのは、労働者階級、闘争、そして、その先の出来事。哲学者ぶるつもりはないけど、大敗北の時期が来て、そこから、ペロニストという名をつけただけの、新たな運動の特徴が作られるような気がする」

「あなたが後まわしにしたことがあったわね、暴力のこと」

「ペロニズムが勝利するのを妨げるために、ペロニズムを選挙から追放することは暴力だったか、否か？　他党はイジアを擁して、一九六三年、投票総数の二十七パーセントを獲得して政権に就いた。それは暴力じゃないのか？　その後、六六年にはオンガニーアの軍事クーデターが起こり、政治に休暇をとらせた。少なくとも彼はそう信じた。そして大学を粉砕した。民衆の表現のための排気バルブをすべて閉めたオンガニーアのその暴力は……ゲリラを生みだすもととなった。奇妙なことに、少なくとも一年前に、チェ・ゲバラの死でキューバ革命の経験がすでに瓦解していたときに、アルゼンチンでゲリラが生まれた。元大統領アランブルの誘拐、暗殺という、どうにも暗い出来事とともに一九六八年、モントネーロスが生まれたのを忘れちゃいけない、それとも、ぼくがそうしたことも考えてないと思ってるの？」

「そうしたことって？」

「モントネーロスというのがいったいどんな連中だったか、知ってるだろ？」

「ペロニストのゲリラ、一方、ＥＲＰはマルキストのゲリラ」

「そのとおり、アニータ」

「で、あなたはモントネーロスに共感しているんでしょ？」

「すっかりじゃないけど」

「でも、わたしは確かな筋から聞いてるの、まさか、確かな筋だなんてね、あなたに嘘をつく必要はないわ。わたしは想像するだけ！　あなたがペロニストで、この誘拐騒ぎに首を突っ込んでいるとするなら、もしかしたらあなたはモントネーロスと関わっている？」

「関わってはいるが、仲間じゃない」

「ポッシ、わたしたち、友だちでしょ？　だったら政治家みたいな口をきかずに、どうして一人の人間として話さないの？　わたしはほんとのことを知りたいんであって、あなたと議論して勝ちたいんじゃない」

「先を続けさせてくれないか。また、すべてを理にかなったものにするなんてことはしないでおこう」

「一つ、知りたいことがあるの、どうしてあなたは、もっと左寄りのＥＲＰじゃなくって、モントネーロスと関わってるの？」

「モントネーロスが民族的なものの優位をいつも肯定しているから、そして、少なくともその初期の段階においてはペロニズムの階級間概念を支持したから。それに引き換え、ＥＲＰの指導者たちはアルゼンチンをベトナムにしなければならないと主張していた、でもそれは妄想だ、なぜなら、アルゼンチンはベトナムに較べれば半世紀進んだ生活水準と機構をそなえた国だから」

「それで」

「アルゼンチンはアラブとユダヤの間の紛争を、そしてアイルランドの内戦を思い出させる。みんな、それぞれ言い分があるんだ。軍人たちはゲリラが暴力を持ちこんだと言い、ゲリラはゲリラで軍部が独裁を敷いたから自分たちが生まれたんだと言う。軍人たちは政党の責任にする、なぜなら、彼らが権力を行使する任にあたらなくてはならなかったのは、もとはといえば政党の、いいかい、形式的な、というんじゃなくて、実質的な不法と無能のせいだから、これはほんと。本質的な問題、それはアルゼンチンには企業人、知識人、ブルジョワ、プロレタリア、そのすべての階層において指導者層がないってこと、政治文化のない国なんだ。ゲームの基本ルールがなく、どの一派も覇権を握ることができない、だから、国は絶えず不安定な状態に置かれ、誰一人として有効な政治計画を作ることができなかった」

「そう、そのとおり、でも、一方であなたは最悪の連中に協力してる」

「ペロニズムの中には最悪の連中がいる、でも、まさにその運動に加わるのが嫌なら、それはそういった連中に任せておいたらいい。ぼくはペロニズムから行動を起こすことができる、でもそれは内部から。外からは、きみのように、いかなる運動にも加わっていない人間は、何もできやしない。そしてぼくは内側から、自分のしたいことを、つまり、ペロニズムを修正するってことをやってみることができる」

「でも、その間、暴力みたいな恐ろしいものを認めるんでしょ、たとえそれが扇動されたものであれ。扇動されようがされまいが、わたしにはどうでもいいけど」

「暴力、不正な状態を維持したがっている人間たちの暴力に反応しなかったら、得られるものはより多くの暴力、より多くの不正だけだ」

「わたしも弁護士と話し合いをはじめる……」

「弁護士は政治犯を護る、拷問に抗議する、役に立たない人身保護令状を持って行方不明者を探す、なおさら無駄な書類を提出する、そんなことに時間を使う、アルゼンチン反共同盟《トリプレA》の暗殺者たちの名を明るみに出すために、実際は、連中は政府に雇われた人間なんだ」

「あなたが投票した政府」

「我が過ち《メア・クルパ》。でも、事態を変えなくてはいけない。七三年に選ばなくてはいけなかったんだ、軍部独裁の敗北は、ペロンという個人を越えたペロニズムへの投票にまとめられていた。ぼくたちは暴力を探しはしない。暴力の中に沈んでいるんだ」

「そして、すっかり沈みかかっている遭難者と同じように、わたしも沈めたいんでしょ」

「馬鹿にしないでくれ」

「ほんとのことよ、だから腹が立つの」

「ねえ、きみの望みどおりになったよ、きみはその愚かさでぼくをうんざりさせてる」

「どうしたの？　帰るの？」

「ああ、元気で」

「そのドア、閉めて」

「じゃあ」

「帰るんなら、二度とここに入ってこないで」

「お好きなように」

「本気で言ってるの、帰るのなら、戻ってこないで」

「チャオ……。すぐによくなって」

「それと、アレハンドロの件は忘れて、そういったことには絶対、首を突っ込まないから」

「わかった」

「それと、二度とここに戻ってこないで」

「チャオ」

第七章

　また悪夢にからかわれた、と女優はベッドでつぶやいたが、意識はまだ完全には覚醒していなかった。今回の夢の筋書きは単純であり、容易に解釈しうるものだった。彼女は、自分を見出した故人の後任、新たに補充された人間の一人でもあるプロデューサーを前に契約の話をしていた。自分の相場を守るために、素早く過去の実績に触れなければならなかったが、出演した映画のタイトル、それぞれの監督の名、共演男優の名を無情にも忘れていた。自分の車の運転手たちの名前も思い出せなかった。

　奇妙な悲鳴が、それとも小さな女の子の泣き声が、ようやく彼女の意識をはっきりさせた。実際は、正体の知れないメキシコの鳥の歌声だった。確かに、映画のメッカでの七年間は彼女の人生に意味のある足跡を残しはしなかった、残ったのは無視できる人名や日付の山だった、また、自分の仕事を誇りにしてはいなかったが、批評家たちの無理解に自分の演技の凡庸さを思い知らされていた。でも、メキシコの大地が見せる透きとおるような現在ではなく、どうして過去の闇が現れるのだろう？

コロニアル・スタイルのしゃれた寝室がとても気に入ったが、日の光の下でその部屋を見るのはこれが初めてだった。その豪壮な大農園《アシエンダ》に到着したのはもう夜になってからだったが、分別のある召使たちに囲まれてお独りでいられます、と請け合った寛容なアシエンダの主人たちの言葉どおりであることがわかり、ほっとした気分になっていた。もう一人の宿泊客は遠くの別棟を使っており、女優と同じように、誰にも会おうとしなかった。彼も映画人であり、賞をとったことのある若いアメリカ人シナリオライターだった。そう教えられたとき、彼女は、退屈ね、とつぶやいた。退屈。その退屈さを彼女は美しい歌の文句にあるとおり、孔雀として思い描いた。鉄の手すりに囲まれたバルコニーに出てみると、亜熱帯を代表する植物群――バナナ、ナツメヤシ、ハイビスカス、ブーゲンビリヤ――がおびただしい数の色と形を見せた。その間を、華美な羽を広げた孔雀が一羽ならずうろついている。「不運をもたらす!」と女優はつぶやき、吉兆となる蹄鉄を探したが無駄だった。「ああ……他のところにはあんな嫌なものはいなかったのに、だからと言って、悪運は放っておいてくれなかったけど」

電話で朝食を頼むと、選ぶべき料理の種類が多く、また、どんな料理か見当もつかなかった、庭園にお料理をいろいろ準備してございますので、降りてこられては、と勧められたが、嫌なことを思い出して女優は身震いした。樫《かし》の階段を降りると広間になっていたが、目に入るのはその部屋を飾る圧倒的な三枚続きの壁画だけだった。左の壁には農民の反乱が描かれ、インディオらしい艶《つや》のある顔はどれも、畑の緑、麦藁帽の黄色、典型的な彼らの服の白さに映え、怒りに赤くなっていた。中央の壁は見なかった、右側の壁に突然現れた豪華さ、金持ちたちの野外パーティに目を奪われたからだった。

壁画のその部分をよく見ようとして近づくと、視聴覚装置が作動し、民衆の敵について、その生活についての説明が三か国語で流れた。最後にそれは、壁画を見る人がある特定の場所に立つと、着飾った金持ちたちの顔が実際はしゃれこうべであることがわかり、さらに、その死者たちのそれぞれからほんの数センチのところに立てば、絵を見る人自身の顔が浮かび上がって見える、と告げた。女優は最も重要な女性、つまり大統領か総司令官かである男性と腕を組んでいる、名高い婦人の画像に近づいた。すると、足下まで黒いレースのドレスに身を包み、真珠とプラチナで飾りたてた自分の姿が見えた。カリフォルニアに戻ったら同じドレスを作らせることに決めた。

ハンドベルの明るい音につられて顔を向けると、道の先に手すりが見え、さらに湿気と蔦《つた》に覆われたチュリゲレスコ様式の礼拝堂が見える。食卓そのものの眺めを選んでテーブルについたが、そこにはすでに多彩な朝食が準備されていた。マメイの実の赤は嘘みたいな色だった。朱色それとも珊瑚色、紅色、鮮紅色、臙脂《えんじ》、赤紫それとも深紅色? それに、アボカドは青緑色に青竹色、暗緑色、と彼女はつぶやく、パパイアは黄緑かカーキ、それともシナモンかサフランの色、そしてナツメヤシの実は陽射の当たり具合で淡褐色、褐色、焦茶、栗色、赤茶に変わる。気紛れな女優は青い色が恋しくなり空を見上げた。ターコイズブルー、藍、インディゴ、空色、瑠璃《るり》色と、国際的に称賛された睫《まつげ》をわずかばかり上下するたびにその色は変わった。

独りきりでいたいと頼んでいたものの、静かすぎて自分の声を聞くことになってしまった、「今はどんな契約にも縛られていないけど、この先、どうなるのだろう? 世界は変わった、撮影所のトップは亡くなったし、ヨーロッパでの戦争はいずれおさまる、旧世界に戻って、別の人生を始められるかもしれない。撮らないといけない映画が一本だけ残っている、わたしの映画人生でいちばん大切な映画、どのスターもやりたがっている役、そして、その映画を撮れば命はない、という匿名の脅迫状も何通か受けとりさえした。ふん！　今までわたしがどれくらい危険を冒してきたか、彼女たちは知らない……彼女たちって断定したけど、そうね、わたしに脅しをかけるのは他の女優たちなんだから。でも、心配する必要もないのに。この映画を撮ったら、たぶんわたしは引退するから。よくはわからないけど、なるようにしかならない。この先のことを計画するのは無駄ってものじゃないの……」。その先を続けようとはしなかった、すべては待ちこがれ恐れてもいる日にかかっている、もうすぐ彼女は三十歳になる、一週間もたたないうちに。

何分かの間は夢中になっていろいろな料理を食べていたが、覚えやすいメロディーに聞き耳を立てた。彼女は、白いオーガンジーのドレスに柔らかい鍔広《つばひろ》の透きとおった帽子、そのリボンをふわふわさせて、歌い手たちを探しに出かけた。そうして浮草にほぼ埋めつくされた川辺に着いた。男声合唱の声は次第に力強くなり、小川の湾曲部から、巨大な帽子をかぶった年老いた船頭の漕ぐ小舟が現れたが、屋根を一面花で飾ったその小舟の後ろからもう一隻、ボタンや飾り鋲《びょう》だらけの白い衣裳をまとった白髪の歌い手たちを乗せた舟が続く。会釈するだけでよかった、女優はうっとりとした気分で舟に乗ったが、その歌の歌詞が理解できていたら完全に虜になっていたかもしれない、だが、何か隠しごとをされているようなのが気になり、見知らぬことに対していらぬ心配をさせられることになった。

小舟は滑るように進み、楽師たちは同じメロディーを様々に変化させつづける。女優は待望のサボテンの風景を右岸に見て、あそこに着けて、と英語で船頭に言う。船頭はだめだという仕種をしたが、日に焼けたその顔は陰っている。彼女がくいさがると、船頭は恐ろしい言葉を口にした。だが、彼女は西部劇に一本も出たことがなく、その「盗賊《バンディードス》!」という言葉が理解できなかった。岩山と砂漠、刺だらけの植物の集まりが彼女の風采と激しい対照をなしていた。あの小道を一人で歩きたいの、と彼女は言い張った。そのごつごつした岩、不安な砂漠、巨大なサボテンに見とれていた。

風景は突然、まったく岩だらけになり、その起伏のせいで数メートル先にあるかも知れないものが見えなくなっていた。そうした土地では盗賊の危険が待ちかまえているだけでなく、極めて正確に、それも猛スピードで蛇が襲ってくることもある。そして、彼女の進む狭い道に男の手で——あるいは女かもしれないが、手袋をはめているため判別できない——巧妙に配置された蛇は彼女が生き残る余地をまったく残していなかった。だが、女優の鋭敏な耳は鈴の鳴るような、かすかな音を聞きとり、いつも不幸を考える習性が彼女の足を止める。広いスカートをたくしあげ、駆けだす。息せききって走ったため、彼女には殺し屋たちが悔し紛れに悪態をつく声が聞こえなかった、小人数の暗殺団、正確には男と女の二人だった。女は外国人訛があるものの正確な言葉遣い、男は地元の荒っぽい口調だった。

その探検のあと、女優はアシエンダの自室で午後を過ごすことにした。たっぷりの昼食のせいで眠くなり、何時間か眠る。夢は見なかった。まったく外れることのない口笛の音に目が覚める。聞き覚えのあるメロディー、あの老楽師たちと同じもの、うたた寝する前に思い出そうとして思い出せなかった曲を誰かが吹いている。幸運をもたらしてくれる歌のような気がする。バルコニーからは誰の姿も見えなかった、おそらくは不吉なあの鳥たちを追い払いながら、足早に降りる。口笛の主は、まわりとは色の違う巨大なブーゲンビリア——青紫、紫、花紫、それとも菫色——の茂みの向こうに隠れていそうだった。彼女は聞くだけにしようとした、誰が口笛を吹いていようと構わなかった。うっかり小枝を踏みつけてしまう、そのパキッという音が美しい調べを止めた。

すぐに彼女は思いがけないことを前にして驚いた。バナナの大きな葉をかきわけてやってくる若者が誰かによく似ていたからだ、「おかしな感じですね、照明が消えて幕が開く前にあなたを見るなんて……ともかく、生身のあなたに見とれるというのは滅多にない特権と思います」、「あなたもショー・ビジネスに関わっておられるんでしょ。もう一人、女優と知り合ったといっても、別段、驚くほどのことでもないでしょ」、「あなたは特別です、でも……もしかして、ご気分が悪いんじゃないですか？　顔が蒼いですよ」、「そうでしょうね。わたしの知ってた人にあなたがとてもよく似てるから。女の記憶から消したい男たち、顔のない亡霊たちがいます。あなたはそんな亡霊の一人に顔を返したところ」、「いちばんつまらない亡霊にですか？」、「わたしがいちばん愛していた人、そして、いちばんの裏切り者」、「じゃあ、ぼくは二人の違う亡霊に似てる……」、「いいえ、ただ一人」

久しぶりに彼女は人と話をすることに楽しさを見つけ、映画をやめる考えをもらした、「あなたはあなたのヨーロッパのことを思い、ぼくたちを棄てようとしている。おめでとうと言いたいけど、残念です。実際のところ、夢の工場の上には悪い時代が迫っています、あなたがいなくなることだけを言ってるんじゃありません、むろん、それはもう嘆いているのですが。戦後の幸福感が突然生じるとすぐ、悪の勢力は広場を急襲する準備をする。注意人物のリストを作っている悪魔たちがすでにいるんです。そして非難の声はたった一つになる、考える人間は危険！ってことに。反キリストだ、と言って、連中はぼくたちをみな非難し、狩りに乗り出す、そして、あのホワイト・ハウスの中でさえ、新たな魔女を焼き殺すための焚き火の火が上がる。ぼくはもう追われてるんです、何しろ、重要な声明文を準備していますから。こんなところまでやってきたのは、まさしくそれを推敲するため、そして、ぼくは追手をまいたと思いたい、ときどきここの庭に妙な影がさすこともあるのですが。あなたが、あなたも何か、悪の手に追われている、と言ってくれれば、ぼくはほっとするし、連中が見つけようとしているのはあなたなんだと信じることもできます」。女優は軽薄な振りをする、「驚きはしないわ。ここでさえ、殺すというメッセージを受け取ったから。でも、その動機は取るに足りないものみたい。わたしにとびきりの役から降りてもらいたがってるの。それがどんな役か言う必要もないでしょ、誰もが知ってることだから。何もかも、人生にキャリアしか持っていないような、頭の空っぽな女優たちの虚栄心のせい。なかでも憎悪に身を焦がしている女が一人いる、誰とは言わない、その名を口にすると運が悪くなりそうだから」、「一つだけヒントをください、そうすれば誰だかわかります」、「とっても簡単、痘瘡の跡を隠すために薄いゴム・マスクを顔につけないといけない人」、「残酷さと決断力で有名な女性ですね、用心したほうがいいですよ」、「あら、わたしにはもっと怖い敵たちがいたわ……」

女優は、その若者を見るだけであの好きなメロディーがまた聞こえてくることにふと気づいた。そして、その曲に魅せられていたため、もう彼から目を離しはしなかった。日が暮れはじめていたが、若者は、黄昏《たそがれ》の光に赤く染まるので真珠層の池と呼ばれているところがあるのですが、そこまで行きませんか、と誘う。彼女はその誘いに応じ、口にはしなかったが、その風景が相手の目に映るときだけ風景を見ることに決めた。そして、その目の中に、淡いピンクの池、茜色の白鳥、臙脂《えんじ》の花の池を眺めた。彼は長々と話をした、そしてもう疑わなかった、その若者は愛しやすい男だった。

キスをするとき、彼女は用心し、目を閉じなかった、そのため、男の目の中にバラ色に染まった自分が見えた。まるで耳に口述するかのように、彼女は何かの歌で聞いたことのある言葉を繰り返した、「二本の短剣のような、あなたのその悩ましい目が、わたしの憂鬱を殺してくれたら……」、彼はその言葉にどう応えていいのかわからなかった。彼女は先を続ける、「……わたしは信念をなくし、引っ込み思案に、臆病になった、倦怠は午後の光にうんざりした孔雀……」、すると、彼はとうとう口を開く、「……きみがさまよう青い庭で、耳に快く不安を震わせて、孔雀たちが羽をあおぐように……きみの瞳に現れる……倦怠が……」。今度は彼女にはもう何も見えなかった、彼の激しいキスが目をつぶらせたからだった。そして、まったくの闇の中、彼女の美しさが呼び起こす遠慮のないお喋りのことで彼が何か、とぎれとぎれにつぶやいているのが聞こえてくる。彼女は口をはさみ、正確な言葉を語ってくれるのは幻の詩人だけ、と言った。そのとき初めて彼は、彼女が頬笑むのを見た、そして、その頬笑みを説明しようとする、「……ガラスの向こうにカーニバルが見える……その長い色とりどりの笑い声、バラ色の仮面の王女、ミス頬笑み、愛らしい陛下……」、その言葉に初めて彼女は孤独の怖さを理解し、懇願した、「……わたしの進む小道から茨《いばら》を残らず片づけて、あなたの光でわたしの失意を照らして……」、だが彼には自分たちがふたたび苦しみに襲われるとは考えられなかった、そしてひたすら彼女を見つめ、そのとき彼女の瞳に映った白鳥と彼女を混同する、「……神がガラスに描いた白鳥、きみのいつもの……横顔の……象牙の白さをわたしにおくれ。光のキス、婚礼の恥じらい……清らかな曙《あけぼの》、蒼白い……悪の華……」

どうして、悪の、なのか、どんな美しさ、透明さでもある彼女なのに？　しかし、彼も彼女もその奇妙な言葉が詩に潜りこんだことに驚かなかった。女優は、自分の人生にいつもつきまとう危険をまた思い出し、愛のもろさを考えると、一粒の涙が落ちるのを抑えられなかった。そしてまた、その涙はバラ色に染まる世界に生まれた、ちょうど暗い大洋の底で真珠層がバラ色となって生まれるようにと思ったが、それが彼に言わせることになった、「……真珠層、きみは人魚たちが自分の姿を見る鏡、きみが泣こうとすると真珠に変わり……きみの涙が海から湧きあがる……」。彼女は新たな、あるいは、かつての欲望の対象から初めて目を逸らし、ゆっくり数歩離れたが、彼を見つづければ息ができなくなるのではと心配だった。彼女は目を離したことを後悔した、というのも、視線を戻したときには、彼はすでに裸になっており、完全に真珠層のようになっていたからだ、女性の本能的な反応が彼女をその場から遠ざけようとする、だが、彼は彼女の腰にしっかり手をまわすと同時に皮肉っぽく非難するように言う、「……たった一度、美しいきみの唇が……口づけで、ぼくの恋を照らし出した、それは蝶の軽やかな羽ばたき……きみの女心の気紛れ……」、そして彼女にはひんやりとした空気にからだが包まれたことしかわからなかった、急に涼しくなったことに驚いた、だが彼に服を脱がされているのははっきりしていたものの、何かを考えてぼんやりしていた、そして気持ちよく横になれるよう彼がオーガンジーを草の上に広げたとき、彼女は自分が知恵遅れじゃないか、単なる尻軽女じゃないかと思われるのを恐れ、また、自分をどう正当化していいのかもわからず、軽薄さを装って言った、「……ミス頬笑み、そよ風で……作られた……わたしの衣裳は……」。その言葉に彼は、自分は粗暴ではないと断言したあと、自分の影の中にいる彼女を見ながら、言い添える、「……マグノリアの蒼さが染みこむ……苛《さいな》まれたきみの顔に、そして、きみの美しい翡翠《ひすい》の目に……うかがえるのは、きみが……恋していること……うかがえるのは、きみが……恋していること……」。そうしてもうそれ以上、言葉は聞こえなかった、白鳥とジャスミンがその光景を眺めて、考えた、自然は順調に進んでいる、今、この時間、自然の流れは緋色だろうか、それとも、臙脂、深紅色、肌色、鮮紅色? 突然、ふたたび言葉が聞こえたが、二人の唇からではなかった、空気そのものから湧き出てきていた、「……白鳥が嘆く、午後は遠ざかる……赤、それとも深紅に染まりながら、その誇らしげな馬車は……」

とうとう夜になり、愛の誓いの時ともなった。彼女は男を「彼」と呼ぶことにしたが、その「彼」が、銀の湖に行こう、と誘う。そこは、その庭からそんなに遠くないところにあり、その時間には月が水面を金属のようにすることからその名がつけられている。しかし、「彼」は待ちきれなくなり、湖畔が見えないうちから、道すがら、あふれんばかりの苦しさを吐露しはじめた。自分の人生のすべてを彼女に知ってもらいたかった。別れた妻のことを話し、今なお唯一自分の人生を和ませてくれるもの、つまり、ほんのたまにしか会えない娘のことを話した。女優はその小さな娘のことを何もかも知りたかった。すごく頭のいい子でね、おまけに、感受性もすごい、あの子が心配なんだ、あんなに傷つきやすい性格だと、世の中でひどく苦労するにきまってる、と「彼」は答えた。狭い小道はいっそう暗くなっていき、枝ぶりのいい樹々が両側に連なり、月の光が小道を照らすのを妨げていた。

女優はふと、自分の置かれている不安な状況に気づいた、見知らぬ男と見知らぬ場所に向かって歩いている。頭痛を口実にして引き返すほうがいいのでは？　だめ、もう遅い、それにこの人が敵のグループに属しているなら、ここで、このジャングルで、闇に紛れてわたしを始末することもできるはず。彼女はさらに考えを進めた、「今までずっと用心が味方だったけど、そう、今は用心を敵にする時だわ。男性に対するあれほどの不信感がいったいどんな幸福感を与えてくれたのだろう？」。「彼」の熱っぽい言葉をさえぎり、赦しを乞う、「何を赦さなくちゃならない？」、「一瞬、あなたを疑ったの、あの椰子の並木を歩いているとき。ねえ……あの木を見ると嫌な思い出がよみがえる、だから、こう考えたの、あなたがわたしをここに連れてきたのは……わたしを殺すためじゃないかって」。彼は彼女を抱きしめたが、彼が涙を流しているのは闇に隠れて彼女にはわからなかった。だが、彼の目にキスしたとき、気づいた。茂みが月を隠していた、二人が暗闇で何をしているのか誰にも見えなかった。それを知るには二人の体に触れる必要があった。

夜のとある瞬間、二人はふたたび歩きはじめた、もう湖の穏やかな波音が聞こえはじめていたが、彼女は自分の人生についてもう少し彼に話すことにした。自分の最大の恥を。わたしにも娘がいた。会社はあの子を養女に出せと強要した。そしてわたしは反対しなかった、もちろん、いくら反対しようが、何一つ変わるはずがなかった。そして、わたしはそんな犯罪行為に同意したばかりか、まったく気にもしなかった。いったい誰が、このわたしが、どうしてそんな卑劣な行為ができたのだろう？女優は黙りこんだ。「彼」は彼で何も言おうとはしなかった。二人は湖を、細かな白砂の湖畔を、静止した空中に広がる漁師の網を眺めた。彼女はため息をついた。

彼女が塞《ふさ》ぎ込みがちになるのを「彼」は責めた。銀の鏡は、彼女は水面をそう呼んだのだが、見慣れない彼女自身の姿を映してみせた、髪が乱れていた。そこで広いスカートのフリルをはぎとり、海賊世界を思いださせるターバンを急いで作り、悲しみを振り払うために、あざけるように言った、「……わたしは生まれた……銀の月の下で、そしてわたしは生まれた……海賊の心を抱いて……」、そして、叢《くさむら》や水面でも点滅する光を見ながら、架空の剣を振りまわして、その光を消そうとする。明滅する小さな昆虫だったが、その青い光が黒い空にはじける。「……湖には月の反射がある、鏡だけが知る静寂がある……」と「彼」は証言する、そして彼女は、今は自分が「彼」に褒め言葉をかける番だと思う、「……素敵な夢想、人生がわたしの苦悩を映した鏡……」、だが、「彼」はそのとき褒められてまごつく子供みたいに、話題を変える、「……蛍《ほたる》の明滅、蛍はその光で闇にスパンコールを飾りつける……」、その言葉にわけもなく心打たれ、力いっぱい彼を抱きしめる。二人はまるで感謝を述べるときのようにひざまずき、抱きあったまま、視線を湖に向ける。「……あれは銀の網……繊細なレース、眠る蝶……サファイアの夜に……」と「彼」が言うと、彼女は暗い茂みでの「彼」の激情を思い出しながら応えた、「……鏡の湖を照らす月のあの輝き！　あなたの目も同じように輝く……涙のあとに……」。二人は黙ったままアシエンダへの帰路につく。

いつものように不測の事態に備えていた彼女は、砂の上に自分たちのとはまったく違う真新しい足跡を見つけた。「彼」はその足跡を見なかった。彼女は「彼」を不安にさせたくなかったため何も言わなかった、だが、屋敷に通じる小道を避けようとして、別の道を通りましょ、茂みに新しく道をつけましょうよ、と言う。「彼」の頭には彼女を喜ばせることしかなかった。そうして二人はそのときまでは蛍だけしかいなかった湖を後にした。そして蛍たちだけが新たに宙に湧き出てきた声に耳を貸すことができた。「……セレナーデと銀、そしてオーガンジーの夜！……」、そしてその声は次第に嘆きに変わった、「……栄光の満月、去りゆく過去！……消え去る幻想……二度と戻らぬ……」

夜明けの最初の光が恋人たちを目覚めさせた。「彼」は起きあがり、カーテンを開ける。部屋は薄闇の中にあったが、それでも彼女は「彼」の視線に奇妙な影を見つけた。その理由はすぐわかった、「ねえ、きみ、ぼくたちの愛のように、真実の愛というものには一点の疵《きず》さえない。何かを隠すこと、相手を信じないこと、それはもうぼくには重大な疵のように思える、だから、気になっていることをすぐ打ち明けたい。それは、どうして娘さんを養女に出せたのか、そのあと、どうして後悔しなかったのか、その点がどうにも理解できないということ。ぼくがきみだったら、悲しみのあまり死んでしまったかもしれない。きみのそのおかしな反応が怖くてたまらない、つまり、きみはいつかまたぼくを棄て、二度とぼくのことを思い出さなくなるんじゃないと。だから、ハリウッドに戻ったら、ぼくのかかりつけの分析医のところに一緒に行ってほしい。彼の診察を受ければ、謎を明るみに出すことになるかもしれない、それに、一緒に、カップルとして分析を受けることだってできる、そうすれば、もうおたがい秘密はなくなる。ぼくはすべてを、きみのすべてを完全に知る、そして、きみはぼくのすべてを。分析を受けるって約束してくれないか？　そうしてくれれば、きみの愛情の決定的な証拠がもらえることになる。ぼくみたいな単純な人間にとって、きみのような神のごとき人物の愛を受け取ることは実現不可能な夢のように思えるんだ」

女優は血の凍るような気がした、背信というものをよく知っており、恋する男の声でそれがはっきり鳴り響いていたのだ。たぶん「彼」はわたしを敵の手に渡し、自称医者たちにわたしの秘密を残らず白状させたがっている。そして嫌だと言えば、と彼女は考えた、このアシエンダには彼の一味が潜んでいる、砂の上の足跡はその連中のもの。彼女は大げさに甘えるふりをし、分析を受けることを約束した。その言葉に「彼」は予想どおりセックスで報いた。彼女は悦ぶふりをしながら、一つの計画を練っていた。もう少し「彼」と一緒にいれば、それがつまずきのもとになり、わたしが不信を抱いていることがわかるかもしれない。それに気づけば、「彼」はわたしに猿轡をかませ、茂みに隠れている仲間に引き渡す。

うめき声が静まると、美女は口を開いた。とってもおなかがすいた、下に行って、何か食べ物を探す、でも、あなたがびっくりするようなものがいいわね、急に思いついたんだけど、前に行った庭のジャスミンで朝食のトレーを飾るわ。「彼」は同意したが、ぐずぐずしないように、と釘をさした。彼女はガウンをはおり、裸足のまま階段を駆けおりたが、残念ながら、電話回線を切って世間から離れさせてほしい、とアシエンダの主人に頼んであった。だが、礼拝堂の木立の後ろ、それほど遠くないところに、細い街道が蛇行しているのを思い出した。誰かが通りかかって、町まで連れていってくれるかもしれない。そこで車が借りられるかもしれない。

彼女は中庭を横切った、彼がバルコニーから見張っていれば、花を摘みにいく、と言える、だが、カーテンは引かれたままだった。すぐさま街道に向かった。彼はどこかの大国から送られた人間だと確信していた。それがどこの国であれ、汚らしい目的のために自分を誘拐しようという気なら、同じこと、そうだわ、わたしを一人の分析医の手に、そのあとは何千もの科学者の手に渡して生体実験をし、わたしの心の底にある秘密を暴こうとしてるんだ。

街道は実際は二級の道路であり、車は一時間に一台、あるいはそれ以下くらいしか通りそうになかった。ひょっとしたら誤りを犯してしまったのではと思った、その屋敷から、その罠からできるかぎり遠ざかるために歩きはじめた。突然、背後で、数百メートルのところで、何か音がしたようだった。まさか、そんなはずがない。そう、あれはエンジンの音。彼女は振り返った。道の曲がり角からすぐに最新型の車が現れる。車には二人乗っていた、ハンドルを握る男と後部座席に坐る女。彼女は、止まれという合図を送る。車は逆にスピードを上げた。まさか、そんなはずは。車は彼女をはねようとする。彼女は脇に寄って身をかわすことができた。女の顔が痘瘡の跡だらけなのがわかった。車がUターンする。若い女性は逆方向に駆け出し、街道からそれる。車も道をそれ、瞬く間に追いつき、彼女をはねとばした、まるでときおりフロントガラスにぶつかる小鳥みたいに。瀕死の状態でも、悲しいことを考える時間が、永遠と思えそうな数秒があった。誰も自分のために泣かない、世界中の誰も、と彼女は思う。そんな悲しみに満たされていったとき、「彼」の声が聞こえるような気がした。実際、必死に彼女の名を呼びながら街道を走ってきたのは「彼」だった。すぐに、ふたたび始動したエンジンの音が、セメントに軋《きし》むタイヤの音、鈍い衝突音、痛々しい悲鳴が聞こえる。彼女から遠くないところに「彼」は横たわっていた、身動き一つせず、目を見開いたまま。

息を引きとる前、彼女は自分の不安が的中したことがわかった。「彼」は裏切りはしなかった。「彼」は無実だった。「彼」は本当に彼女を愛した、だが、彼女の死に涙を流すために生き残りさえしなかったのだ。

第八章

「入っていいかい？」

「ええ……どうぞ……」

「休んでた？」

「いいえ、構わないわ」

「でも、部屋を暗くしてる」

「明るいのが嫌なの」

「寝てた？」

「違うって、もう言ったでしょ……。きのう、飛行機に乗ったものと思ってた」

「いま頃はキルメスにいると思ってたんだ」

「ええ……」

「アナ、疲れてるみたいだね、出直したほうがいいな」

「どうして帰らなかったの?」

「ごたごたがあった。電話がかかってきて、延期しなくちゃならなくなった」

「坐って……」

「ありがとう」

「話して」

「アニータ、この前はすまない。でも抑えきれなくなってしまって……」

「悪いのはわたし」

「しばらくメキシコにいることになると思う」

「ほんと?……」

「ブエノスアイレスから電話があった。ぼくの家が家宅捜索されたんだ、めちゃくちゃにしていったらしい」

「それで、あなたの家族は?」

「別に、何も、驚いただけ。今、みんな、ぼくの姑の家にいる、家はすっかり締め切って、引き払った。だからぼくはしばらく帰らないほうがいいんだ」

「お気の毒」

「でも、きみに迷惑をかけるつもりはない。怖がらないで」

「こちらこそ、でも、話を聞いてるかどうか知らないけど……」

「どんな?」

「具合が悪かったの、ポッシ」

「ああ、そうなんだ、全然知らなかった」

「そうなの。治療の何かが合ってなかったみたい。症例を調べてるわ」

「そんな馬鹿な」

「ほんと」

「きみは休んでた、そっとしておいたほうがいいな」

「心配しないで、癌《がん》はうつらない」

「なんだって?」

「冗談よ。ポッシ。冗談なの」

「……」

「どうして撫でてくれるの? どうしてそんなに優しいの?」

「そんなふうに手を引っ込めないで、嫌がらせしてるみたいだ」

「あのね、今、あなたに感じるのは妬みなの、あなたは健康だけど、わたしは違うから」

「悪ふざけはなしだ、アナ、医者たちがどう言ってるか話してくれ」

「食餌療法のミス、と言ってる。でも腫瘍は良性だったし、今、感じてる痛みは手術で取り除いたものとはまったく関係ないって」

「そうだよ、それだけのこと、すぐに終わるようなこと」

「すぐに終わるのは、わたし」

「何言ってる、病後はたいてい何か、余病を併発するものだ」

「そんなふうに扱わないで。それとも、わたしが気づかないとでも思ってるの？　医者たちがそんな話をしに来るときは我慢してもいいけど、あなたに言われると我慢ならない」

「……」

「気分が悪い、手術を受ける、そして四週間後に手術前と同じ徴候が出る。それに気づかないなんて、よほどの馬鹿じゃないといけない」

「それを言ってやらなかった？」

「ええ、もちろん言ったわ」

「それで？」

「わたしをなだめた、病人は誰でもいろんなことを想像するって言うの。でも、痛みを感じるのはわたし。つまり……あなたがわたしの言うことが信じられなくても全然構やしない。だから、もうこの話はよしましょ」

「お好きなように」

「……」

「帰ってほしいのでは？」

「いいえ……。お願い、少しベッドを上げて、そのボタン……。これでいい、ありがとう」

「これでいい？　もう少し、上げようか？」

「いいえ、もうこれでいい。それで、メキシコにいるつもりなのね？」

「でも……帰国して、どんな保証が得られる？」

「前は心配してなかったくせに」

「ああ、前はね。でも、今はもうブラック・リストに載ってるみたいだ」

「でも、あなたの仕事は合法的なもの、じゃないの？　弁護士が囚人を弁護してるからと言って、囚人と同じ罪を犯したことにはならないわ」

「ああ、でも、政治犯や政府に反対する人間しか弁護しない弁護士っていうのは、想像できるだろうけど、当局にとってはあまり好ましい人物じゃない」

「でも、もしかして何かのかどで、あなたを起訴できる？」

「いいや、そんなものはまったくない」

「わたしに何も隠してないって、確か？　まわりくどい話にはうんざりしてるから」

「何も隠しちゃいない。もちろん、連中は、ぼくが非合法活動をしてるグループと何らかのつながりがあると考えている」

「ゲリラがあなたにお金を払ってるって考えてるんでしょうね……。それに、そのとおりだし」

「違う。ぼくは事務所に入ってくる別の仕事でいつもやりくりしてた」

「じゃあ、この旅行は、誰が払ったのか、教えてくれる?」

「そりゃあ、これはそうさ、でも、これが初めてだ、それに経費だけ。ぼくは囚人の弁護でいまだかつて、びた一文受けとったことはない」

「でも、どちらにしても、あなたを起訴する。何をもとに?」

「アナ、もしかしたらきみを何かのかどで起訴できてたんじゃないか? 彼らがきみにしたことを考えてみたらいい」

「わたしに何か隠しごとしてるんじゃないかと思って質問したの」

「……」

「でも、とにかく、このメキシコ旅行が怪しまれることになるんでしょ?」

「きみが国を出た頃は、事態はまだ、もっと落ち着いていた。でも、今ははるかに組織だってきてるんだ、きみが私設警察を組織したとして、誰がそれを統率する?」

「あなたのペロニストたちでしょ、そんなもの作ったのは」

「帰国したら地下に潜らないといけないかもしれない。そうするしかない。偽名を使い、すべて偽造の書類を持って入国する、わかる?」

「ええ」

「いったんマークされたら、もう、とても用心しないといけない」

「それじゃあ、帰れない」

「だから、ぼくたちは二人ともついてないんだ、今回は」

「馬鹿なこと言わないで。ついてないのはわたし。あなたはここですぐに腰を落ち着けられる、知ってるでしょ、メキシコ人は面倒見がいいってこと、きっと大学で何か仕事をくれるわ」

「さあ、どうかな……事態はひどいんだ。それにあとで家族を呼び寄せないといけないし」

「みんな呼ぶの？」

「そう思ってる。子供たちが今の学年を終えたらすぐにでも。それに、家を誰か信用できる人間に貸せるよう、妻にも時間をやらないと」

「ああ、ポッシ、あなたはいつもそうね、あっという間にすべてを計算する」

「どうしたんだ、気にさわった？」

「いいえ、でも、いい、ここの人たちは違うわ、メキシコ人と比較すると、アルゼンチン人ってのはほんと笑えてくる、すべてを予測しよう、すべてをコントロールしようってやっきになるから。ここにいればすぐにわかるわ、どれくらい違うか」

「どういう意味で？」

「ここの人たちはもっと現在に身をまかせてる、わたしたちみたいに未来のことをきっちり計画していない。そんなに心配しないの」

「少し無責任ってことじゃないか？」

「そうかもしれない、でも、彼らが言うように、そのほうが人生はもっと味わいをもつ、もっと驚きが、もっと自発性がある、じゃない？」

「誰かに恋した？」

「いいえ、残念ながら、そうじゃない。そんなことにはならなかった。いい、まったく違うの、特にあなたとは」

「どういう意味で？」

「飲んで騒ぐ……」

「そのどこがいい？」

「ええと、彼らは酔っぱらい、頭がおかしくなるって言いたいの、わかる？」

「自制心をなくす」

「そう！　それ、探してた言葉は。それに素晴らしいことだし、そうすれば、あなたはここの人たちがもっとよくわかる。何かを隠して、始終自制している、そんなじゃないの」

「けんか腰だな、アナ」

「違った生き方を話してるだけ。人は人よ、いいところもあれば悪いところもある。メキシコ人にこれこれの時間にしかじかの場所で会おうと言ったって、その人が来るのかどうか、わかりゃしない。でも、来たとしたら、それは、来たかったから、わかる？」

「ところがアルゼンチン人は約束だから来る」

「そのとおり」

「責任のある、大人としてね」

「どうであろうと、でも、あなたたち、アルゼンチン人にはうんざりさせられるのよ、面倒ばかりで」

「でも、ぼくの思い違いじゃなければ、ぼくが初めてここに来た日、きみはまったく正反対のことを言った。メキシコ人はとても教育されている、でも、何を考えてるのか絶対わからないって」

「ええ、でも、それは別の意味。彼らはあなたに何を隠したいのかわかっている、もっとずるいの。ところが、アルゼンチン人は習慣で隠している、そしてそれが普通だと思い込んでる。抑圧されるから隠す。するとわからない、理解できないの、結局、それじゃあ、誰もが隠してることになる。わたし、矛盾したことを言ってる」

「そのとおり」

「でも、あなたみたいに、理解しようとしない人たちといるとそうなるの。殻に閉じこもっている人たち、もう何もかもわかっている人たち。それに、わたしを混乱させることしかできない人たち」

「アナ、十分も落ち着いていられなかったな」

「落ち着いているってことに興味はない。わたしは思っていることをあなたに言う、それで充分。もうこれまでの人生、たっぷり黙ってた」

「……」

「もうこれ以上黙らないことに決めた、そして何もかも話すことにね、たとえ気を悪くさせても、今わたしが何を考えてるか、わかる？　自分がこんな目にあってるのが腹立たしいの、あなたや、他の人じゃなくて」

「きみがどんな目にあったって？　とても具合が悪いって、どうしてそんなにはっきり言える？」

「わたしを騙せやしないわ。ゆうべだって、具合が悪かった、集中治療に連れていかれた」

「……」

「血圧が乱れたの、突然。とってもひどかった」

「こう言って腹が立ったら赦してほしいけど、顔色はとてもいい」

「ひどくやつれてたので化粧したの、だからよ。ぞっとするような顔で……」

「メキシコ人がどんなに素晴らしいのか話してくれないか。このままじゃ、腹が立つ」

「ええ、でも、よけりゃ、冗談ととってくれたほうがいい」

「いいから、話して」

「たとえば、ここではみんなが歌を歌う、アルゼンチンだったら、誰が歌う？　何か言ってみて」

「アルゼンチンのことは話さないほうがいい」

「どうして？」

「戻れなきゃ、自分がこの先、どうなるのかわからない」

「それがそんなに重要？」

「ああ」

「家族のせい？」

「いいや……家族は呼び寄せることができる。その他のこと全部だよ。仕事、拘留されてる人たち、ブエノスアイレス、そういったこと全部」

「ブエノスアイレス？」

「ああ、それもだ。物事は切り離せない、そう思わない？　人と場所、その両者は切り離すことができないんだ」

「そこが、その場所が好きなの？」

「ああ、アニータ、今、気づいた」

「でも、とっても元気に見えるわ、メキシコが性に合ってると思う、こんなに元気そうなあなた、一度も見たことがない。すごく素敵」

「どうしてそんなこと言うんだ？」

「ほんとのことだから。くつろいでいるように見える」

「寝てるからなんだろうな。ここ何年もの間、体が求めるだけ寝ていなかった」

「傍目《はため》にもわかるわ」

「……」

「あなたが羨ましい、ポッシ。帰りたくてたまらないなんて。わたしはあそこのことはどうでもいい、ここだって、同じだけど」

「……」

「何も言わないのね」

「アナ、本当に、帰ろうって思わない？」

「棺桶に入って、ならね」

「じゃあ、クラリータに会いたくない？」

「向こうにいるほうが幸せよ」

「じゃあ、お母さんには？」

「二人を煩《わずら》わせる必要がある？　二人ともここより向こうのほうが幸せ」

「本当にここで、好きになった男はいないのか？」

「あなたの頭には入らないかもしれないけど、何もかもが一人の男のまわりをまわる必要はないの」

「そんなことを言うつもりじゃなかったんだ」

「……」

「何を考えてる？」

「ポッシ、ほんとに、わたしの顔色、いい？」

「ああ」

「よく見えるっていうのはどういうこと？」

「さあ、よく見えるんだ」

「でも、何が？　肌？」

「ああ」

「じゃあ、目の下にひどい隈ができてない？」

「そんなに隈になってないよ」

「じゃあ、目は？　病人の目じゃない？」

「そうとは言えない」

「……」

「アナ、ぼくは戻らなくちゃいけない、諦めてここにいるなんてことはできない。国で起きてることを抱えたまま。思うんだ……何かをしに帰る代わりに、ここに残るというのはよくないことだと……思えるんだ」

「わたしには、今の政府は正真正銘のペロニズムよ、ごろつきとナチの」

「ぼくはペロニズムのために働いたんじゃない。それに、どれほど働いたか、きみは知ってる」

「ポッシ、あなたは自分のいいようにペロニズムを想像したの、そしてよく知らないまま結びついてしまった。そして今、野獣があなたに牙をむいている」

「誰かがそう言ってるのを聞いたんだ」

「もちろんそう、わたしは自分じゃ考えられないって、あなたは思ってる、こんな空っぽの頭じゃ」

「……」

「家宅捜索というのは、ほんとにほんと?」

「もちろん、どうして訊くんだ?」

「あなたが残ってるのは、わたしを説得するためかもしれないから、アレハンドロの件で手伝わせようとして」

「何を馬鹿なことを」

「それが理由じゃないかって、不安なの」

「子供たちに賭けて誓うよ。アレハンドロの件は除外されてる」

「ほんと?」

「聞こえなかった? 誓ったばかりじゃないか。きみの言葉は侮辱だ」

「侮辱じゃない。思ったことを言ってるの。他人とうまくやるなんて、わたしにはもうどうでもいいの。あなたと折り合う必要がある? あなた、わたしに何を与えられる? 健康を返してくれることはできない、でも、わたしにとって大切なのは健康だけ」

「アニータ、きみがどうなってるのか、今、わかった。自分が死ぬなんて信じちゃいないんだ。もし、本当にそう確信してるなら、一言だって口にする元気はないはず。きみは何かのせいでかっとなってる、自分自身に対して、そしてきみはどうやってそんな自分に仕返しをしたらいいのか、それがわからない、まるで子供みたいに」

「そうよ、そして、あなたはとっても大人。とってもアルゼンチン人で、とっても大人。あなたって人は……」

「言ってごらん、聞くよ」

「あなたって人は……お人好し、夢想家、なぜか知らないけど、こうしたごたごたに巻き込まれてしまう……ロマンティックなせいね。わたしが得体の知れない人との結婚騒ぎに巻き込まれたのと同じ。そして、あなたも無責任、というのも、武器を使うような連中が何をするかも知らずに協力してるから。娘を生んだだけのわたしと同じくらい無責任。だからわたしたちは似たもの同士、夢想家で無責任」

「その件に関しては、ぼくは自分の考えをもう、はっきり説明した。きみが理解できなかったとすれば残念だけど」

「でも、この頭の中にあることを言うほうがいいでしょ。なぜって、ぼろをまとった傷病兵と赤十字の看護婦を信じるなんてことは終わったんだから。それに、刑務所からでてくる盲人の殉教者たち、そして、傷跡が見えないように目に包帯を巻いてるわたしっていうのも」

「何の話をしてるんだ?」

「わたしにはわかってる」

「でも、ぼくにはわからない」

「とっても悲しいこと、それに、これ以上あなたをがっかりさせることもないでしょ? 悲しいこと、特にわたしにとって。人が素敵なことを何にも想像できなくなったら、いったい何が残る? この世の中で素敵なことが想像できないのなら、あなたはもうだめなの、素敵なことがないんだから」
「それには納得できないな、申し訳ないが」
「そのほうがあなたのためね」

「午後四時＋葉のない樹々＋消え入りそうな光＋職場への歩行＋防寒服の快い感じ＋二度と戻らぬ一日という感じ＋不愉快な患者に出くわさないかという心配＋とても良いことであれ悪いことであれ、何かが起こりそうな感じ」。その若い女性はそうしたキーワードをポータブル・コンピュータに打ち込んだが、求める答えを数秒で出してくれるキーを押さずに、ふたたび歩きはじめた。公園に人気はない、そこを斜めに通り抜ければ、一年前から週に五回義務で通っている四角い灰色の建物にすぐ着くことになる。その「市民会館」に視覚に訴える魅力がないのは建築家の責任だと若い女性は心の内で非難する。最高政府には余分の出費を認めるほど充分な予算がないことは納得しているが、黒とも言えそうなあの数知れない曇ガラスは同じ費用で緑がかったものにも、ピンクにだってできたはず。ともかく、あの曇ガラスは内部での出来事を外から見えなくしている。実際は病院じゃないのに、建物をそれらしく見せかけてるのも問題では。
その若い女性、登録番号W２１８はすでに打ち込んだキーワードに「公共建築物の無用の厳めしさに対する不満」とつけ加えて、実行キーを押した。回答、「義務の完遂にあたり、あらかじめ想定される挑戦を目前にしての当然の不安」。W218が深呼吸をすると、横隔膜から大きな欠伸《あくび》が出てくる、それは肉体的あるいは精神的に完全な満足感を得るときまって起きる反応だった。彼女は自分自身と親しくしていたが、そうした傾向は極暦零年以前に生まれた若い女性の間ではよく見受けられるものとなっている。著しく傷つけられた人間的要素を的確な教育方法が十五年の実践を通して回復させたのだった。W218はその好例だった、なぜなら、彼女はいわゆる歴史の転換期と呼ばれる、その零年以前に生まれ、登録簿の問題のある区分、つまり、原子力時代の最後の五年間の中に分類されているからだった。

道のりが長くなるのは、服務期間中の若い女性たちがその建物に入るのにわざわざ遠回りしなくてはならなかったからだ。それは過ぎ去った時代の見せかけの恥じらいの名残り。一方、指導者たちは、登録女性の匿名性が任務の遂行に魅力を付与すると断言していた。彼女は、週単位の自分の勤務カードのそばに本日の予定を見つけた。直ちに第三衣裳室に出頭すること、となっている。彼女は嬉しそうにタイム・レコーダーでカードにパンチを入れる、その日は彼女の週間勤務の五日目、最終日だった。第三衣裳室は一九四八年に流行した衣裳を、言い換えれば、セクションAで治療を許可された最も若い男性たち、つまり、六十から六十五歳までの患者を意味している。その時代の衣裳は彼女のようにすらりとした背の高い女性だけしか優雅に着こなすことのできないものだったが、それは極端に長く広いスカート、クラシック・バレエのトゥシューズにヒントを得たヒールのない靴のせいだった、白い花模様の刺繍が入った小さな鍔《つば》なし帽は髪飾りの代わりだった。本日の予定には、今日の彼女の名は、ドーラとなると決められていた。

W218は、午後五時に十二号室に入らなくてはならず、時間どおりに入室した。十二号室は柔らかな照明のティールームを模しており、壁やオーケストラ・ボックスを飾る、起伏のある粗石積みのおびただしい数の白い縁取りは、菓子店でのメレンゲの装飾的な使い方を思い出させる。とはいえ、ここで追い求められているものは一九四八年の追想であり、二列目の三番目のテーブルでは彼女が――本日の予定に従い――顔も知らずに電話で約束した異性の代表が待っていた。彼女は自分だとわかるように、白い刺繍の手袋をはめた右手に赤いカーネーションを持っている。環境音楽はシャルル・トレネのヒット曲集を再生している。彼女がやってくるのを見て男は立ちあがり、紳士然として椅子を引き、坐らせる、「紹介されたわけでもない、面識もない女性とデートなんてことは一度もしたことがない、でも、こうしてあなたに会ってみると……後悔するね、自分がどうにも臆病だったことを」。男を見ると、禿頭を隠すために項《うなじ》から額まで髪をすきあげている、その髪型に表れた大変な悲しみにW218はこれまでほとんど気づいたことがなかった。

「いいかね、お嬢さん……名前で呼んでもいいかな？　ドリータ、だったね？　それじゃあ……私に話をさせてほしい。私は、今、法学の最終学年にいる、そう……それほど早咲きってわけじゃない、もう二十五歳だからね」。W218はその男が今日担当する二人の患者のどちらなのか、はっきり思い出せなかった、昨夜、二人のファイルをじっくり読んだのだが、今日の午後、家を出る前に読み返すのを忘れてしまった。記憶にあるのは、一人は六十二歳のやもめで天涯孤独、そう、確かに弁護士だった。もう一人は六十五歳の農夫、妻は癌患者の病院に入院し長期療養中。「この新しい音楽が大好きなんだ、ドリータ、フランスは死んじゃいないってことが誰にでもわかる。なぜって、これほど楽しくて覚えやすい音楽が証拠じゃないのかな、この国が戦争の灰の中からよみがえるってことの、そう思わないか?」。若い女性はこの老人がいつやもめになったのかを思い出そうとした、だが思い出せず、その日の仕事の準備を充分してこなかったことに気がとがめた。

「ねえ、ドリータ、ここの楽団はいつもあんなでね、次の曲を演奏するまで、何時間も待たせる。そしてお客はレコードに合わせてフロアで踊ろうっていう気にはならない。私もそうでね、言っておくが、ダンスが下手ってわけじゃないんだ。なかでもフォックス・トロットはうまく踊れるし、他の若い連中みたいにワルツに尻込みしたりしない。私はワルツが時代遅れだなんて思っていない」。若い女性の楽団員たちがゆっくりと壇上にあがって腰を落ち着け、夢見るような頬笑みをうっすらと浮かべるが、指揮棒がさっと振りおろされると同時に、さっそうとグアラーチャの『エル・クンバンチェロ』を演奏しはじめた。「あなたは軽やかだね、まるで羽根みたいだ……ドリータ。あなたの背が高いのを見たとき、そう、私より指二、三本分高い、そんなじゃないか? あなたがこんなに背が高いとわかったとき……こんなにうまくフロアで踊れるとは思わなかった」

三十分後、W218はもうこれくらいの時間でいいのではと思った、若者らしく真面目に女を口説きたいという男の夢は充分かなえられたし、プログラムの例の第二部に移る時間になっている。「ニコラス、ごめんなさいね、こんなこと言って……ダンスはとても素敵、でも、わたし、家に帰らなくては。大事な電話がかかってくるの、だから、これ以上、いられない。そうだ……わたしの家はついこの先だから、よかったらもう少し、お喋りできる、電話がかかってくるまでだけど、どう?」。男の目つきはそれまでよりいくぶん暗くなった、紅茶と菓子の代金を適当なクーポンで払い、廊下に出て、エレベーターに乗り、六階まで行く。部屋はワンルーム・マンションを模したもので、学校のペナントやラケット、交差した二本のマラカス、そして写真と見間違えるほど細密に描かれた水着姿の女の子たちのカレンダー。「もしかしたら、あなた、若い娘が男の子を自分のアパートに入れるのは感心しないと思っているのでは? つまり、他に誰もいないときに……」。彼女のお喋りの長さは患者の大胆さにかかっており、この患者の限界も平均どおりで、彼女が二人のコートを掛けるとすぐ、激しいキスで話をさえぎった。彼女は坐るよう勧め、自分も腰をおろすと、まず、ため息をつき、目を伏せる。規則によれば、その出会いは見せかけのアパートに入ってから二時間後に終了しなくてはならない、「どう思う? 最初のデートでこんなことまで許す女というのは……。部屋に入ってもらうんじゃなかった、なぜって……踊りはじめて、男らしいあなたの腕に抱かれていると思ったとたん、分別をなくしはじめて……」

その患者の履行力は評価表の「平均六十二」、つまり、六十二歳の男子に相当するものと見なしえた、従って、W218がそれほど努力しなくても、相手は期待どおりの性的満足を得ることができる。若い女性は、言うようにと定められた言葉は馬鹿げたものに思え、省略することにした、たとえば、「とっても逞しいのね、壊されそう、鋼の筋肉って言われたことない？　優しくしてね……」、そしてとりわけ、「いや、いや、怖いわ、わたし、ほとんど経験ないの、そこにつけこまないでね……」。そのかわり、次のような言葉をとても効果的に使ったが、これも二十世紀半ばの雰囲気をかもしだすために規則で示唆されている、「あなたが感じさせてくれるような気持ちには、今までなったことなかった、一度も、一度だって……」、「望みを果たした今、もう一度わたしに会いたくなるのかどうか……」、そして、「お願い、約束して……誰にも何も言わないって、あなたの親友にだって……わたしたち二人の間のことは……」

午後八時、W218はふたたびティールームに入った。本日の予定によれば、二人目の、そして、最後の患者が最後の列の最初のテーブルに坐っている。そんなデータがなくても若い女性にはどの男かわかったに違いない、というのも、農夫という、男の条件がはっきりしていたからだ。他の客たちに混じってとりわけ異彩を放つのが日に焼けた顔、そして、その巨体が少し窮屈な服を着て居心地悪そうにしていること。「あんたは素敵な娘さん、わしは六十五の老いぼれ、騙し合いっこはなしにしよう……。他の連中は茶番をやりたがるだろうが、わしは願い下げだ」。楽団は今度はボレロの『臆病《コバルディア》』を演奏しはじめる、「わしみたいな男にはきっとむかむかするだろうな。だから感謝してるよ、何でもないような顔をしてくれてるのを、それに、自分がすけべ爺だと感じさせないようにしてくれてる……でもな、ほんとのところ、わしら老人だって欲望は感じるんだ、女と一緒にいたいっていう。そしてわしには女房がいる、わしより若いんだよ、三つな、だが、あいつはかわいそうに入院してる、もう長くないんだ、仮に生きて退院できるとしてもだ、あいつは……。そしてわしはそのことでひどく苦しんでる、それでもだ、この無粋な欲望がわきあがってくるんだよ、むらむらと……女と一緒にいたいっていう欲望が、そして、役所に出かけたとき、わしの言い分を受け入れてくれるなんて思わんかったが、許可してくれたんだ、わしにも権利があるって。ほんとに、認めなくちゃならんだろうな、今の政府はよくやってるって、もう経済問題は残らず解決されてるし、貧乏人は一人もいない、しょい込む経営問題が嫌で金持ちになりたがらない。すべてがうまくいってる。そして今、人の心の問題に取り組んでいるのも、しごくまっとうなことだと思うな」

ダンスをリードしようとしてパートナーは彼女を強く抱きしめていたが、そうされても彼女は嫌ではなかった、話相手の口臭に敏感だったので、顔を見合わせずに、頰をぴったり合わせて耳もとで話しかけていたからだ。「他の男たちなら歯の浮くような言葉を口にするだろう、あれこれ馬鹿げたことだって。そんなのはあんたに似合わないってんじゃない。だが、わしは間抜け面をしたあの老人を知ってるが、あの連中は腹の中では思ってるんだよ、あんたは……売春婦みたいなもんだと。若い頃知った売春婦と同じだ、そう思ってるんだ。だが、わしは違う、わしには今という時代がよくわかってる、みなの言うとおり、セックスは全然悪いもんじゃない。あんたたちが、ウルビス盆地で徴集された女性たちがしてることは立派な仕事だ。もちろん、器量の悪い女たちは外され、田舎に働きに行かされてる、だが、あんたたちはわしらに命を返してくれてるんだよ、いいかね、わしら老いぼれにまさしく命を返してくれてるんだ」。W２１８は規定通りの言葉をさしはさむのは無駄に思え、必要に応じて、ただ感謝の言葉を口にするだけにした。いったん部屋に入ると、彼女に対する男の荒々しい態度に仕事が順調に進まず、警備員を呼ぶ、と言って脅しをかけなくてはならなかった。男は憤然として服を着はじめるが、すぐに考え直し、若い女性に赦しをこう。彼女はかわいそうになり、その患者に最後まで治療を受けさせることにしたが、その攻撃性はインポテンツに対する不安によるものと考えたのだった。実際、治療の遂行は骨の折れるものとなり、移ろいやすいオルガスムスにようやくにして達したとき、患者は否定的な言葉を抑えきれなかった、「売女、売女！」

男は黙って服を着た、W218はバスルームに入り、薄化粧を、とりわけ念入りに髪を直す。男がドアをノックする、「すまん、あんなことになって……もう帰る、出てこなくていい、エレベーターの位置は覚えてるから」。足音が聞こえ、廊下に出るドアが開き、また閉まった。そのとき、W218は良心の問題に直面した。こうした場合、患者の評価を書く用紙に苦情を詳細に書き込まなくてはならない。セクションAの患者たちは月一回の出逢いの資格があるが、礼儀正しく振る舞えないときには割り当てが減らされる、もしくは、この場合、彼女が思っているように、奉仕が受けられなくなってしまう。選択肢ははっきりしていた。彼女が事実を報告すれば男は今後性的治療を受けられなくなる、一方、男を告発しなければこの先同僚の誰かが乱暴な患者の攻撃を受けることになる。わたしって物分りがよすぎるのね、とW218はつぶやいたが、数秒後には、自分が親切なのは、はっきり書くのに困りそうな報告書を作成するのが面倒だからだと思った。帰宅時間の午後十一時にはまだ二十分あったが、報告書のせいで遅くなりそうだった。

評価は「平均以下六十五」となったが、報告書を作成するのに三十分あまりかかった。公園は夜間照明に明るく照らし出されている、若い女性は、遅くなったせいで不機嫌になっていたが、そんな気分を抑えようとしながら公園を横切る。コンピュータに訊きはしなかった、というのも、その状況に謎がないからだった、彼女を苛《いら》つかせるのは、問題になりそうな患者がたいてい二番目に登場し、こうして帰宅時間を遅らせることだった。気分を落ち着かせようとして彼女は思い出した、あと一月もしないうちにわたしの徴集期間の半分が終わり、二年目は規定に従い、セクションBとCで送ることになる、Bは事故で障害者になった若者、Cは先天的異常のある若者のセクション、もちろん彼らも性的奉仕の規約に従って、その恩恵を受ける。あと十三か月たてば、つまり、徴集期間が終われば、期間中まったく禁じられている個人的な関係をふたたび持つことができるようになる。こうした種類の奉仕活動を終えた女性は同世代の男性によくもてるという噂があったが、その噂は最高政府が広めた美辞麗句の一つで、現状に即していないのではないかとW218は疑っていた。たとえば、今夜の農夫の息子が父親とまったく違う人間だとはとうてい信じられなかったのだ。

ここまで考えると、きまって彼女は同じことをつぶやく、わたしの肉体の美しさと、優しく、あけっぴろげな性格からすれば、普通の状況なら、完璧な男性に巡りあえるはず。本物の男性。これまでに支払った犠牲が当然のことになるような男性、わたしを理解してくれ、何の説明もしなくていい男性、わたしがひどく愛情に飢えていること、同時に不安な気分でいることをすっかり察してくれる人。迷っているときに光を与えてくれる人。今まで知りあったどんな人より優れている男性。もちろん、わたしより優れている男性。彼がわたしたち二人の頭脳となり、わたしは良い性格を、そして、もちろんのことだけど、この評判の高い美貌を提供する。そうなれば、もう独りぼっちじゃない。

もう独りぼっちじゃない、ということは彼女にとってどんな意味があるのだろう？　何よりもまず、コンピュータの使用回数が減り、正真正銘の緊急時にしか利用しなくなる。コンピュータ相談の利用回数の多さは電子支援センターにとって過重負担となっており、この点に関する最高政府の警告を考慮しなくてはならない。彼女は彼に相談し、自分の抱える問題を残らず話す、すると彼女が彼の話を聞くときと同じように、彼は熱心に耳を傾ける。そして助言を与えてくれるはずだ、なぜなら、W218は、かわいい人形をそばに置きたいのではなく、素晴らしい知性をそなえた一人の男性を求めていたのだから。彼は美男でもなければならない、そうであれば彼女が治療しなくてはならなかった幾多の不愉快な男たちのことを忘れさせてくれる。そして、とても知的であること、男性がとても知的であることをいったい何がいちばんはっきりさせるのだろう？　すぐにその人だってわかるわ、とW218はつぶやいた。そうした人たちには他人の心のいちばん細かな襞までも理解し、そしてその心の底の願望を察するような天賦の才能があるはずだから。でも、そんな男性でもわたしの悪夢だけは見抜けないかもしれない、繰り返し見る悪夢、と彼女は考えた、でも、そうね、その話をしてあげられる。結局、とても微妙な、そしてとても不安を駆り立てる秘密を打ち明けられる人！

見棄てられたようなあの女がよく夢に出てくるのはどうしてなんだろう？　彼女はいつしかその女を自分の親友のように思いはじめていたが、同時に、その女の助けになれないのがじれったかった、どんなに助けようとしても、その女を救うことはとうてい彼女の手におえないことだった。すでに消えた別の時代、別の土地の女。実際、悪夢を見ている間にW218をいちばん悩ませたのは、その女がどこに住んでいたのかわからないことだった。なぜなら、彼女の眼前に現れる風景はかつての極地洪水がもとで永久に消し去られてしまっていたからだ。そして最高政府は極暦前の地理資料の流布を禁じたが、それは、熱帯やその他の地域が半ば解けた氷に浸されたのと同じように、国民に郷愁と欲求不満に浸ってほしくないからだ。昔、地球ははるかに美しかった、と高齢の生存者たちは語るが、政府によって厳罰に処せられるようなひそひそ話は、旺盛に繁茂する植物や真っ赤に燃えあがる夕暮れの様子を描いていた。地軸が変化しただけで生気ある色彩は自然界から消え、浮上した新たな土地は冬しか知らなかった。高齢者たちのそうした話に登場する風景と一致する風景をW218は夢の中で見ていた。おそらくそうした話が彼女のあふれんばかりの想像力をもたらしたのだが、そんなことをすべて話し合える男性を見つけるまでにはまだ一年あまりあることを思い出し、悲しくなった。

彼女のアパートは小さいが、完全暖房になっていた、その四角い部屋にある家具はどれもせいぜい床上一メートルほどの高さしかなく、その他の部分は全面テレビの四枚スクリーンになっている。気の滅入りそうな思いを追い払うために、彼女はすぐにスイッチを入れた。部屋のまさしく中心に置かれた回転椅子に腰をおろして、靴を脱ぎ、煙草に火をつける。もう紀行ドキュメンタリーが始まっていたが、その番組は、家に居ながらにして外国にいるという錯覚を視聴者に起こさせることから全面テレビの可能性にもっとも適したジャンルの一つだった。最高政府内には全面テレビには人を孤立化させる影響力があると批判するグループがあったが、市民各自がワンルームのアパート住まいを享受しており、勤務時間後は一人きりになって、人の頭に視界を遮られることもなく自由に自分専用の全面テレビ用椅子を回転させられることを望んでいるという反論もあった。

W218は、その番組が海に沈んで死んだニューヨークの町を観光用潜水艦が訪ねる宣伝用ドキュメンタリーであることにすぐ気づいた。艦の強力なライトが海面下数百メートルのところにある町を照らしだしていく様子には何よりもまず驚かされた。艦の展望用舷側から観光客たちは摩天楼のそびえるかつての大都会を、その上品な街区、スラム街、そして今は水中公園となった公園を眺めることができた。その水中散歩のクライマックスの一つは、途轍もないドームを具えた世界最大の映画館に──巨大な丸い穴を通って──入っていくことだったが、そこでは郷愁ではなく純然たる歴史的好奇心から当時の映画が上映されている。W218は、その画面をよく見るために椅子を九十度まわしたが、それは反社会的影響があるという理由で上映禁止になっている極暦前のフィルムを見ることのできる唯一の機会だった。そして、水中上映による画面のぼけ、特殊テイクにおける全面テレビ用カメラの斜めからのピント合わせに伴う歪み、その後の色補正カラー・フィルター、その他種々の障害があるものの……彼女は、その極暦前のフィルムの中に、消失したアルジェのカスバを訪れるあのとても美しい女性の顔を見た。それはやりきれない彼女の悪夢の闇、深くて冷たい闇に登場する友だちの顔だった。フィルムは音声なしで上映されていた、それとも、ドキュメンタリー制作者たちが音声を入れなかったのか。いずれにせよ、謎めいた友だちがどんな声なのかわからなかった。

あいにくドキュメンタリーは、元空港や元鉄道駅といった沈んだ都市の他の光景に移った。W218は装置を消し、通りに面した窓を隠しているスクリーンの一部をたたむと、食事を作って、やっとのことで飲み下し、寝ようとした。眠りについたのはもう明け方だった、窓はむきだしのままだったが、極地の曙の光はひどく弱々しく、彼女を目覚めさせなかった。W218はふたたび友だちを見たが、フィルムのとは違う風景だった、植物の生い茂る極彩色のその風景の中に、数分してその女優が登場する。その同じ背景の中でまず見たのは、いつも背中を見せ、一本の樹の陰で誰かを待ち伏せている男、身軽な若い男だった。左手にコンピュータを持ち、右手でキーワードを打ち込んでいた、「捨て子の女の子＋登録番号W218＋行方不明＋特徴、完璧な美貌＋報告済みの母方の遺産」、最後のキーを押すと回答が現れた、「注意、危険な娘、電子内臓を装着し……」。しかし、男には最後まで読む暇はなかった、足音が聞こえたからだ。そしてW218と彼は、女優が必死になって熱帯の古い街道に現れるのを見た。女優は走りながら誰かの名を呼んでいるが、登録番号ではなく、過去の時代に使われていた呼称だった、「どこにいるの？　どこにいるの？　危険だわ、彼を信じちゃだめ、あなたに近づいたのは自分の欲望のイメージにしたいだけ！　彼を諦められないのはわかってる、わたしもあの人を諦められない。ああ……あなたにわたしの声が聞こえたら……わたしの声があなたに聞こえてるってことが何とかわかれば……安心できるのに……でも、あなたからの合図はまったくない……あなたは彼のことを考えてる、彼を待ち、彼のために料理をつくり、彼に吹きこまれて何か馬鹿げたことをしてる……そして、自分はとても利口だ、とても進歩的だと思い込んでいる、はあっ！

でも、あなたはどんな女とも同じ、弱点に触れられると、もうだめ、あの腐った弱点のこと、股間にある。……ともかく、あなたが気の毒でならない……あなたが不審を抱かなかったら、殺されることになるんだから……」

W218には彼女に応える声も出せない、また、自分の隠れ家から出ようとしても両脚が言うことをきかない。誰かはわからないが、女優は自分が守ろうとするその女の名を呼びつづけていた。その声は次第に悲痛な調子になっていくが、それも無駄に終わる。古臭くて滑稽とはいえ、とてもスピードの出る車が彼女に襲いかかっていたからだ。W218は、何もできないまま、その悲劇を目撃していた。クライマックスのクローズアップで女優は最後の呼びかけをし、わたしを忘れないで、と哀願する。

第Ⅱ部

第九章

「聞いてて、コロン劇場、一九七二年度シーズン。本日、八月二日、二十時開演、ベッリーニ『清教徒』、歌手クリスティーナ・デウテコン、アルフレード・クラウス、指揮ベルトリ、演出マルガリータ・ワルマン。八月三日、十八時開演、アンドレ・ワッツ・ピアノ・リサイタル、スカルラッティ他、そして、二十時開演、ソプラノのビクトリア・デ・ロス・アンヘレス・リサイタル、グラナードス、ファリャ他。八月四日、二十時開演、ヴェルディ『ナブッコ』、歌手コーネル・マックニール、指揮フェルナンド・プレビターリ。八月五日、十八時開演、クラウディオ・アラウ・ピアノ・コンサート、バッハ、モーツアルト、ショパン他、二十時開演、ブエノスアイレス市バレエ団、『火の鳥』『汝が心』そして、『ペトルーシュカ』。そして、翌週の予定がマスネの『マノン』、歌手がビヴァリー・シルズとニコライ・ゲッダ」

「……」

「ポッシ、あなたには評価できないでしょうけど、オペラのキャストよ、ヨーロッパではお金が出せるかどうか知らないけど。できるのはニューヨークのメトロポリタン歌劇場だけね」

「それで、映画は何をやってた？」

「封切りは、ええと……。ガウモントは『屋根の上のバイオリン弾き』、モヌメンタルでは『フレンチ・コネクション』、そして、ロイレでは、見たことないわ、『たがいのために生まれて』、主演はあなたにちょっと似たジョセフ・ボローニャ。それと、ボロニーニの『わが青春のフロレンス』……」

「ほとんどみんなヤンキーの映画だ」

「そうでもないわ。『裸足のイサドラ』は左がかったイギリス映画、フェリーニの『サテリコン』、ドロンとシモーヌ・シニョレの『帰らざる夜明け』、『チャイコフスキー』はソビエト映画だし、リバイバルを見てみると、『ベニスに死す』、そして、アルゼンチンのドキュメンタリー『勝者も敗者もなく』、ペロニズムに関するものね。それにポーランド映画の『地下水道』」

「軍政のまっただなかなのに、ひどい矛盾だ」

「ラヌッセはそういう人間だったのよ」

「多くの人たちを投獄した」

「でも、あなたたちは彼を困らせてたんでしょ、軍事政権にいったい、何を期待してたの？」

「それに、ラヌッセ体制下では拷問も行われていた、だから、話題を変えよう」

「ねえ、ポッシ、アリソナでは『ヘルガと男たち』よ、ポルノ映画まであったんだ。そして、いい、聞いてて、コロン以外でやってるコンサートのリスト、コリセオではイギリス室内管弦楽団、指揮はジョン・プリッチャード、それにレーヴェンガット四重奏団とニューヨーク・プロ・ムジカの予告……。市立劇場ではゴンブロヴィチの『イヴォンヌ』、それと、数えてみるわ……一、二、四、六、うーん……ええと……すごいわね、演劇は三十四よ、前衛的なものを入れて」

「ところがきみはその町に魅力を感じない。その町が好きじゃない。それこそたった一つの奇跡だったと気づかない？　南半球の底に沈んだ一つの発展途上国における」

「悪いところしか思い出せないの、ポッシ。それが間違いだとは思ってる……。でも、わたしって、そんななの」

「すぐにぼくたちは帰国する、そんな気がする」

「わたしは逆。二度と帰れないように思う」

「もう、きみの言うことに耳は貸さない。二、三日前は死にかけていた、それが今は、いつになく元気」

「そんなこと、冗談の種にしちゃいけない。痛みが消えた、そしてもちろん、ショックも消えた」

「きみはぼくたちを納得させかかっていた、具合が悪いって」

「経験したことのない人には、全然わからないわ、病気でいるってことがどんなことか、わたしが経験したみたいに、ちょっと深刻なのは」

「……」

「どこかからだの具合が悪くなると自信がすっかりなくなる、そして、よくなるなんて信じられない」

「……」

「その後、それが過ぎると、そうね、もう医者の言うことを信じてしまう、そして、最大限注意して治療を受ける」

「今日は本当に元気そうに見える。電話をしてくれて嬉しいよ」

「この新聞に目を通しはじめたら、あなたと話がしたくなったの」

「どこから引っぱり出してきた？」

「母さんが送ってくれた小包の中、壜を包んでた。その日、一九七二年の八月二日、あなた、家に来てたかもしれない」

「そう、その頃は、そうだな……。今日、とにかくきみに電話しようと思ってた、大学の件がうまくいったみたいだから」

「よかった！」

「きみに電話する前、契約書にサインするのを待ってた。でも、もう決まってることだし、少なくとも、そんな話になってる」

「何の講座？」

「社会論、ゼミナールなんだ、手初めに。準備しないといけない、ここにはノートも本もないから、みんな、ブエノスアイレスにある」

「あの名高いゼミナールのノートがいりそうなの？」

「ああ、あれも」

「わたし、すっかり忘れた、あなたが教えてくれたこと」

「アナ、ブエノスアイレスに関してもう一つ信じられないことがある。つまり、あの頃、ラカンはフランスではようやく知られはじめたところだったけど、ぼくたちはすでに、当然のように彼を重要視していた」

「他の国じゃ知られてないの？」

「七〇年に？　そうは思えないな。今、ヨーロッパやアメリカ合衆国で真剣に研究されはじめてる」

「それなら、ベルイマンの場合もそうね。スウェーデンを別にすれば、彼が最初に紹介されたのがアルゼンチン。彼のインタヴュー記事で読んだの。『夏の遊び』はアルゼンチンで大ヒットした。パリで評価されるよりも前に、そのパリから世界に飛びだした、そう彼自身が語ってる。すごいじゃない？　覚えているけど、あの映画は成人向けに指定されてたから、わたしは見にいけなかった、五四年頃のこと、でも、わたしは行きたくてたまらなかった。何しろ、どこでもその話でもちきりだったもの」

「そして、まさにその国がアレハンドロみたいな人間を作り出す。何もかも、ひどく矛盾している。理解できない」

「でも、アレハンドロは一種の病人よ、典型的なアルゼンチン人じゃない」

「ぼくにはそんなにはっきり言えない」

「ポッシ、いい、よく聞いて。世界でアルゼンチンがシンフォニーやオペラに最も高い関心を示している国であるなら、それは、とても水準の高い中流階級がいるからだ、これは否定しないわね」

「……」

「そんな顔しないで、あなたがオペラ好きじゃないのは、オペラを知らないから」

「でもいいかい、国家的矛盾の例として挙げるけど、精神医学のケースほど乱暴なものはない。二年前、アルゼンチンには世界で最も発展した、無料の精神医療サービスの一つがあった。症例を研究しにやってきたのはイギリスのクーパー学派の人たち、世界最先端をいく反精神医学の人たち、そして、フランスからはメラニー・クラインの信奉者たちが数人」

「そのどこに矛盾があるの?」

「知らない?」

「ええ、知らないわ」

「ぼくが出てくる頃、病院でのすべての精神医療サービス、無料のそれがなし崩しにされかかっていた。単なる精神病院だけを残そうとしてる」

「でも、どうして?」

「精神科医は反体制的で、マルキスト的傾向がある、と政府は言う。だから模範的な、それも無料の福祉事業をすれば、いいかい、ぼくたちは何も持てなくなっていく。極端から極端へ。そして、矛盾の説明はつかないんだ、社会的に両極端の国だからといって。それどころか、中流階級の国なんだ」

「……」

「アナ、そうしたサービスが取り除かれたことに驚かないか?」

「どうして何もかも、あっという間に、ひどいことになってしまうの?」

「そうした何もかもがとても近くにあるんだ……。と同時に、とても回復しがたいんだ」

「わたしたち、老人みたい。過去を懐かしがって」

「だけど、これは郷愁じゃない、ぼくにとってはもっと悪いことだ、アニータ。まるで、あの良かった頃をそっくり夢に見たようなもの、まるで、ゆうべ、それをすっかり夢に見たようなものだ」

「……」

「それとも、そうじゃなくて……逆に、夢に見ているように思えるのはここでのことかもしれない。ぼくには一年前のアルゼンチンが現実のように思える。そして、これが夢。あの頃のことを全部、あまりにも鮮明に思い出すから、メキシコシティのこの病院の一室よりももっと現実のように思える、この町でぼくたちはいったい何をしてるのか、ぼくにはわからない。あの頃のことは全部、いっそう現実的に思える、でも同時に……何ていうか……永久に過ぎ去ったようにも」

「今日は手をどかさない。もう気づいてるわね」

「お客さん用の壜を持ってるのはわかってる、でも、一度も勧めてくれなかった」

「あなた、飲んだためしがないから」

「ブエノスアイレスでしてたみたいに、軽く一杯やっても、よく眠れないんだ」

「メキシコの高度のせい？」

「つい最近、いろんなことに気づきはじめてる。ぼくが飲めなかったのは、いつも睡眠不足でいたから、だから、一杯やると、ひっくり返ってた」

「他には？」

「そして向こうじゃ、ほとんど女性を見てなかった。それが、ここじゃ、すべての女性を見てる。つまり、向こうじゃ、逆に、余計なエネルギーがなかったんだ。働きづめで」

「それと勉強でね。ねえ、ポッシ、あのゼミナールの何を覚えてる？　鏡のことはどんなだった？」

「もう一度見直さなくちゃいけない、そういったことを残らず」

「でも、だいたいでいいわ」

「忘れてしまってるんだ、問題提起がどう始まっていたか」

「覚えてることでいいから」

「そうだな、言ってみれば、赤ん坊は自分の手や足、背中が一つの全体、つまり、自分の身体の部分を構成しているという意識を持つことができないということ。……そして、他には？　この全体という概念を鏡が赤ん坊に与えることになる。しかし、そこで、鏡と言うのは別のことを意味するためなんだ」

「どんな？」

「ええと、その前に、たとえば、赤ん坊は、シーツの下で、足が、いわば手が消えてしまうんじゃないかという不安を抱いて生きているかもしれない、という問題がある。というのも、それは赤ん坊自身には自分に近しい、見慣れた部分だから、でも、それは自分にはコントロールできない、なぜなら現れたり消えたりするから。そしてそのことが、そんな感覚が「寸断された身体の幻影」と呼ばれる。やがてその子の人生に不安の一つの形としてふたたび現れるとね、わかる？」

「ええ、だんだん思い出してきたわ」

「無意識のうちに自分の一部と見なしていた何かを、あるいは、誰かをコントロールできないときのように」

「そこで、鏡のことになるの？」

「そう、鏡と言う、でも、象徴としてなんだ。実際は、きみにきみ自身のイメージを返してくれるのは他人の視線だ。人が、自分の姿が映っているのを初めて見るのは、他人の目の中になんだ」

「でも、他人の視線というのはいつも客観的であるわけじゃないわ」

「それどころか、他人は自分に都合のいいようにきみを見て、自分の好きなようにきみを作り上げることができる」

「そして、好きなように変形する。そう、それ。わたしが思い出したかったのは。それがいちばん印象に残ったこと」

「でも、そうしたことは全部、もっとよく考えなくてはいけない。きみに言ってることは出発点に過ぎない。ぼくが気に入ってるのは、ラカンが無意識について言ったこと、つまり、無意識は一つの言語のように構造化されているっていう」

「ええ、それも少し覚えてる」

「以前は、無意識は猫が何匹か入った袋のようなもの、つまり、何もかもが落ち込み、ごたまぜになるようなところと解釈されていた」

「そうね。ようやく思い出した、そこですべてが分類されファイルされる、ちょうどコンピュータの中みたいに」

「いや、アニータ……ちょっと、待って」

「わたしはそれが気に入ってるの、わたしってそんなだから、コンピュータみたいなタイプ。そしてそう言われても、恥ずかしくもない」

「何が？」

「あなたよ、わたしを計算機だと言ってなじったのは。でもね、わたしたちはみんな、心の中に小さな計算機を持ってるの」

「つまらない話にしないでくれ。そういったことはきみ自身の話で、ぼくがきみに話していることとは関係ない」

「どうして？」

「無意識は、ファイルから取り出すみたいに索引カードを取り出せるような記憶じゃないんだ。作動モデルがある。でもそれは、言語の虚構を通さなければ、具体的には捉えられない」

「それはどんなもの?」

「それは一つの言語に相応するモデルなんだ。一つの言語のように機能するけど、その全体の中では識別されない」

「何言ってるのか理解できない」

「少し込み入ってるんだ。何よりも術語をきちんと用いないといけない」

「もっとわかりやすい言葉で話せないの?」

「この場合、術語を厳密に使うのが基本なんだ」

「……」

「他のどんなやり方でも、ラカンを理解しようとすることはできない。術語が重要なんだ。ところがきみはそれをつまらなくする。きみはつまらなくしてるんだ」

「……」

「そして、無意識は他者、大文字の他者だというあれ。覚えてるかどうかは知らないが」

「いいえ、それは説明してもらってないわ」

「したよ、もちろん。自我は各自がコントロールする自己のあの部分、つまり意識である、と彼は言う。そしてコントロールしないあの部分、いわば無意識は、無関係なものになり、まわりの世界と融合する。それが大文字の他者なんだ」

「続けて」

「しかし、大文字の他者、無関係なものの部分は、実際はきみのものだ、きみのその部分はきみのコントロール外にあるのだから、きみとは無関係なのだけれど。そして同時に、きみの世界観全体は無意識によってフィルターがかけられている。だから、きみ自身の部分はきみとは無関係だが、世界全体はきみの投影なんだ」

「わかりにくいわね」

「それほどでもない。働いているのは常に二つのもの、わかる？　だからこうした理論に従えば人は独りきりになることはない、なぜなら、自分自身の中でいつも一つの対話が、一つの緊張があるから。意識する自我と大文字の他者、つまり、いわば、世界との間にね」

「なんて難しいの」

「きみにはすべてが難しいんだ。それとも、何もかも難しく見たがってるのか」

「難所が多すぎて、迷子になる」

「気分が悪い？」

「いいえ、迷ってるの。気分が悪くなるというのは汚らしい、それは別物。気分が悪くなると吐き気がしたり、もどしたりする」

「……」

「迷うっていうのは汚らしくない」

「でも、何を馬鹿なこと言ってるんだ？　迷うのはいい、気分が悪いのはだめ。いったい何だい、それは？」

「ひょっとして、ちょっぴり空想してはだめなの？」

「でも、真面目なことを話し合っていたんだ。これじゃ、誰だってきみとは話なんかできない」

「ああ、ポッシ、一つ気づいたことがあるわ、あなたの欠点」

「何だい？」

「あなたは高みにいるのが好きなの。自分が正しくて他人は正しくないっていうのが好きなの」

「……」

「それに、今、わかったわ、それがあそこ、つまり、ブエノスアイレス特有のことだって。あそこの人たちは同意しないのが好きなのよ」

「何だい、それは？」

「あなたは気づかない、ずっと向こうで暮らしてたから」

「説明して」

「あそこの人はね、いつもあなたに反対できれば、もっと満足なの。同意しないのが好きなの」

「議論に勝つのが好き、それは論理的、人間らしいことだ」

「そうじゃないの、ちょっと待って」

「何だい？」

「ちょっと待って、考えさせて」

「好きなだけ考えたらいい」

「あそこの人たちは議論で勝つのが好き。いいえ、そうじゃない。もっとひどいのよ。やっつけるのが好き。誰かをやっつけるのが好きなの」

「ぼくはそんなじゃない」

「わたしにはそう見える」

「きみの思いすごしだ、アニータ」

「わたしは知識人でもなければ指導者でもない。でも、国を外から見て、いくつかのことに気づかないなんて、よほどの馬鹿でなくちゃならない」

「ぼくは少なくともそんなじゃない」

「いいえ、あなたもそう、そして、それがあなたの格を下げてると思う」

「……」

「話題を変えたほうがよさそうね？」

「ぼくは人に勝つことじゃなく、人と同意することを望んでいる、それをわかってもらうために自分に損になることを話そう」

「どうぞ……」

「きみに話すべきかどうかわからなかったけど、ぼくの妻はきみとのことを知ってた。あの当時」

「……」

「ぼくは妻に話すこともあれば話さないこともあった。でも、きみのことは初めから話してた」

「信じられない」

「そうなんだ。当時、ぼくたちは一つの危機から脱出しつつあった、そして、ぼくは彼女に何事も話そうとしていた」

「わたしには一度も言わなかった。その危機とかいう話にしても」

「……」

「ごめんなさい、でも、わたしには全然面白くない話」

「話す気になれなかったんだ、一度も」

「じゃあ、どうして、今、話すの？　わたしを怒らせるため？」

「思いついた、ただそれだけ。今まで一度も話してなかったから」

「それで、どうして奥さんにはすっかり話す気になったの？」

「ぼくが家でいつも不機嫌だった時期があった。事務所でのごたごたのせいで、妻に八つ当たりしていたんだ」

「それはまた古典的ね。事務所では嫌な奴が、家ではおとなしい子羊、そしてまた、その逆」

「事務所では寛容だが家では嫌な奴だって気づいたとき、ぼくは反応した。みんなに、とりわけ妻に、そんな生活をさせる権利なんかぼくにはなかったんだ」

「どんなふうに嫌な奴だったの？」

「不機嫌で、何もかも気にくわなかった。そして、どうしてか考えた、そして気づいたんだ、何が原因か」

「アヴァンチュールを隠そうっていう悪い了見」

「逆だ。ぼくは家の外で関係を持ったことがなかった、だからこそ、不機嫌だったんだ、それを必要としてたから。そして妻にそう言った、するとわかってくれた」

「ちょっと待って……忘れないうちに聞かせて。家では嫌な奴になるって、どうやって気づいたの？」

「みんながぼくを恐れはじめたように思った。そして、ぼくのいないところで噂してた。ぼくが小さかった頃、親父にしたみたいに。それに、結婚する前、ぼくも母親には嫌な奴だった」

「それで、お母さんの何が不足だったの？」

「わからない、たぶん、ぼくに我慢しすぎたからじゃないかな、それがぼくを苛《いら》つかせていたんだ」

「じゃあ、あなたは、優しく扱われると、やましい気分になるって言うのね」

「違う、母は、ぼくが大学を卒業しないうちに結婚するのは反対だった、そして、未来の嫁とは距離を置いて付き合っていた」

「……」

「一つ知りたいことがある、一緒に初めて夜を過ごしたあと、あの朝、ぼくがきみの事務所に電話したときのこと、覚えてる？」

「ええ」

「今、言えるよ、あの日、きみに言おうとしてたこと」

「あの朝のことは完璧に覚えてる。わたしたち、ほとんど寝てなかったから、わたしは事務所に遅刻した。そして、あなたの電話を待った」

「ぼくは一時きっかりに電話した、アニータ、約束どおり」

「その電話が大事なものとわかっていた。電話をくれるまで、事務所で何にも手につかなかった」

「ぼくも何もできなかった」

「あなたは素敵なことを言ってくれた」

「何一つ覚えてないだろうね」

「いいえ、覚えてる。いちぼん綺麗《モナ》な女性……」

「美しい《エルモーサ》」

「……美しい女性、いちばん魅力的な女性、そして、いちばん知的な女性、とまで言ってくれたと思う。でも言い換えれば、それはいっそうもっともらしく響かせるためだった」

「いちばん肝腎なことは言わなかった」

「あなたが他のことを言おうとしてることに気づいた。だから、妙な気分になった」

「アニータ……ぼくはきみに夢中だった」

「覚えてるのは、きみのような人にふさわしくなるために、今までどんないいことをしたのか、それがわからないって言われたこと。そして、あなたがそうしたことを話している間、わたしはその月の仕事の予定表を見ていた、ほとんど毎晩、劇場の用事で埋まっていた、わたしにたっぷり満足感を与えてくれるもの、仕事上のことで」

「だからその日の夜は、もう一度ぼくに会おうとしなかった」

「いいえ、都合がつくって言ったら、あなたはわたしが嫌になるような気がしたの」

「本当に、そんなこと考えた?」

「ええ、この男はわたしを玩具にするつもりだ、そう考えたのよ」

「ぼくはあの日、一緒に暮らそうって、頼むつもりだった。一生で一度、完全に自分がコントロールできなかった。それはきみのせいだった。きみのいない人生なんて考えられなかった」

「そんなにまで?」

「ああ。でも、その晩は埋まってる、次の晩も、その次の晩もって言われたとき、冷水を浴びせかけられたような気がした」

「そして、わたしが暇になったら、あなたに電話するってことになった。そして二日後に、わたしが電話したら、そのときはあなたが忙しかった。あのときの電話のこと、覚えてる?」

「だいたいは、アニータ」

「わたしは覚えてる。あのとき、わたしたちはそれぞれの予定に目を通した。その週のうちでわたしが空いている夜は、一晩だけだったけど、あなたが空いてなかった、そこで、あなたがうまく時間のやりくりがついたら、わたしに電話をくれるということになった」

「それで、次に電話したのは誰だった？」

「あなたよ、ゼミナールに行こうって誘ったわ」

「そのことはなおさら覚えてない」

「わたしは逆に、あれがいちばん素敵な瞬間だったと思う、二人で遅くまで話し、あなたは……」

「やめてくれ、アナ」

「どうしたの？」

「二人とも気が滅入ってしまう」

「わたしは大丈夫。それどころか、いろんなことをはっきりさせると気分がすっきりする」

「……」

「ポッシ、あなたは気分が悪くなるの？」

「ああ、いいことを思い出すと気分が悪くなる。悪いことを思い出すのは何ともない」

「過去はみんな、いいものなの。たぶん、思い出すと何もかも、いっそう素敵に見えるってことかな」

「いいや、ぼくたちの場合にはそんななんだ。幻なんかじゃない。まるで人生があとに残ったような、そして、もはや……ぼくたちには属していないような」

「わたし、元気になりたい、ポッシ」

「……」

「ここに頭を置いて。そうしたらあなたの髪が撫でられる。ここ、わたしの肩の上」

「……」

「ポッシ、誰もがちょっぴり我慢しなくちゃいけない。物事は変化していくのよ」

「考えたくないな、アナ。こうしていると気持ちがいい。きみの温《ぬく》もり、きみの病衣の感触が伝わって」

「あなたの髪って、ずいぶん速く伸びるのね」

「そのまま撫でてて」

「わたしの病衣を耳に感じるって、気持ちいい？」

「ああ、生地がひんやりしてる、でも、下は……生温かな感じがする」

「わたしの新しい香水、気に入った？」

「ああ」

「あなた、いい趣味してる。これは世界一高い香水。菫《すみれ》のエッセンスでできてるの、嘘みたいだけど。一度も買う気にならなかった、でも先週、ベアトリスに頼んだの。使わないまま死にたくなかった」

「……」

「それに、さっき歯を磨いたの、口中が苦くなるような薬を飲んだあと」

「……」

「ポッシ、きつく抱き締めるのね」

「きみが逃げるんじゃないかと心配なんだ」

「わたしが逃げる、こんな姿で、どこへ？」

「……」

「歯を磨いたって言ったでしょ」

「でも、誰か来たら？」

「学生たちみたいにキスしてるところに出くわすわね」

「でも、キスしたら、きみを放さない」

「そのスイッチを押すと廊下の青いライトがつく、わたしが寝ているっていう合図、そしたら誰も入ってこれない」

「内側に、鍵はついてない？」

「全然気づかなかったわ」

「ああ、ある、アニータ、鍵がついてる」

「わたしは寝る前にカーテンを引くの。部屋はほとんど真っ暗になる、するとその薄闇があなたに素敵なものを見させてくれる」

「……」

「たいていいつも何かの花があるの、その日か前日に持ってきてくれた花が。でも、花はいきいきしていなくちゃ。しおれはじめるとすぐ、捨ててって頼むの」

第十章

「登録番号W218＋厚生省性的治療学セクションA徴集女性＋最近上司により称賛された＋定評のある肉体美＋悪夢を見がち＋電子装置を装着、その代替部は……」。若い女性はてきぱきとキーワードを打ち込んだが、実行キーを押す段になって、ためらった。彼女は勤務先の研究所の管理部で順番を待っていた、最近もらった週給小切手の記載ミスを明らかにしなければならない。深呼吸をし、実行キーを押した、だが、まさにその瞬間、ドアが開き、回答を読む前に目を上げなくてはならなかった。彼女に目もくれずに役人の一団がそばを通りすぎたが、彼らは一人の訪問客を、服装からすれば外国人に違いない人物を先導していた。

W218は自分の目を疑った、今まで理想の男性を思い描いてきたが、これほどまでに完璧には描ききれなかったのだ。その人物を夢に見たことは一度もなかったが、自分の心が切望していたのはまさしくこんな男性だと確信した。心配性の「彼女の心！」がコンピュータを見る、「回答不能、キーワードの一つが説明不良もしくは説明不足、意味不明」。徴集女性は深い安堵のため息をついた、昨夜の悪夢は明らかに意味不明なもの、だから陰鬱な幻影をそれ以上気にする必要はない、幻影は特別に注意を払わなければならないような何かの前兆ではなかった。ところが、その美男子は幻影ではない、ましてや陰鬱でもない。だが、彼は彼女の人生を通りすぎ、二度と見られないかもしれない。ふたたびため息、しかし、自分の好みどおりの男性が存在しているという満足感を少なくとも与えてくれたのでは？　W218はどんな経験からも前向きな結論を導く術にたけていた。

その夜、公園は雪に覆われ、自分の足音さえ聞こえなかった。ましてや他人の足音など聞こえるはずもなかったが、若い女性はなんとなく振り返り、誰かにつけられていないか確かめようとする。そんな時間に誰かに出くわしたことは一度もない、意味のない動きだった。歩いてきた道を、枯れ木や水銀灯を、そのそれぞれの影を、雪に残る自分の淋しげな足跡をじっと見つめた。不安にさせられるようなものは何も見えない、何も聞こえない。聞こえたのはふたたび前を見たときにあげた自分の悲鳴だけだった。見知らぬ男が街灯のそばに立って彼女の行く手をはばんでいる。街灯は男の顔を照らしだすどころか、帽子の広い鍔《つば》にあたり影を投げかけていた。

「すみません、驚かすつもりはなかったのです」と男はバリトンのよく響く声で言った。若い女性は震えていた、一歩も動けなかった。さらに困ったことに、その男は隣国、つまり、まさしく彼女が生まれた国の訛《なまり》で話しかけてきたのだった。その訛から思い出すのは不幸だけだった、あの氷の大災害、身内を失くしたこと、孤児院、国境を接するこの国の高地まで肺結核にかかった子供たちと一緒に横断してきたこと。男は帽子をとった、W218はもう少しでまた叫び声を上げそうになった、こんどは悲鳴ではない叫びを。彼女の前には、頬笑み、会釈する夢の男性が立っていたのだ。

指からコンピュータが滑り落ちた、男はそれを拾いあげると、ついた雪を手袋をはめた手で拭い、口ごもる若い女性に渡す、「いいえ……怖かったからじゃないんです……た……ただ、びっくりしただけ……」。同国の男は頬笑んだ、「不躾《ぶしつけ》なのはお赦しください、ぼくは研修に来ています、つまり、あなたが協力なさっている研究所の技術を習得するよう政府から派遣されたんです。あなたが話しているのを耳にして同国だとわかったとたん、会いたくてたまらなくなり、ここであなたを待っていました。外交辞令なんかじゃない言葉を一言、二言交わそうと思って」。わたしが話をするのをどこでお聞きになったの、と彼女は訊く。「あちこち部局を訪ね歩いているとき、たまたまあなたの声を耳にしたんです、一人の患者と親しげに話されていました」。象徴的な人物の姿に見とれ、そんな彼の返事を気にとめなかった、彼の顔を何度も見つめたが、想像力の助けを借りて良くするようなところはなかった。額は広いが広すぎはしない。目は――絶対必要条件である緑色で――豊かな睫《まつげ》で影がかかっているが、物憂げな視線はそのせいではない、鼻は鷲鼻だが力強さをつけ加えているにすぎない、髭は豊かだが厚い上唇を覆うほどではなく、その上唇に下唇がよく釣りあっている、歯は完璧だが入れ歯ではない、顎ががっしりしているかどうかはわからないが、その若い女性が求める重要な条件、つまり、逆三角形になった髯に覆われている、髪は黒く、ウェーブがかかっているが、銀色の白髪がちらほらしている、眼鏡はありきたりのものだが、まさに知的な感じを与えている、肩は広いが、無骨なラグビー選手のような肩ではない、脚は長いが、腰の高さとバランスがとれている、そして最後に、手は手袋がはめられていることで逆に最大の長所を見せている、つまり、その若い女性が好きなように想像しうるという。

「これも言っておかなくてはなりませんが、ぼくはあの研究所の機能にとても感心しています」。そのときW218は応えた、ドアが閉まっているのにどうやってわたしの話をお聞きになったの？「あなたもご存じのはずですが、部屋の壁のいくつかは患者と徴集女性との間の出来事を見たり、聞いたりできるようになっています。それを便利に使って、医者たちは管理治療における新たな治療法を研究しているのです」。若い女性は初耳だったが、知っているふりをした、訪問者は明らかに重大な失言をしたのだ。「関係当局からは極めて丁重にもてなされ、あらゆる種類の助力を与えられていますが、あなたの姿を見、あなたの声を聞いたとき、こうして、うちとけた話がしたくなったのです……」。研究所の外で個人的な関係を持つことはできない、と言うべきときだった。「それはもう知っています、ぼくが望んでいるのはそうではなく、単なる仲間づきあいなんです。それは禁じられていないはずですが、それとも、コンピュータに訊いてみますか？ よろしいですか……この国ではそんな機具を使っていますが、ぼくにはどこか少し滑稽に思えるんです」。外国の人はどなたも、そんなふうに反応します、最高政府がコンピュータを使って国民の秘密を残らず知るのではと疑って、と若い女性は応えた。「でも、たぶん、そうなのでは？」

W218は反駁した。国民は電子支援センターに質問事項を記録されたくなければ、回答を読んですぐ、一つのキーを押せばいいんです、でも、気をつけなければならないのは、二分後ではだめだということ、二分たつとセンターに保存されてしまいますから。それに、と彼女は話を終えるために言い添えた、わたしのような人間は国に隠しごとをしようとはしません、つまり、質問事項が公文書保管所にまわされても構わないんです、国家的問題に光をあてるためですから。「それでは、あなたは、まさしくその二分以内にキーが押されるかどうか、ともかくセンターは知らないと信じておられるんですね?」。それは意見を異にする国民の主要な論争の一つですけど、わたしは単純に最高政府を信頼しています、とW218は答えた。二人の議論はそこで終わった、そして二日後に、つまり、徴集女性の休みの日に会う約束をしたあと、彼は右手の手袋をとり、W218の手を握った。そのときW218には同国の男の手がピアニストの手のように繊細、きこりの手のようにざらざらし、子供の頃の友だちの手のように信頼でき、ボクサーの手のように頑強、恋する男の手のように肉感的、熊の手のように毛むくじゃら、俳優の手のように手入れされている、だからこそ、夢の男性の手のように完璧であることに気づくことができた。その男は、LKJSという名前、もしくは略称だった。

約束の午後七時、同国の男はW218の部屋のドアをノックした。若い女性は青いオーバーオールを着て待っていた、彼女は、その旅行者を友人たちのいる電気技師組合にある人気のレストランに連れていくつもりだった。しかし、LKJSの服装はそこに行くには不似合いなものだった、エナメルの靴にサテン襟のタキシード、首には白い蝶ネクタイ、サテンの裏地の黒いケープ、そして、シルクハット。W218は当惑していることを伝える。「ご心配いりません、もう何もかも考えてあります。あなたのプランどおりにしたかったのですが、今朝、すぐに使わないといけないクーポンを——政府の支局のものですが——一綴り、まるまるもらったのです、そして、おわかりのことでしょうが、これほど気のきいたご招待を無にすることはぼくにはできません。使い途は……うーん、そうですね、まず最初にどこかでカクテル、続いて場所を替えて食事とダンス、そして……そう、それだけ。ええ、ええ、わかってます、衣裳のご心配でしょう、でも、それも考えてあります、必要なものを全部そろえて、メッセンジャーがすぐにも来ることになっています」。W218は不機嫌になった。人気のレストランに行き、ポンチを飲もうと言って友人を何人か連れて帰る、そうすればLKJSと二人きりで夜を過ごす危険を避けることができると考えていたのだ。

入口の呼び鈴がけたたましく鳴り響いた。一人のメッセンジャーがとても綺麗な紙に包んである大小いくつもの箱を持ってきていたが、W218はそんな包装紙があることをそのときまで知らなかった。それだけでも彼女には過分の贅沢に思えた。LKJSはそれに気づき、「でも、W218、こんなふうにプランを変更してご迷惑でしたら、予定どおりにしましょう。あなたに無理強いしたくありませんので」。若い女性は彼の目を見つめないわけにはいかなかった、そして、ふたたび眩惑されたその瞬間が彼女には命取りだった。何も言わずに彼女は大きな包みの一つにかかっている絹のリボンをほどきはじめたが、その結び目と格闘している間に、子供の頃の忘れられない思い出が記憶によみがえった。プリーツの入ったシフォンの軽いイブニング・ドレス、何色？　リラとサファイアの中間、シースルーで、わたしのような上背のある女のシルエットを愛撫する。もちろん、もうそんなドレスはないはずと彼女は決めつけた。

その箱にはロングのイブニング・ドレスが入っていた、プリーツの入ったシフォンで、色はサファイアというよりはリラ、その色の違いはおそらくシングル・ルームの赤味がかったランプの光のせい。このスタイルには原子力時代末期頃に使われていたアクリル製の、ヒールのとても高い、無色透明のサンダルがよく合うのよと徴集女性はちょっぴり反抗気分で考えた。中くらいの箱の一つを探すと、そのサンダルが入っている。続いて、いちばん大きな箱を開ける作業にかかった、名高い毛皮、最も高価な毛皮、とても高価なうねりとなってダークグレーからライトグレーに変化する毛足の短い毛皮の名前を思い出そうとしながら。「チンチラと言うんです、今ではもう滅多にお目にかかれない品物です」とLKJSは足もとまでのロングコートを手にしながら言ったが、若い女性は急いで試してみたくてオーバーオールの上から羽織ろうとする。開けていない包みが二つ、小さなサイズのものが二つ残っていた。今まで実際に目にしたことのないような紫色のビーズのハンドバッグが頭に浮かんだ、それが入っていると決めつけて――そこまでくるとそう思うのは無理もないことだったが――包みを開けた。彼女の読みは外れた。「この香水は値段の高さ、つまり、最高級品ということで有名だったようです。ぼくの国では水中に沈んだフランス国へ絶えず探検に出かけているんですが、その際の戦利品ともいうべきワインやリキュールと一緒に政府の倉庫に大量に保管してます。そうした壜はどれも完全密封されていたことで素晴らしい製品を救ったのです。戦利品の中には偉大な芸術家の彫刻作品やゴシックのステンドグラスも何枚か含まれています」。若い女性はその小壜を開けた、その芳香を吸いこむだけで自分が別人になったような気分になり、指を髪に突っ込んでかき乱すという、軽薄な女に典型的な仕種を生まれて初めてした。いきなりドレスと靴をつかみ、バスルームに向かおうとすると、「まだ一つ開けておられません、それに、注文をつけて申し訳ありませんが、どれも慎重に扱ってください。何しろ、我が国の大使館からの借り物なので」。W218は後ずさりして最後の包みを開けたが、中に入っていたのは紫色のビーズのハンドバッグ。怪しげな品々を手に頰笑みながら彼女はバスルームに入った。出てきたときには蒼ざめ真剣な顔になっていた、鏡に映った自分のあまりの美しさがうっとりとした気分をさまし、自分自身に具わっている超人的な面を垣間見させたのだった。「どうしてそんなふうにぼくを見るんです？　何かご不満でも？　ところで、道具立てはまだ完全ではありません……」、彼は自分の上着の内ポケットから黒いビロードの平たいケースを二つ取り出した、「これは一介のメッセンジャーが持ち運べるような品ではありません。あまりにも価値がありすぎるものですから」。四角いケースには一九三〇年流行の、プラチナ台におびただしい数のダイヤモンドをはめ込んだイヤリングとネックレスが入っていた。そして細長いケースにもダイヤとプラチナの、類似したデザインのブレスレットと指輪。

ガソリンの浪費は最高政府にはよく思われていなかったが、訪問客には関係のないことであり、彼が自由に使える車に乗って、二人は恥ずかしいほど威勢よく全速力で進んだ。四方を山に囲まれた高地の盆地にある都市を離れていく、そして灰色の夕暮れは茶と黒の石の山塊のふもとに急いでいるように見える。彼女はとりわけ落日に弱かったが、この蓋のない箱の底、ウルビス盆地にある都市のように独り引きこもって全面テレビで見ることで満足しなくてはならなかった。車は坂を上り、

W218は、カクテルの売店はあの暗い斜面にあるのですか、と訊いた。「いいえ、それは町の中心。いまあなたにお見せしたいのは別のものです」。彼女は自分の望みを口にしなかったが、それも彼は察しているのだろうか？　二人は山頂に着き、迫りくる夕闇の中、反対側の斜面のバラ色の光に目をやると、灰色は消えていた、黒も茶色も。W218は、そのときになって初めて自分がそうした色をどれほど嫌っているかわかった。嬉しさを隠そうとして訪問客に適当に質問をした。「ええ、ぼくはあなたが所属しておられる研究所の機能に強烈な印象を抱いて帰国することになるでしょう。もっと時間があれば別の部門の徴集女性たちに、どの市民も就きたがらない仕事、つまり農場勤務の女性たちにも面談できるのですが」。他のグループ、たいていはカップルの姿が景色のあちこちに見える。誰もが人を寄せつけないほどの盛装だった。「あなたの国の国民にはこのようなドライブをする機会がないことは知っています、ガソリンを制限されていますから。ところで、今、あなたが目にしておられるのは外国の外交官か、もしくは地方政府の役人です、特に後者ですね」

二人は車から降りた、W218は、かつての原子力時代に世界一有名であった女性のように豪華な衣裳を身にまとっていた。直感的に片方の肩を下げ、自分のまわりにいる人たちをまるで目に入らないかのように見まわす。公的な話題に戻そうとして若い女性は説明した、都市では市民の義務奉仕ということでいろんな仕事がなされています、あまり知られてはいませんが、たとえば家の掃除とか、子供の世話とかいった。「ええ、知っています。ところで……W218、あなたは欠格男性部門の性的欲求だけが考慮されているのは不公平だと思いませんか？　年配の女性、身体障害や奇形の若い女性、彼女たちにはそうした欲求はないのでしょうか?」。彼女はためらうことなく説明した。最高政府はそうした類の改革を計画しています、でも、実現にはまだ数十年かかりそうです。その前に他に緊急の問題があります、国境防衛というような、この国の徴集男性はみんなその任にあたっています。とにかく、女性のための性的治療は計画されています、そして近い将来と予測されている無料の整形外科サービスのあと、実施になるはずです。すぐ彼女は少し自信なさげに言い添えた、慎重な研究の結果、女性の性的欲求は男性のそれよりはずっと弱いものだということがわかるようになりました。灰色や茶色、黒といった町の風景の中で何度となく口にしたそうした言葉は、そのバラ色の山すそでは、まるで嘘のように耳に響いた。結局、W218はうつむかざるをえなくなり、相手を怒らせるのを恐れながら、つぶやいた、「わたしの個人的な意見は……女性はそうした行為をなしで済ませることができる、なぜなら、精神的な方法がもっとたくさんあるから、特に、歳をとったときには。それに、戦争で大勢の男性が亡くなったら、かわいそうな女性たちには他にどんな手がありますか?」

二人は眺めが闇に消えないうちに町に戻ることにした。すぐに薄暗い庁舎に着いた、勝手知った横の入口から滑りこみ、人気のない廊下を通り抜ける。エレベーターは静かに二人を最上階にある秘密のキャバレーへと運んだが、そこはマラカスとボンゴの音の聞こえる熱帯の星空の下のココ椰子林を真似たもの、むしろ、ココ椰子林そのものだった。W218は同国の男の腕をつかまなくてはならなかった。感極まって膝の力が抜けてしまったからだ。この飾りつけは最近探索されている惑星のどこかの風景をもとにしたものなの、と訊くのがやっとだった。彼女を苦しめないために彼はその質問に答えないことにした。若い女性は、言葉の訛から、そこに居合わせた人たちの大半がこの国の生まれ、政府要人であることに気づき愕然となる。たいていの人がシャンパンを飲んでいた。最初の一杯に口をつけたあと、同国の男の緑の目を見る。「何も言わなくていいんだ、W218、それとも、つまり……そうだと言ってくれないか……きみもここにいたい、他には行きたくないって……」。それはまさしく彼女が望んでいたことだった、そして、ダンスをすること、今まで耳にしたことのないリズムに合わせて見知らぬステップを試してみること。これは一九四〇年以前のリズムだから「市民会館」のレパートリー外なんだ、と彼は説明する。二人はいきなり席を立つ。「このあと出かけていこうとしていたところはもっとしゃれた雰囲気だけど、きみもぼくと同じで野鳥獣の肉には嫌悪感を抱いているような気がする。ところが、そこはそうしたものしか出さない、猪、野兎、雉、鹿」。このずいぶん変わった人は嫌いなものまでわたしと一緒なんだとW218は思ったが、他に踊っている女性たちにすぐ目を向け、女性の踏むべきステップを覚えようとする。二杯目を飲むと、二人は空腹を感じた、そして彼女は自分の目が信じられなかった、ウエイターがタリエリーニを山盛りにして運んできたからだ。それは最高政府が禁止したため、小さなときに食べたきりのものだった。大食をあおるだけでなく、体の線を崩すものと見なされていた。

昼の、そしてちょっと油断すれば顎の化粧までもだいなしにすることなくタリエリーニは食べられない。W218は婦人用の化粧室に行くことで同国の男の姿、その知的な言葉、うっとりさせるような視線からしばらく逃れることができた。恰幅のいい年配の女が一人、巨大な鏡の前で鼻に白粉をはたいていた。顎が油で汚れていることをW218は確かめた。必要なものを取りだそうとしてビーズのバッグを開けると、自分が無意識のうちにコンピュータを放り込んでいたことがわかった。年配の女が顔をすっかり白くして出ていったとき、W218は現代の神託所を取り出す、「極めて美男の紳士＋知的な紳士＋理解力のある紳士＋精神的に完全に近似した紳士＋情熱的な紳士＋外国人紳士」。間髪を入れず実行キーを押した、「警戒と不審、理性的に行動し、感情をコントロールすることが必要」。腹立たしくなって消去キーを押し、国営の支援システムに反対する者たちが言い立てていることにはすべて正当な理由があると判断する。少しばかりのトマトソースの汚れをさっと一拭いすると、口紅を塗り、新たな確信のために闘う決意をして背筋を伸ばし、椰子林に通じるドアを開けたが、その椰子が本物であれ、クローム・メッキした金属の贋物であれ、もうどうでもよかった。よろめかないようドアノブをしっかりつかまなくてはならなかった。彼女の目に入るもの、ＬＫＪＳの力はそれほど強力だった。W218は心底満足しきったようなため息をつき、思いもよらない楽しみにあふれる世界に導いてくれたことを、顔さえ知らない両親に感謝した。

夜が明けはじめていた。彼女は眠っていた、極地の曙の淡く弱々しい光以上に、天使のような頬笑みがその顔を輝かせていた。隣には夢の男性が目を覚まして横たわっている。その顔を曇らせているのは目の表情にもまして、口もとの苦笑いだった。彼は物音一つ立てないよう用心して手を伸ばし、絨毯の上に脱ぎすててあったズボンからケースを取り出したが、その中には顕微鏡の分析に使う小さなガラス板が二枚入っていた。若い女性が目を覚ますかもしれないので、彼はそのガラス板を左手で握って隠した。彼は子宮の分泌物を求めて右手の人指し指を彼女の性器にそっと滑り込ませた。若い女性は快感を感じたが、目を覚ましはしなかった。彼の眉はメフィストフェレスのように弓なりになり、目は赤くなったが、涙のせいではなかった。その若い女性の性格に対する詳細な分析がもうすぐ終わりになるのだ、黄道帯の研究、彼女がグラスやフォークやスプーンに残した唾液の分析、美容院で切られ、こっそり集められた髪の観察を基にして始まった分析が。同国の男は指を抜き、小さなガラス板の一枚にその液体を塗りつけるとすぐ、もう一枚のガラス板を被せた。そうしてくっついたガラス板を小さなケースにしまう。ようやく眠りにつくことができた。自国の秘密警察が任務の完遂に鼻高々になるだろうと確信して。

金曜。このノートを開けずに何日たったのだろう。でも、考えてることを少し整理したり、いったい何が本当の問題かを考えたりするには、書くってことは役に立つ。しなくてもいい心配はしないようにすることにした、びっくりしていちゃいけない、そして、そうなりつつある。今朝、痛みで目が覚めた、でも、とにかく先週みたいに驚かなかった、なぜなら、それが病気の進展の、いいえ、嫌な響きね、回復期の進展の一段階だってことがもうわかってるから。先週はどうにも具合が悪かったけど、その後、元どおりになった、だから、今度だって同じことになるはず、でも、今度はあんなに激しい痛みには襲われなかったけど。間違いなく、うまくいっているのよ。それに痛みに襲われたのは、きのう、治療にちょっとした、あんな勝手をしたからかも。なんて言い方。

ずっとあとで。痛みが増し、鎮痛剤をもらわなくてはならなかったので中断した。そしてそのあとこうして二時間寝たこともあって楽になった。こんなに激しい痛みは何日かぶり。きのうのことはひどい間違いだった。わたしのためになる、血液の循環をよくしてくれるって思ったのに、とんだ期待外れ！　性行為を控えるなんて話は医者との間で出たことがなかった、当然ね、控える必要なんてないんだから。長いことしてなかった。何も感じなかった。たぶん、薬のせいだったのかもしれない。どうしてあんなだったんだろう？　嫌な経験はたくさん覚えてるけど、今度のは別、嫌悪感は抱かなかった、悦びを感じなかった。まったく何も感じなかった。

おかしなことに、無理やりそうする必要はなかった。欲望を感じた。その瞬間、彼にとても大きな愛情を感じた、かわいそうにあの人はひどく打ちのめされているみたいだった。彼を抱いて、少し慰めてあげられるのなら、そうせずにいられただろうか？　そのあと彼はこれまでになく満足して帰っていった。わたしが愛情からしたと言うのは疑わしいのだけど。いいえ、感じたときがあった、何を？　めまいを、彼の激しい欲望、わたしを落ちっぱなしにしようとする欲求を、でも落ちるってどこへ？　淵が開いた、そして、見知らぬものに向かって飛び込みたいという気になったの、彼が見知らぬもの？　違う！　この場合の見知らぬものって、いったい何だったのだろう？……でも、何も感じないときには、あとで、とっても不愉快な気分になる。ほんとにわたしは空間に向かって飛び込んだ、わたしの中にできた空間に。あれは誤りだった、二度と繰り返さない、と認めなくてはいけない。でも、いつか昔みたいに、あの素晴らしい悦びをまた感じるのだろうか？　誰かに熱を上げないのなら、二度としないでおこう。

誰か。そんな人がいるのだろうか？　そう、そんなことは気にしないほうがいい、いないのなら、すぐ死のう。そんな希望がないのなら。でも、どこにいる？　探さなくちゃいけない、現れるのを待ってちゃだめ。ぞっとしないわね、今、思いついたことは、白馬に乗った王子さまを待ってるだなんて。まるで十五の女の子みたい。白馬の王子を待っていると言うかわりに、白馬の王子を探していると言えば、まだ少しは聞こえがよくなるかもしれない。でも、どこで探したらいい？

ポッシの犯罪がらみの提案を考えれば考えるほど、腹立たしくなる。たとえば、そうやってわたしはクラリータを危ない目にあわせるかもしれないなんて思いつかなかった。彼らと関わり合いになることを受け入れたら、アルゼンチン政府はわたしが絡んでいることを発見し、あの子に、それに、母さんにだって報復しかねない。特に母さんに。かわいそうに母さんにはベルゼブルのせいで前歴がある。わたしたちを支配したり、秩序を破壊したりする、あのマフィア的なペロニストたちにできないことってあるのだろうか？　だからわたしは、左派ペロニズムみたいな、とても怪しげな運動に味方することで、家族を危険にさらそうとしていた。ポッシが現れたら面と向かって、それを真先に言ってやろう。

それに、ブエノスアイレス、ラプラタの女王の馬鹿話で、もうこれ以上うんざりさせないでって。

あの女王にはうんざりしてる。もちろん、あそこは催し物の楽園、あるいは楽園だった、今はコロン劇場の予算にあてるお金があるとは思えない、何しろあのごろつきたちが全部かすめとっている。昔は誰も、どれから手をつけていいのかわからなかった、コンサート、オペラ、映画に演劇。ラヌッセが検閲を始めたとき、テレビにだってちょっとした魅力があった、何しろ大勢の政治家たちが一日中嘘を言ってたから。催し物また催し物、朝から晩まで催し物を眺めて過ごす。他の人たちのすることを見ながら。他の人たち、俳優や歌手、音楽家たちの仕事を見ながら。そのときがラプラタの女王の中で味わえる偉大な瞬間。そうね、座席に腰をおろして、それとも、ベッドで、暗闇でセックスをしながら？　それも偉大な瞬間なんだろうか？　すごい偶然の一致、考えてみたこともなかったけど、催し物の間も照明は消えているもの。

でも、すごい催し物。すごく質の高い。すごくバラエティに富んで。どうにも忘れられない瞬間。ワグナーがバイロイトに匹敵するスタッフで歌われる。ヴェルディはレッジョ・デ・パルマ劇場に匹敵するスタッフ。そして映画また映画。よりどりみどり。公平でなくちゃいけない、わたしは人生最良の時を、フィトとのあの頃を別にすれば、コロン劇場のボックスシートで過ごした。そして、わたしと同じように他の人たちもほとんど、きっと、恋愛映画を見ていた。でも、何を馬鹿げたことを言ってるんだろう、連続メロドラマや恋愛映画を見て時を過ごしてるのは女性で、男性じゃない。そうね、でも彼らだって観客になるんじゃないの？　あのくだらないサッカーやボクシングの試合の。男の世界ってむかむかする、二人のあらくれが顔を血みどろにして終わるあんな喧嘩が好きだなんて。

男ってむかむかする。ところが、わたしは自分の人生が一人の男性、自分にふさわしい人と出会うことにかかっていると言う。どうかしてるんじゃない。なんてお馬鹿。そして最悪なのはそれが本当だってこと。そんな夢がなければ、あと一分だって生きたくない。どうしてこんなに馬鹿なの？　いったい誰がそんなことをわたしの頭に吹きこんだの？　それとも、そんなロマンスを必要とするっていうのは女の性ってこと？　でも、どんなロマンス？　どれも長続きしないのに。

ところで、よく考えてみると、それは、催し物に巻き込まれることは、アルゼンチン男性、むしろ、アルゼンチン女性の一大発見なのかもしれない、なぜなら、誰だってとっても素晴らしいラブ・ストーリーはせいぜい想像の中、実人生で体験するのは無理なんだから。すべてをわたしの経験に照らして判断するのはよくないけど、もっと簡単に満足する女性たちがいる。悦びを感じるためにあれこれおかしなことを想像しなくてもいい女性たちがいる。それとも、そうじゃないの？　それとも、みんな、わたしと同じ？　なぜって、男の人に抱かれてる間、目をつむって何かを想像するというのは、ショーを見ているようなもの、いつも同じこと、それとも、違う？　つまり、観客であるのと同じってこと。だからこそセックスは薄暗いところでのほうがいいってことかもしれない。そのとき部屋は劇場のようになるのだから。でも人生においてはいつも観客でいなくてはならないというのはたぶん真実。でも、違う、それはわたしの場合、それとも多くの女性の場合か。でも、それだけが人生の真実ではないのかもしれない。もっと何かがないといけない！

もっと何かを期待してるのに観客でいるなんて恥ずかしい。ポッシは、ペロニズムに関わったのは自分が好まないことを変えるために内側から何かができるからだ、と言う、そんなポッシはよく理解できる。そうやって、少なくとも、人生において何かをしよう、行動に移そうとしている。それとも、何かに関わってるという幻想を抱いてるのか。でも、わたしには、たとえ彼の立場になっても、そんな幻想は抱けそうにない。どんなに信じたくても、ああいったタイプの人たちは信じられないから。彼らが言いだすことはどれもひどく漠然としてる。ああしたものをすっかり変えようだなんて、どうしてポッシには考えられるんだろう？　彼には信念がある、ばりばりの闘士。内部からペロニズムを変える。すごい仕事。わたしには自分自身すら変えられない。好みどおりに彼を変えることだってできない。それは悪いことじゃないかもしれない。彼のために変わるって、どういうことなんだろう？　わたしを納得させ、興奮させてくれるような政治思想が彼にあれば、もっと彼を尊敬すると思う。でも、そんなもの何一つ持っていないわたしを興奮させるって、いったいどんな政治思想？　平等の理念でマルキシズムが好きだけど、いざ実践という段になると、それは厄介事。アルゼンチンが進歩し、生活水準が上がり、そうして、分配するものが多くなる、そんなふうになってほしい。ある意味、ポッシはそれを望んでいる。国民社会主義、と彼は言う。でも、そのために、あんなひどい前歴の人たちとどうして仲間になる？　ポッシを変える、でも、もしかすると人間はある程度の歳になっても変わりうるもの？　いったい誰がフィトを変えられただろう？　もう、あの人たちはあんなもの、そして、してやらなきゃならないようなことは何もない。母さんの言うとおり、今ありのままのあの人たちを受け入れなくちゃいけない、何しろ、完璧な人間なんていないんだから。そしてフィトを受け入れる女性は重役たちとの食事全部に付き添わなくちゃならない。ポッシを受け入れる女性はテロリストたちに協力するなんていう厄介事に関わらなくちゃならない。女であることはとっても素敵、楽しい選択肢がいったいどれくらいたくさん提示されるか、こっち側に屈するか、それとも、あっち側に屈するか。何も感じさせてくれないけど、夜、わたしたちを幸せにしてくれる男の人と二人で暮らしたいのなら。とても素晴らしいプラン。なんていい判断。望みどおりに楽しんだあと眠り込む乱暴者、そして、たとえいいところをまったく感じなかったとしても、自分が役に立ったという満足感を抱いて眠る、犠牲になった気高い女。

　知らない間に、自分のエゴをすっかり口にしてしまった。自分が問題を抱えているので、他の女性もみんな自分と同じ状況にあってほしいと、もう願ってる。そうあってほしくない、憐れな女性たち。悪いスルタンに誘拐される、せめてそんなことを、そして、わたしたちの役に立つことのあるそうしたたわいもない話を想像することができたら。そしてロマンティックな冒険の観客になれたら。でも、よく考えてみれば、女が何かを想像するとき他のことをしていては観客になりきれない。わたし、まったく混乱してる。ベアトリスは違うことを言っていた、むしろ一つの役割、自分が好きで選んだ人物を演じるんだって。女が気分よく感じられる人物。フィトと一緒にいた頃、彼は大人で小娘のわたしを誘拐するって想像した、そのときわたしは観客というよりはペテン師となって、自分ではない人間のふりをしていた。そうね、ちょっと大げさね、わたしがしようとしていたことは、女優のように、お芝居をすることだったのかもしれない。これはフィトの抱えてる問題を思い出させる。それは、彼はいつも舞台で演技しているような印象を与えるということ。でも、彼はその人物に満足している。かわいそうにあの人はまったくの無だ。わずかばかりのもので、端役で満足している。じゃあ、根はあんなじゃない？　彼は一つのもので人物は別のもの？　どうなんだろう……。世の中では人は一つの無で、それぞれ自分の気に入った人物を選ばなくてはならないのかもしれない。何かを楽しむために、時間を、それとも内部に持っている空間やなんかを埋めるために。そしてそこに、自分の望みを知る、人それぞれの鋭敏さがあるのかもしれない。そうなんだろうか？　青い仮面がほしいのか、それとも緑のか。わたしがいちばん嫌なのは、自分の望みがわかってないって言われること。母さんに、おまえは自分の望みがわかってない、おまえの人生での誤りは別人になりたがっていることだ、と言われると、殺してやりたくなる。今、この瞬間、思い出すだけで頭に血がのぼる。母さんは自分が正しい、わたしは自分の望みもわかってない馬鹿娘だと確信してる。母さんの言ってることは、言い換えれば、わたしは自分の人物を見つけられない馬鹿娘っていうこと。わたし以外はみんな、それを見つけるのだから。でも、それはほんと、ポッシは左翼、殉教者だし、自分の人物に満足してる。ベアトリスはフェミニスト、そして、満足してる。母さんは自分の友だちによく尽くす、母さんも人生で勝利をおさめる女性。そして、アレハンドロは？　あの人はわたしと同じように思える、自分の望みがわかっていない。でも、それは正しくない、わたしは自分の望みがわかっている、尊敬に値する男性が欲しい！　すると、わたしの人物は尊敬に値する男性を探す女ということになる。でも、たぶん、それは人物ってものじゃない、それとも、そうなの？　でも、ほとんど演じる気にならない人物。それじゃあ、如才なさはどこにある？　考えないっていうとこ？　いくつかの人物しか演じないってとこ？　演じたい人物を見つけるってとこ？　でも、わたしはいまだにそれを見つけられずにいる。きのうポッシとの間であったことを思い出すと、とても恥ずかしくなる、レストランでの脂じみたキスのことを思い出すのと同じくらい。自分のしたことを後悔するなんて最低。

でも、一言、言いたい、人それぞれが一つの人物を演じることなく、今あるがままの自分であるほうが素敵じゃないのだろうか？　そのほうがすべてが自然で、楽しいのでは？　でも、そうじゃないのは確か。というのも、お芝居を演じてる人たちをチェックしたら、みんな人生に満足してる人たちだから。最悪の人生を過ごしている二人というのが、かわいそうなベルゼブルとわたし、役無しになった二人。仮面の分配に最後に到着した二人。ベアトリスは一つの役を演じてると言うのは公平なんだろうか？　いいえ、彼女はもっと柔軟。問題はアルゼンチン人にあるように思う。メキシコ人には別の問題がある、彼らは仮面を被っているのだろうか？　違う、この国じゃ、それはおかしい、役からまったく外れた人たちがいるから、そんな人たちを見ると、いったい何者なのか、ギタリストなのか国会議員なのか想像できない。国会議員みたいなギタリストもいれば、ギタリストみたいな国会議員もいる、そしてその逆も。それに社交界の名士みたいな空中ブランコ乗りさえいれば、その逆だっている。ここじゃ、問題は別。でも、それは彼らの問題。それに、攻撃的じゃないなんて、いい趣味してる、それは認めなくてはいけない。彼らの問題は、みんな同じ表現をするということ。礼儀にしても気前よさにしても、憐れみだって同じって言えそう。彼らが気の毒に思えるのは、わたしが亡命してるから、それとも、自分が病気だから、彼らを憐れんでるんだろうか？　みんな、わたしが死ぬって思ってる？　わたしが痩せ細っていき、次第に鎮痛剤の量が増えるのを見たら、悪いほうに考えたって当然ね。わたしが特別な治療を受けてることを彼らは知る必要がないのだから。

第十一章

「涙にあふれる目＋胸部中央の奇妙な重み＋首を長くして待つ手紙＋……」、悲しいキーワードをそれ以上打ち込むのはやめ、相談をキャンセルする赤いキーを押すことにした。電子支援センターの裁量に対する疑念が強まってきていた。同国の男を求める思いは、今や、やりきれないほどに募っていた。午後はたいてい灰色で寒く、アパートの室内では窓ガラスはどれも暖房で曇り、上部の窓枠からは、水滴が一滴、また一滴と湧き出し、滑らかなガラスの表面を、まるで頬を伝うかのように滑り落ちていく。仕事に出かけるまでにはまだ一時間あった。午前中は郵便配達を待ちつづけていたが、結局、彼女には何も来なかった、そしてそのときから翌日の郵便を待ちはじめることになる。

二年の徴集期間中は禁止されている煙草に火をつけ、ＬＫＪＳの突然の帰国から何日たったのか、その日数を数える。何らかの理由で政府に呼び返されたために彼の研修期間は中断している。彼が発つ数日前、彼女は、週末に生地である隣国へ駆け足旅行するための出国許可申請書を所属機関である厚生省に提出していた。あの申請が疑惑のもとになっているのだろうか？　なぜなら彼女の計画は、そして愛する男の計画は、帰国しないことを前提にしていたからだ。逃亡容疑で裁判沙汰になり、何年もの刑務所暮らしになるかもしれなかった。そんなことはない、と彼女はつぶやいた、不必要に大騒ぎしてるんだ、実行に移さないかぎり、悪い考えを抱いただけじゃ、誰も罰せられやしない。それとも、罰せられる？　彼女の知らない刑法上の改正が、反対派が猛反対した改正があったのだ。

最悪なのは、空港から電話で突然別れを告げられたことだった。ＬＫＪＳのとりつくろうような口ぶりから、彼が自由に話せない状況にあると察した。そのときの会話で唯一前向きな点は、自分の研究を終えるために、そして、彼女に会うためにどんな犠牲を払っても戻ってくるという約束だった。Ｗ２１８は気分が楽になっている気がした、あの胸のつかえがとれ、前より楽に呼吸ができるようになっていた。たぶん、メントール煙草が気管を広げたのかもしれない、だが、恋人が部屋に忘れていった煙草もそれが最後だった。違う、と彼女はまた訂正した、彼のことを考えたので楽になったの。そうだ、頭の中がこんなにすっきりするのは彼の思い出がそうさせている、それだけのこと、と決めつけた。だが、その煙草には敵の悪意がかなり含まれているとは疑わなかった。突然、彼と過ごしたときのことを、どんなに些細なことであれ、残らず思い出すことができた。どれも魔法の瞬間。そのわけを彼女は簡単に説明する。アポロのような男性の肉体に具《そな》わっている抗いがたい魅力、それに加えて、落ち着き、大きな包容力、そして、自分が好きなものはすべて彼も好きだとわかる満足感。意見の相違はなし、言い争うことも、自制も、相手のために自分を犠牲にすることも。一方の提案は他方にとっては喜びの泉であり、一方の気紛れは他方にとっては喜びの別のありかたを発見することだった。ロマンスの二日目からは二人は何かを決める前に相談し合うのをやめていた、憶測はすべて不要だったからだ。

「信じられないけど、本当なんだ。ぼくは男で、きみは女、つまり、生の二つの異なる概念とでもいうか、ぼくは思考と行動、きみは感性と……もう一つ感性、そして、ありとあらゆる違いがあるものの……ぼくたちはすべての点で一致している。覚えてるかい、きみもぼくと同じで、弦楽器のほうが好き、と言ったときのこと？　そのときからきみという人がわかりはじめた……。ぼくの国に着いたら、ぼくたちはまず何をするか、それはきみの知らない音楽を聞くことじゃないかな。この国では音楽は検閲されないって言われてるけど、それは嘘、嘘だね。最初の晩、きみはあの熱帯のリズムに、つまり、この国の偽善的な高級官僚が自分たち用に隠しているリズムに合わせてスウィングしたように、きみの知らないジャンルの音楽にスウィングすることになる、つまり、語りの要素を含んでいる、そのせいでここでは禁止されている歌というものにね。ああ、あの素晴らしい地で、ぼくたちはどんなに幸せになることだろう……」。そのとき彼女は、国家の現実の思いもよらない基盤がどんなものか、それを甘ったるい声で明らかにしはじめていた、「ねえ、あなたは、この国のもつ悲劇的な本質を考慮に入れないといけない。最初に海から現れたから、いちばん寒い荒れた国にはならないというわけじゃない。あの枯れた木々の幽霊じみた枝が、絶滅した植物の最後の証拠がそれを証明してる。あの木々を取り除くってことには、たぶんあなたは反対でしょ？　わたしは胸が苦しくなるけど、それは最高政府が極暦前の芸術活動をすべて禁じることにしたのと同じ理由、音楽は具象的ではないということで除外されたけど。文学ですら昨日の絵を描くということで禁止されてる。過去を思い出させるものはすべて郷愁となる、だから有害。わたしたちは新しい礎の上に新しい国家を建設しなくちゃいけない。過去を真似ようとはしないほうがいいの、そんなもの手に入れられないのだから」

W２１８はもう一服、煙を吸いこんだ、すると、記憶の中で彼の大きな声がふたたび響きわたる、「きみに心酔してる！　きみの美しさと同じくらい、きみの知性に目がくらむ。男には認めがたいことだけど。きみがこの国をどれほど理解し、愛しているか！……でも、この国は同じくらいきみを愛し、きみを理解しているか、それを考えないといけない……」。曇った窓が通りを隠していた。煙草はほぼ根元まで燃えつきており、灰皿で吸殻をもみ消さなくてはならなかった。数分後、快い興奮が静まりはじめ、やがて消え失せ、無縁のものとなると、逆にあの胸部中央のしこりに次第に締めつけられていく。W２１８は楽しい思い出に気を集中しようとする。「あなた……わたしがなぜあなたのことは何でもわかるのかとあなたは訊く。わたしはあなたのことが何でもわかる、それはあなたがわたしのことなら何でもわかるのと同じ理由。そして、その理由というのは……これだとは言えない……言う必要がある？　たぶん、二人ともわからないのでは？　あなたみたいに、わたしは朝起きて一時間はゆうにたたないことには口をきこうという気になれない。わたしみたいに、あなたは午前中にはさほど大切でもないことを――たとえば、銀行や郵便局、理髪店なんかに出かけたり――しようとする。あなたみたいに、わたしは昼食のあとしばらく休憩したり、靴を脱いで毛布を被り、気持ちよく三十分はうたた寝するのが好き。わたしみたいに、あなたは創造力がより大きくなる午後により重要な仕事と向き合うのが好き、それは単に低血圧のせいだけど。あなたみたいに、わたしは夜間、しばらく外出したり、全面テレビでいい番組を見たりするのが好き。わたしみたいに、あなたは夜のセックスが好き。あなたみたいに、わたしはセックスの最中に話をするのが好き。わたしみたいに、あなたはセックスをするとき気を持たせるような手のこんだやり方が嫌い、見つめ合いながら自然に抱擁するという単純なのが好き。でも、単純っていう言葉は間違い、なぜって、無限っていうのは単純ではありえないから、つまり、あなたがわたしの目に映り、わたしがあなたの目に映る、そしてあなたの目に映っているわたしの姿の中には、あなたの目があり、その目には逆にわたしが映っている、一方が他方に映り、無限に増殖していく、そうして、わたしたち自身で空間を満たしながら、わたしたちの無限は別の無限を、他の人たちの無限を満たす、そうして他の人たちのための場所はなくなる、なぜって、わたしたちは彼らを必要としていないのだから」。ところがW218はそのときの思いを彼に伝えなかった。彼に抱かれるだけで不死身となり、死すべき人間にむけられた危険の上に引き上げられた。非のうちどころのない彼の顔立ちを目にするだけで、彼女には自分とは違った、自分より優れた人間のそばにいると感じられた。

続いて若い女性はあの楽しいルンバの一つのメロディーを思い出そうとした。だめだった、思い出せなかった。彼が好んで坐った肘掛け椅子を見つめた。もう空になった煙草の外箱を見た、それをそっと両手に持ち、起こしたくない子供にするようなキスをした。泣き濡れた窓を見つめる。

その瞬間、ふと気づいた。彼が戻らなければ悲しくて生きていけない。幸せを知ったあとでは、その幸せを諦めることはできない。誰にも代わりはつとまらない、だから、彼が帰ってこなければ人生はすっかり意味をなくしてしまう。あえて自ら命を絶たないのなら、死を待つだけの人生となる。彼方から鐘楼の鐘の音が響いてきた、その音に彼女は仕事に出る準備をする時間になったことを思い出す。その義務に感謝した、部屋の寂しさにもう耐えられなかったのだ。

「『本日の予定』。通知書添付。徴集登録番号、W218。勤務区分、セクションA。日付、氷河十五年十日。本文、障害者青年グループのガイドとして、隣国、アグアス共和国に三日間出張する準備を四十八時間以内に終えておかねばならないことを通告する。貴女が当該国の出自であること、並びに、本月中に貴女がセクションAの勤務開始後満一年を迎え、セクションBに移動する日が間近であること、この二点を考慮し、貴女を選出することが決定された。このようにして徴集女性は未来の受益者たちと接触し、来るべき任務の遂行のために必要な親交を深めるよう求められる。通知受領者は本通知書のグレーのコピーに署名すること。セクションA人事課長、R4562。『雑記』、私たちは市民会館におけるあなたの素晴らしい仕事ぶりをこのように評価できることに満足しています。もちろん、あなたを選出するにあたっては、週末に故国に旅行したいというあなた自身の許可申請書も影響しています。ご承知のように、私たちはときにはこのように、まるで家族であるかのように振る舞うこともできます。我が省は何もかも機械的で冷淡であるなどと、あの愚かな不平分子たちには言わせたくないものです。それでは、いい旅を、R4562」。徴集女性は自分のカードをパンチするタイムレコーダーを握りしめなくてはならなかった、興奮のあまり倒れるのが心配だった。何分もの間、嬉し涙を止められなかった。

すぐに彼女はペースを上げなくてはならなかった、指定の場所で行われるその日の出会いに合わせた化粧をするには少し時間がかかりそうだったからだ。その場所はオペラ劇場での仮面舞踏会を模したところであり、舞踏会というのは初めて治療を受ける患者向けの効果的な手段だった。コロンビーナの変装をしていると、例のルンバの一曲のメロディーが記憶によみがえってきた。頬笑み、涙を浮かべて衣裳室の鏡の前で踊る。化粧が涙とともに流れ落ちてしまった。きちんともとどおりにするために鏡に近づく。頬に描いた黒子《ほくろ》が涙を黒く染めているのを見てどっと笑いだした。嬉しくてたまらない気分を落ち着かせようとして何度も深呼吸をした。白粉をパフではたいたとき、初めて一つの事実を認める勇気が湧いた。ＬＫＪＳの腕の中で過ごした最後の日、ほんの一瞬だったが、二人の恋に奇妙な影がさしたのだ。雪のような白い粉を顔にはたき、親指と人指し指で黒のペンシルをつまんで慎重に黒子を描きなおす。「ぼくの目を見て。超人的努力ってものをしないとこんな話はできないんだけど、そうしないといけない。そう、馬鹿ばかしく響くかもしれない。愛のこの最高の時間のあと、きみを失うんじゃないかと不安になるんだ。ぼくはきみの望みを残らず見抜く、そのことをきみは知ってる、そうだろ？　そしてそんなことにぼくは驚きはしない、なぜって、愛する者は愛される者の思いを読むから。さて、そこでだけど、ぼくはきみの思いを見抜いている、でもきみはぼくの思いを見抜いちゃいない、そして……それなんだ、ぼくが不思議でたまらないのは、ひどく不安にさせられるのは……つまり、それはきみがぼくを愛していないっていうことじゃないか、それともぼくの苦しい胸の内を見抜けないみたいに振る舞わせるのは、その独特の媚《こび》なんだろうか？」

短い巻き毛のピンクの鬘《かつら》に菫色の三角帽を被ると頭は仕上がった。次に、Ｗ２１８は仮面をつける、どうして彼は自分の考えをわたしに読ませようとしていたんだろう？　愛は相手の望みを見抜かせるって、どういうこと？　彼はこの前の公式訪問の折に、省に住所を残しているはず。続く四十八時間が彼女には永遠のように思えた。

アウローラ・ボレアル大通り三〇〇番地、わざわざ書き留める必要もないくらい簡単に覚えられる住所。本当かどうか頬をつねってみたい気分だった。今、そこに、若い女性の目の前に、白地に黒い数字の表示板があった。想像していた場所とはかけ離れていた。そこは一軒の家ではなく、巨大な政府庁舎だったのだ。それに、アクアリオ市は想像していた町とはまったく違っていた。小さな頃の漠然とした思い出と関わりのあるものは何一つなかった。機内で抱いた第一印象は動かしがたいものだった、雪の間に現れる灰色の建物、そして、唯一のコントラストをなすのはあちこちの壁を黒く汚している湿気の染み。陰鬱なファサードの前に来るまでは平静を保っていたが、入口に入ったとたん、心臓が高鳴りはじめた。きっと、彼とわたしを引き離している時間も距離も、あとほんの少ししかないと彼女は思う。高級官僚たちが彼女を人事課のオフィスのほうに向かわせる。三十分後、彼女は人気のない冷たい歩道に戻っていた。誰もＬＫＪＳを知らなかった、そしてその省、つまり、公衆衛生に関する業務を扱う省では、いかなる人物も隣国に派遣していない、と言われたのだった。通りの寒さが骨の髄までしみ込み、どこに行ったらいいのかわからないまま何歩か歩いた。すぐに気を失って倒れる。
目が覚めると自分のホテルだった。一人の通行人が彼女を助け起こし、バッグの書類から、連れていくべき場所を知ったのだった。彼女を重苦しい眠りから覚ましたのは、熱いスープの皿を持って、ドアをノックした客室係の女だった。ご気分はいかがですか、と訊く。若い女性は応えなかった。まだ悪夢にひたっていた。その午後、彼に会えなくて苦しむだけではまだ足りないとでもいうかのように、寝ている間ずっと、恐ろしい声が彼女を苛《さいな》んでいた。見るともなしに客室係を見た、「あの女の子の乳母は誰？　教えて、お願い、誰なの？」。客室係は、知りません、と答え、そそくさと引き上げた。Ｗ２１８は目を閉じた、省でのことを考えないよう、もう一度眠りたかったが、また同じ悪夢を見るのが怖かった。何も見えない悪夢、完全な闇の中で一つの声が彼女にはまったく伝えるもののない言葉を何度も繰り返していた、「あの女の子の乳母……乳母……」

夜になり、身障者グループの活動はすべて終わり、若い女性はホテルの廊下を通用口に向かって歩いた。記憶に何かが、彼女の恋人——あるいは単なる愛人？——が言った言葉——嘘？——がよみがえって。「ぼくの家の窓からは一本の樫《オーク》の木が見える、常緑のね」。どうして彼はそんなことを言ったのだろう？　だいいち楢《オーク》は落葉樹、そのうえアクアリオ市では氷解期間中に植物は絶滅してしまい、極暦には草一本だって生えるところを目撃されていない。どうしてあんな馬鹿げたことを言ったのか、そのわけをなぜＬＫＪＳに訊かなかったのだろう？　彼のいることが、自然がどんな出鱈目をやっても正当化するように思えたからにすぎない。自然が彼を創りだすことができたのなら、彼の家の前に大陸唯一の生きた木がそびえているとしても驚くにはあたらない。

タクシーが通るのを見て彼女は停めたが、運転手はずいぶん若い男だった。六十を越える運転手が通りかかるまで何分か待った。乗る前に、町をよく知っているかどうか運転手に訊いた。「このひびわれた掌《てのひら》のようにね。どこへ行きますか、お嬢さん？」。彼女は、常緑の樫《オーク》が前に立っている家を探していることを説明した。「この町を馬鹿にしてますな。ここには生きた木なんか一本もありゃしません。若い連中はその言葉が何を意味してるのか知っちゃいません、この国が郷愁を信仰めいたものにしてるといったってね、それに、過去の思い出をいきいきと保とうとしているとしたって。でもそりゃあ表向きの姿勢ってもんで、若い連中は自分たちに関係ない思い出なんか、全部拒否してます」。若い女性はもう一度老人に愛人の言葉を正確に伝えた。「どう答えていいのかわかりませんな、お嬢さん。たぶん、その人の幻覚だったんじゃないですか。わしたちの頼りない記憶にある樹々だってどうにもぼやけたものになってる、松林通りとか唐松大通り、柳小路とかいうような名前ばっかりの新しい地区さえあるんだよ。国民がそういった名称を忘れないようにってことで」。そうした通りの一つにオークという名が出てくるところはないの、と彼女は訊く。「思い出せんけど、あるかもしれんね」

三十分で辺鄙《へんぴ》な住宅街に着いた。どの家も広々とし、中庭には草木の代わりにブランコ、吊り輪、シーソー、その他の子供用の遊び道具が置かれている。どの通りの角にも標柱が立ち、二メートルほどの高さのところに木の標識が掛かっていた。そこに通りの名と、該当する木の絵が描かれている。

すぐに「樫小路」という通りが見つかったが、三ブロックの長さしかなかった。W218は気前よくチップをはずんで運転手に別れを告げた、チップはこの国では禁じられていたが、公僕はみな、きまって欲しがる。待ってるよ、と老人は言った、このあたりじゃ帰りの足は他に見つかりそうもないからね。若い女性はいたずらっぽく老人を見つめた。この通りのどこかの家で夜を過ごすことになると確信していた。「でもね、捜している人が見つからなかったら?」。その角で車を停めて五分間待つことで話がついた。W218は家の入口の扉をノックしてまわるつもりだった、明かりのついている家も何軒かあり、外から家族の団欒《だんらん》の様子が見える。彼女は尋ね歩きはじめる前に考えた、どうしてあの人は窓から樫の木が見えるなんていったんだろう? たぶん、家が角にあり、樫の木の絵の標識が見えるからだ。すぐにその通りの標識を見た、そう、確かにその絵は緑の樫を描いたものだった。

現実を美化するすごい方法、と彼女は思う。わたしをこの町に引きつけるためなら嘘もいとわないっていうわけね。しかし、その角にある家々の窓はどれも閉まっており、人が住んでいないみたいだった。ところが次の角には明かりが灯っている、彼がそこにいなければ、その先の角に進めばいい、全部で四つ、簡単に調べられる。運転手に来るようにと合図を送り、次の角まで運転させた。極めてモダンな住居の一つには一階の明かりがついていた、大きな窓を通して内部が隅々まで見渡せたが、寒さのせいでいくぶんガラスが曇っている。W218は小さな子供たちを見かけたが、近づいてはっきり見ようとはしなかった、明らかにLKJSの家ではなかった。次の角に向かうために車に乗り込むとき、曇った窓にもう一度何気なく目をやった。見慣れた、男のシルエットを目にしたような気がした。もう一度車を降り、シーソーや滑り台、ブランコが置かれている前庭を横切る。雪が彼女の足音を消していた。

ＬＫＪＳは二人の小さな子供と遊んでいた、若い妊婦が行ったり来たりしている。Ｗ２１８は自分の目が信じられなかった、確かめようとしていっそう近づいた、子供の一人が彼女を見て、ＬＫＪＳに指さしてみせる。Ｗ２１８は車のほうに走った、間違えようのない、あの声が彼女をおびえさせるように響く、「奥さん、何かご用ですか?」。彼女は立ち止まったが、振り返って顔を見せようとはしなかった。ほとんどささやきとなって、緊迫したメッセージがもう一つ耳に届く、「お願いだから、知らないふりをしてくれ。ぼくたちは監視されてる。秘密警察が……」。彼女はついに正面から彼を見つめ、友だちの家を探しているんです、と偽る。「その家なら次のブロックにあるはずです、奥さん。そんな名を聞いたことがあるように思います」、そしてすぐ、苦しげにささやく、「午前十時、中央図書館、閲覧室で……」。Ｗ２１８は礼を述べ、タクシーに乗った。ＬＫＪＳが誰かを恐れているなどと考えたこともなかった、だが、その声は底知れぬ恐怖を表していた。待っていたことを運転手は喜んだ、「で、もうホテルに戻りますか?」。この善良な老人はスパイじゃないのかとＷ２１８は思う、「ごめんなさい、でも、わたしが黙っているのを見て、あなたがどこへ行きたいか、それをわたしに言う気にならないと、あなたの考えが見抜けない」。見抜く、見抜く！　またあの嫌な言葉。そう、ホテルよ、他にどこへ行くっていうの、夜の闇の中を?　漆黒の夜、すべては黒に侵略されていた、通りも、空も、凍えるタクシーの車内も。黒。今晩、他に黒いのは何だろう?　他の何が黒に侵略されているのだろう？　ないわ、そんなものはありそうにない。でも、そう、ＬＫＪＳとさっき会っていちばん驚かされたものがそれだった、あの人の目は明るい緑じゃなかった。黒になってた！　だから目つきが違っていたと彼女は確信した。緑じゃなくて、黒い目。夜のように、寒さのように、孤独のように、哀しみのあまり胸の中で凍え、外に逃げだせない涙のように黒い目。黒い涙、閉じこめられ、捕えられた涙。

こんな夜更けになるとホテルの通用口には地獄の番犬のような守衛が立ち、黙って中に通してくれそうもない。彼女は正面玄関に向かった。雪が激しく降っている。玄関の張り出した庇《ひさし》の下では彼女のグループの監視員の一人が制服の守衛相手に煙草をふかしていた。Ｗ２１８はふたたび歩きはじめる。通りを渡っているとき、もう一つの巨大な、現代的な建築物が見えたが、その建物の入口の一つに照明がついていた。彼女はそこに逃げ込む。政府のもう一つの部局のようだった。標識を見ていくと、「貸出室」、「一般文書室」、「閲覧室」、そこで見るのをやめ、いちばん近くにあるその部屋に入り、年配の婦人に、ここはどこですか、と訊く。「中央図書館ですよ、お嬢さん。わたしたちはここで一晩中、読者を待っているんです」

その年配の女性は派手な色の服を着ていた、髪は柔らかな金髪だった、「それにしてもお嬢さん……あなたは誰かによく似ていらっしゃるわね……。たぶんご存知ないでしょうけど、昔、一人の女優がいたの、世界一美しい女性がね。あなたにそっくりだった」。Ｗ２１８は自分がどこにいるのかを知ってふたたび異常な興奮にとらわれた、まさしくその場所で――彼女にしてみればどんな状況でも構わなかったが——ＬＫＪＳとまた会うことになっていたからだ。胸は高鳴り、小鼻は震える、そんな激しい興奮を隠そうとして老女に、お話の女優っていったい誰ですか、と訊く、「わたしたちみたいな年寄りだけね、思い出せるのは。わたしにとっては忘れられない顔。あのね、あの頃の若い女の子はみな、映画スターになることを夢見てたの。わたしも例外じゃなかった。髪をプラチナ・ブロンドに染めたの、とってもよく似合うって誰もが言ってくれたけど、スクリーンにいちばん近づいたのは映画館の案内係としてだった。でも、いい、近所の二番館じゃないの。封切り館だった。レベルが違うのよ。そしてその女優には他の女優にはない反応が起きたものだった……。どんな映画でも、その女優がスクリーンに初めて登場すると、観客はきまって『ああ……』って驚きの声をあげる。この世のものとは思えないくらい綺麗な顔だった」

Ｗ２１８は、守衛がホテルの玄関に気を配らなくなるまでどうやって時間をつぶすか、すぐに思いついた。記録文書や古い新聞、雑誌はどこで閲覧するのか、懇切丁寧に教えてくれた。老齢の司書が白黒の総革綴じの双書を勧めてくれた。初めは、自分とその女優がそれほど似ているとは思えなかったが、どこかで見たことのある顔だった。どこだったのか、すぐわかった。写真の一枚にはアラブ地区を訪問中の、華やかな衣裳をまとった女優が捉えられていた。Ｗ２１８は骨の髄まで寒気を感じた。全面テレビで見た紀行ドキュメンタリーの一部として水没都市で映写されたあのフィルムに関連したものだったからだ。そのあと彼女は女優の若い頃の写真を見つけた、数少ないヨーロッパ時代の映画からのものだったが、その写真を見ると紛れもなく似ていた。記事はオーストリアという名の国で生まれたそのスターの生涯を語ったものだった。好奇心をそそるエピソードは、スターのちょっとした気紛れということだったが、それによると『わたしは思考を読む』と題されたストーリーの主役を演じればギャラは百万ドルという申し出を断っていた。街道での謎めいた事故のため彼女はメキシコで死んだが、居場所の知れない娘が一人あとに残された。その娘の発見者には、その娘の父親と見なされている最初の夫の遺産から数百万ドルがお礼として与えられることになっていた。

孤児は、まるで感電したかのように、その重い大部の本を放した。それ以上読まなかった、わたしが、W218がその行方不明の娘なのでは？　違う、この女優はわたしが生まれる二十年以上も前に亡くなっている。彼女は司書のところに駆け寄り、乳母……に関する資料、有名な乳母たちの話があるかどうか、調べてくれませんか、と頼んだ。「お嬢さん、何か補足的な情報をいただけませんか？」。その女性は何か国際的な陰謀に巻きこまれていたはずです、とW218は思いきって言ってみた。八十代の男は意味ありげに肩をすぼめると、いきなり調べはじめた。変わった乳母が何人かいたが、国際的な人物ではなかった。名前はイニシャルしかわからないんですがね、悲しい犯罪歴のある人物がいます、これはどうですか？　その人の国籍は、とW218は訊く。「オーストリアとかいうヨーロッパの国ですね」

その女性に関して見つかるものを全部閲覧したい、と若い女性は言った。同情的な調子の警察調書しかなかったが、その調書には、一人の乳母、もしくは単なる召使が自分の仕える一家の小さな娘を、その子の十二歳の誕生日に毒殺しようとした経緯が記されていた。その女は、長年その一家に仕えており、配慮から実名は省略されていたが、狂気にとりつかれて行動し、そのあと収容された精神病院の独房で自分の髪の毛を使って首を吊っている。不幸なその女の遺体のそばで発見された遺書の文面が、好奇をそそるものとして、転載されていた。「さようなら、これがあたしの運命、憐れな兄と同じ、正気を失くしたために、あたしはこの世を去る。えーと……ああ！　誰もがそう信じるだろう、でも、あたしの兄は単なる召使にすぎなかったのに、教授は自分の悪行を隠そうとして兄を気のふれた学者に仕立てあげた……」。W218は次第に怖くなりながらも先を読みつづけた。「……家にはあたしの他に女はいなかった、教授は誰にも母親の代わりを務めさせようとしなかった……」、「母親の過ちの償いをあの世で自分にさせてくれるよう彼は祈った、それでようやく母親は憩いを見出すことになる……」、「……白百合の庭はその夜、とても綺麗な宝石みたいだった。でも、あたしたちだけじゃない、凍えた影が爽竹桃《きょうちくとう》やジャスミンの後ろではいずっている、そう気づいたときには、もう手遅れだった、遅すぎた……」、「……大凶の下、報われぬ愛の凶兆の下で身籠った一人の娘……」、「……今まで誰も見たことのないくらい美しい女の子。でも、今日、あの子を殺そうとした、女というだけのことで。それに、女に何が期待できるんだろう？　最初に言い寄る抜け目のない恥知らずが女を好きなようにする。男の子じゃなくて女の子ができて恥ずかしくてたまらない、男の子だったら、わたしが股間にあるあの弱点のせいでこの人生で味わったありとあらゆる屈辱の仕返しをしてくれるだろうけど、その弱点があたしを、あたしの分別のなさをかぎつけられる最初の雄犬のいいカモにする。でも、嬉しいことが一つだけある、それはあの子があたしを『ママ』って呼ぶのを耳にしたことがないってこと。だって、あたしはあの子が好きじゃないし、あの子に好きになってもらいたくもないから。そう、あたしは自分を恥ずかしく思うのと同じくらいあの子を恥ずかしく思ってる。あたし、一人の男の、そして、あらゆる男の召使……」

W218は調書を折りたたみ、もとのファイルに入れ直した。そのときになって初めて、封筒の底にもう一つ、小さな切り抜きがあることに気づいた。それは第二次大戦が終わるときに集められたナチスの犯罪記録の抜粋だった。それによると、その乳母の子孫の捜索は「思考を読む魔女」と名付けられた人物に関心を示したゲシュタポの、不首尾に終わった陰謀の一部をなしていた。若い女性は、努力を——超人的な努力——をして立ちあがった。司書に挨拶もせずに記録文書室を後にした。標識が閲覧室への順路を示していた。

そこで、ネオンに照らしだされたドームの下で、彼女は翌朝十時に夢の男性と会うことになっていた。彼はわたしを幸せにしたがってるだけ、彼だけがこうした謎のジレンマから抜け出す手助けをしてくれるのだから、と彼女はもう思い込んでいた。そんなふうにもっともらしく理由づけすることが気分を落ち着かせた。とうとうわかった、だから彼は愛する女の考えが読めるかどうかということに執着していたんだ！ 彼はわたしをとても愛しているからこそ、わたしに迫る危険をかぎつけることができた。そうだ、あの人にすべてをゆだねよう、そうすれば、わたしに寄せる愛情に啓発されて、彼は悪の干渉をすっかり阻止できるはず。彼はわたしを愛してる、そうでなければ、いったいどうやってわたしの些細な欲求さえ見抜けるのか、その説明がつかない。わたしの愛を失うのが怖かったたからね、本当のことを、子供たちや奥さんのことを話さなかったのは、奥さんとはきっともう離婚しようとしているから。真夜中だった、悩みに終止符を打つまでには十時間しかなかった。

ホテルの前にはもう守衛は一人もいなかった。部屋に戻ると、ドアの下にメモがあった。アクアリオ市訪問は終了したものと見なす、これは支配的な悪天候、並びにその悪天候が恵まれぬグループ構成員に及ぼした悪影響を考慮してのものである、帰国は繰りあげ、明朝、十時発の便。W218は、その日何度目かのことだったが、からだのバランスを崩さないために何かにしがみつかなくてはならなかった。

第十二章

「あんまり驚かさないで！」

「そんなに変わった？」

「別人よ、ポッシ」

「いいほう、それとも、悪いほう？」

「そんなのは好みじゃない」

「髭なしでも、キスしていいか？」

「それに、髪は、どうしてそんなに短くしたの？」

「ブエノスアイレスに帰る」

「まさか」

「本当だ。チリに飛ぶ、そして、そこから汽車でメンドーサ経由」

「あなただと知られたくないのね？」

「新しい書類を作ってくれている。ラミーレスって名乗ることになるけど、どう思う?」

「『西部の娘』のお尋ね者がラミーレスという名前、二枚目だけど」

「じゃあ、ぼくは二枚目じゃない?」

「……」

「最後に殺される?」

「助かる、首を吊られる寸前、最後に娘が救う。ソプラノがね」

「気分はどう?」

「痛みがあるの、毎日、食事の少しあと。まだしばらく続くみたい、手術の結果よ」

「鎮痛剤を頼むんだ」

「何度も言わないといけないの、鎮痛剤をたくさん与えることに反対してるから」

「じゃあ、少し我慢しないと」

「ほんとのところ、こんなに長くかかるなんて思ってもみなかった」

「苛々すると、よけい身体に毒だ」

「鏡を見ると具合が悪いみたい、でも、そう思い込んでるせいかもしれない。どう見える?」

「少しやつれてる、でも、長いこと閉じこもってるせいだ」

「帰国するなんてどうかしてるわ、ポッシ」

「ここにいても意味がない」

「今頃はもう大学との契約を済ませたものと思ってた」

「してない。ここじゃ、気分が落ち着かない」

「危険を冒すほうがずっと悪いわ。帰るなんてどうかしてる」

「大げさに言うもんじゃない、アニータ。書類の件は用心なんだ、入国のための、それだけのこと」

「それで、そのあとは？」

「あっちには、誰が当局ににらまれてるか、身を隠す必要があるかどうか、そういったことに通じてる人間がいる」

「それじゃ、身を隠さなくちゃならないことになったら、帰国がなんの役に立つの？」

「囚人たちの弁護という仕事を続けられる。ぼくが裁判所に出向く必要はない、その仕事の別の面を全部担当することができる、かなりきついけどね、たとえば、請願書を作成するとか。そして、それを別の弁護士が自分のものとして提出する。それだけだ、ゲリラみたいなことに関わるつもりはない、ぼくはそんなことをしないってことは、わかってるだろ」

「気に入らないのはね、あなたの家が何かの理由で家宅捜索されたのなら、もうブラック・リストに載ってるってこと」

「国民の半分が家宅捜索されてるんだ。だから、そんなことには何の意味もない」

「そう思う？」

「もちろん、離れてると、物事は実際よりも誇張されるんだ」

「あなたの勇気には感心する。わたしがあなたなら行かない」

「どんな気分だった？……この前のことのあと」

「わからないわ」

「わからないなんて……」

「……」

「ぼくはとてもよかった」

「わたしは違った。よくなかった、ほんとのことを言うと」

「よくないなんて……」

「……」

「手をどかさないで……。触りたいんだ」

「だめ、ポッシ」

「きみは髭が好きだった」

「真面目な話、わたし、気分がよくないの」

「お好きなように」

「一つ、訊きたいんだけど。あなたの提案、つまり、アレハンドロを呼ぶっていうことだけど、それを受け入れてたら、わたしの家族を危険にさらすことになったんじゃない？　クラリータを、それに母さんを」

「そうは思わない」

「わたしはそう思う。少なくとも母さんは尋問されたはずよ。それに、忘れちゃいけないわ、わたしたちにはアレハンドロにそうされた前歴がある、それが警察の調書に残ってるかどうかは知らないけど」

「いいや、年配の女性や子供に手を出すとは思わない」

「あなたはそうは思わない、そう言われてわたしは安心しないといけないのね」

「常識だよ、それだけのこと。きみのお母さんやクラリータからいったい何が訊きだせる？　当局にとって二人が無害なのは明白だ」

「でも、わたしはきっと何かに関わっているって考えるかもしれない」

「誰が活動し、誰が活動していないか、連中は知ってる。そして、この場合、きみは昔友だちだった人物、ある意味じゃ、保護者だった人物に電話をかけただけってことになる」

「そんなに割り切れないわ」

「……」

「いつ発つの？」

「明日」

「お願い、行かないで」

「ひんやりした、綺麗な手だ」

「ここにいるほうがいい、ポッシート。ほんと、研究が続けられる、頭がいいんだから、関心のあること、社会学でも何でも、研究できる」

「でも、あっちでの問題のほうが緊急なんだ」

「あなたはここに残るって思うようになってきてたの。ここで、あなたは変わる……」

「どうしてぼくに変わってもらいたいんだ？」

「あなたには未来があると思ってる。もっとここにいれば、向こうでのことを別の視点から見るだろうし、考え方だって変わるかもしれない」

「ぼくは考え方を変えたくない。いったい何の話をしてるんだ？」

「そうね、あなたを怒らせたくない、あなたにはいいところがたくさんある、それは尊重してる、ほんと、でも、ペロニズムの件は……。ここにいたら、もしかしたら忘れるかもしれない……」

「どうかしてる」

「それにあなたがあなたの研究分野で権威になれば、数年のうちに帰国できるだろうし、別のやり方で役に立てるかもしれない」

「きみの着想はまったく非現実的だ。国は今、ぼくを必要としてる、そして、ぼくは今、役に立てることがわかってる。それに、ぼくは漠然と話してるんじゃない、あっちではぼくが解決しなくてはならないのは具体的なこと。投獄されてる人たち、失踪してる人たち、そんな人たちを捜したり、刑務所から出したりする手助けをしなくちゃならない」

「でも、銀行を襲撃したり、誰かを誘拐したりした人間たちを、どうやって刑務所から出せるの？普通の犯罪者じゃないでしょ？」

「とても異なるケースの話をしてるんだ。ジャーナリスト、教授、自分で考え、黙っていない、そのせいで逮捕された人たち。そんな人たちがぼくを待っているんだ、異議を申し立てることで何かが達成され、ぼくたちは誰かをそんな地獄から救いだすことができるから」

「ええ、あなたの言うとおりね、あなたのそうした考えはいつも尊重してきた、でも……」

「それがぼくの責任だと思う、アニータ。知らんぷりはできない」

「でも、それを、そんな仕事をする人たちは他にもいるはずよ。あなたみたいにブラック・リストに載っていないような」

「いないんだ、ぼくたち、そういった仕事のできる人間は極めて限られてる」

「大げさに考えてるんじゃないかって心配してるの。あなたは犠牲的精神が旺盛、そうじゃないとは言わないで。ずっとそうだった。大学で勉強してるとき、あなたは働く必要がなかった、でも、働かなくちゃいけないなんて考えてしまう、そして何か思いついたら、誰にもあなたは止められないでしょ？」

「ぼくはそんな人間なんだ、アナ。ぼくは持ちすぎてる、だから、ぼくほど持っていない人たちに何かを与えられる、いつもそんなふうに感じていた」

「あなたはそういう人よ。でも、もしかしたら変われるんじゃない？」

「もう言ったけど、変わりたくないんだ」

「当然だわ、あなたは自分の人物がとても好きだから。犠牲者、殉教者っていう」

「ぼくにしてみれば、それは犠牲じゃない、正義感、それだけさ」

「ここに残れば、もっと先になって役に立てるはずよ、死んだら、全然誰の役にも立てない、たぶんあなたは人の言うことに左右されないのね？　一度でいいから、人の言うことに耳を貸すってことができない？」

「きみはどうなんだ？　アレハンドロの件は簡単なことだ、危険はない、そしてきみは国に大きな貢献をすることになる、ぼくはそう断言したけど」

「わたしがアレハンドロを呼べば、あなたは残るっていうの？」

「ああ、もちろん……」

「……」

「アニータ、素晴らしいことになる」

「……」

「たぶん明日にでも、ぼくたちは彼に電話できる、ぼくがブエノスアイレスと話したあと」

「だめよ、ポッシ。クラリータと母さんのために、そんなことできない」

「きみはどうかしてる、子供やお婆さんをどうこうするはずがない」

「するはずがない？　わたしをゆする役に立たないって言うの？　わたしに話をさせる！」

「できやしないよ」

「できやしない！　あなたは、今の政府にいるくだらない連中を知ってる、政府に潜り込んでる犯罪者たちを。それでも、言い張るのね、ポッシ。あなたはわたしを騙すつもりで行動してる」

「きみが怖がっているせい、それだけのことだ。電話しないのは自分のためなんだ」

「そう、自分のためよ。怖いもの。それに、ブエノスアイレスに帰りたくなったとしても、もう帰れそうにない」

「アニータ、冗談はよそう」

「冗談って？」

「よく聞いてほしい、これはとても真面目な話なんだ、ぼくたちが解決することに生命がかかってる、貴重な生命が、本当にそうなんだ」

「わたしの生命は大切。そしてあなたの生命も」

「ぼくの生命はそれほど大切じゃない、アナ、ぼくたちが国から救いだそうとしている二人の生命ほど」

「犠牲者たちのそんな話なんか、もうたくさん。それはもう妄想よ」

「そんなんじゃない、アナ。それがぼくの現実なんだ。ぼくは自分がどうなろうと構わない、それにふさわしいことのためなら」

「じゃあ、わたしの現実って何？　わたしにもその犠牲者に加わってほしいんでしょ？」

「それが良いことをする一つの方法かもしれない、きみができるうちは」

「どうして、できるうちは、なの？」

「もう冗談はたくさんだ、アナ、お願いだ。ぼくが何を言っているかわかってるはずだ」

「なあに？　わたしが死ぬって思ってるんでしょ？」

「きみのほうがよく知ってる、ぼくなんかより」

「わたしは何も知らない。治りたい、それだけよ、わたしが知ってるのは」

「手術しなかったことを知ってる。切ってはみたが、また、閉じてしまった、あんな状態では何もできなかったから」

「違うわ」

「ぼくたちは遊んでいるんじゃない、アナ。ぼくたちは子供じゃない。ここ何日かが、ぼくたちが生きるために残された最後の日々になるかもしれない、現実と向き合わないわけにはいかないんだ。何か前向きなことをする時間があるなら……それをしなくちゃいけない！」

「あなたがそんなこと言えるなんて思ってもみなかった……」

「でも、真面目に話すべき時なんだ、アニータ。ぼくがいくら嘘をついたって、きみに健康を返してやれない」

「治らないって言いたいのね」

「助かる見込みはほとんどない。医者たちは、別の手術ができる状態にしようとしてきた、というのも、胃に腫瘍があるけど、肺の一部にもある、もう、転移してるんだ」

「……」

「でも、最後の診察のあと、彼らは決断できなくなってしまった。もう一度手術するのは無駄と考えてる」

「手術にはわたしの同意がいるわ。それに、わたし、何も聞かされていない」

「彼らはきみの友だち、ベアトリスに相談した。そして、彼女がきみのお母さんと話した」

「母さんは知ってるの？」

「ああ、そして手術をすることを認めた。それに手術代の保証もした」

「そんなこと、どうして何もかも話すの？　みんなあなたの嘘」

「アニータ、恐ろしいことだけど、そのとおりなんだ。事態を変えることはできない」

「でも、わたしは知らなかった」

「本当に知らなかった？」

「ええ」

「でも、体重が減っていく、痛みが次第に増すってことに気づいてたのでは？」

「気づいてなかった」

「もしかして知りたくなかったんじゃないか？」

「ええ、ポッシ」

「でも、これで、少なくともきみはできる、決めることが、選択することが、何て言っていいのかわからないけど……」

「決めるって、何を？」

「残された日々の間にすること。これまでする気になれなかったことを、ここ数日の間にすることができる」

「あなたの言ってること、気にいらないわ、ポッシ」

「それを知ってからというもの、ぼくはすごく悲しい気分でいるんだ、アナ。きみはぼくの一部、悦びの部分、どう説明したらいいのかわからないが、贅沢の部分。きみはぼくの贅沢だったんだ、アナ。でも、ぼくは事態を変えられない。できることと言えば、現実を受け入れ、残された時間でできるかぎりのことをしてほしいって頼むことだけ、そして、奇跡が起こって、すべてがうまくいくようになってくれれば。でも……」

「じゃあ、アレハンドロのことであなたの手助けをしたら……」

「話して……」

「……」

「聞くよ……」

「あなたの手助けをしたら、わたしの死は意味を持つことになる……」

「そんなふうに言わないで。ぼくにはわからない、すべてがひどく耳障りに響く、でも、思うにきみの人生だし……その……そう、言いたくない。そういったことはとても……大切なことなんだ。いじくりまわすのが怖い」

「ええ、あなたの言いたいことはわかるわ」

「……」

「とっても残酷ね、ポッシ」

「……」

「あなた、とっても残酷」

「そんなふうにとらないでくれ」

「そんな残酷なことが言えるのはとても男らしいって思ってるんでしょうね」

「ぼくの気持ちがわかってない……」

「男だけがそんな残酷なことができるのかも」

「……」

「女にはできそうにない」

「いいかい。きみのしてることは嘘をつき、自分自身を偽ることなんだ。きみにはそんなことを言う権利はない、女性を軽蔑しているくせに」

「そんなことないわ」

「きみはクラリータだって、お母さんだって愛しちゃいない。まさしくそんな同じ理由で」

「そうじゃない、わたしは二人を愛してる。わたしには二人しかいないの」

「きみは本当のことは何一つ認められない、それはわかってるんだろ？　彼女たちはここにいない、それはきみが二人を愛していない、好きじゃない、軽蔑しているから、女だから。ぼくにはきみのことがよくわかってる」

「もう、これっきり、二度とあなたに会いたくない」

「……」

「たとえわたしに数時間しか残されてなくても、それがどんな長さだろうと、お願いだから、二度とわたしの前に現れないで」

「ぼくはきみを傷つけたくない。誓うよ」

「……」

「きみは真実を知ったほうがいいと思っているんだ」

「ありがとう、ポッシ」

「じっくり考えたら、ぼくの意図がわかるかもしれない」

「あなたの意図は立派よ」

「……」

「よかったら、独りになりたいんだけど」

「ああ、もちろん。きみにもわかるよ、よく考えれば……」

「もう一言も言わないで、お願いだから」
「明日、電話する」
「いいえ、お願い、もうあなたのことは二度と知りたくない」
「とても愛してる、アニータ」
「……」
「また明日」
「……」

第十三章

月曜。ひどいショックに勝るものはないときもある。重大危機、たとえそれが今度のようにほんとのものでなくても、そんな危機に直面したとき、わたしたちはその事態を正しく評価する。自分が生にどんなに執着しているか、それが今はっきりわかる。だから、嬉しくて、幸せな気分。馬鹿なことを考えるのはよそう。

患者が前向きな姿勢をとればいっそう早く治癒する、と医者たちはいつも言う。それはほんとのことに違いない、気落ちしてると、文字どおりには治療をしなくなりはじめるから。この先、わたしは慎重に治療していくつもり。そして、きっと、その過程は速まるはず。危機の時には冷静さを保たなくてはならない。冷静を保とう。肝腎なのは、痛みの走るこの瞬間をやりすごすこと、何しろ、いちばんびっくりさせられるものだから。その後はもう怖いものなんか何にもない。不愉快な治療を受けることになるのだから、でもあまりたいしたものじゃない。訊かれれば訊かれるほど、悪いって医者は言うことになる、だから医者には何にも訊かないようにしよう、あの心ない人が言ったようなでたらめについては。また手術しなくちゃならないなんて、でたらめだわ、それならそうで、医者はまずわたしに質問していたはずだから、手術に同意するかどうか、支払うお金があるかどうか。特にその点に関しては。いちばんいいのは書いて事態をはっきりさせること、考えているだけじゃ混乱しかねないから。あれこれ書いていくうちにすべてが明らかになる。

母さんと話しただなんて、ありえない、それに、手術の支払いの保証をしただなんて信じられない、口先だけのこと。それにアルゼンチンから外貨を持ちだすのは困難なんだし。みんな彼のもっともらしいでまかせ、自分の計画の手助けをさせるための。彼が何でもしよう、こんなに恐ろしいショックを与えることだってやろうって気になってるのはよくわかる。でも、何もかも書いてみるってことは、物事をいっそうはっきり見る手助けになる。どんなにわたしの脈が震えても同じで、自分の書いていることが理解できるようになる。書くのをやめちゃいけない、何もかも書き留めていかなくちゃ。はっきり目が覚めてる数時間の間に、何しろ、幸い、この治療のおかげでたっぷり眠らせてもらえるから。治療すると同時に休息する、痛みは感じない、このほうがずっといい、こんなにあれを強めてくれたのが。

ただ一つ残念なのは意識が完全に覚醒しているときが日に数時間もないので、退院したあと何をするか、その計画を立てる暇がほとんどないこと。何をさしおいても健康に注意すること。体操よ、体操させてくれて背を丸める癖を直してくれるところを探さなくちゃいけない。そして、仕事を探し、自分の関心のあることに少しずつ近づいていき、音楽に密着するようになる、たとえ同じ広報活動であってもいいから。そして、どうやったらお金を、旅行ができるようにお金をもう少し稼げるかを知ること。そして、メキシコの外で服を買って、クローゼットの中身を少し新しくすること、ここのこの値段じゃ、気に入るような恰好はできないから。

してはいけないのは宝石を売ること、たとえどんなに嫌な思い出をもたらす宝石だとしても。不運をもたらしたのだろうか？　そんなことを考えるのは馬鹿げてる、逆ね、幸運をもたらしてくれたのかもしれない、だからこそ手術は成功した。宝石は売らないでおこう。逆に、もっとくれるっていうならもらおう。そう、もちろん、自分の仕事の稼ぎじゃ旅行の分までまわらない。かわいそうに母さんだって、切り下げられたペソじゃ、わたしにそんな贅沢の支払いなんかできやしない。誰か男の人が招待してくれるなら、受け入れなくちゃならないのかもしれない。でも、わたし、そんなことに向いてるんだろうか？　二度と誰にもからだに触れさせないと思う、あの優れた男性でないかぎり。遅かれ早かれ、その人は現れる。待つことを知らなくちゃいけない。退院したらすぐ、新たな人生を始めよう。馬鹿げたことに心を砕くなんてことはしない、常に前向きになる、以前してたように重要でもないことに重要性をもたせるなんてことはしない。健康であればそれでもう満足。そう、厳かにそんな誓いを立てよう、健康でいられることに満足する。もっとページを埋めようと思ってたけど、この痛みはしばらくすると耐えられなくなってくる。でも、みんな一時的なもの、一、二日もすれば、もう痛みは感じなくなる、強くなったときと同じように弱くなっていく。ちょうど風邪にかかったときと同じで、痛みや熱が増しつづけ、明日にはもっと悪くなるってことがわかる、そして、熱がピークに達したら、そこから快方に向かう、明日にはよくなっている、元気になってさえいるということがわかる。そして、今日彼がブエノスアイレス行きの飛行機に乗るのがわかっているから、もう気分がよくなったような気がする。そして、明日には、彼が何千キロも向こうにいるってことがわかってるだけで、いっそう気分がよくなったように感じる。

わたしにはあの人たちのことが決して理解できないだろう、わたしにとっては別の惑星の生き物。どうしたらあんなに卑劣になれるのか？　わたしの理解をはるかに超えてる。なんて無責任、なんて粗暴。不治の病だと知って自殺した患者たちの事例を聞いたことがある、だからわたしだって、彼のあんな嘘を真に受けてたら、自殺していたかもしれない。あんなことをして、その結果を彼は考えなかったのだろうか。彼らは何より虚栄心が強い、そして、女が反抗すれば、どんなことでもしかねない。負けることを知らない。世界を征服するために生まれたと思い込んでいる、だから行く手に女が立ちはだかり、道を開けないと、ひどく怒る。そのとき、得体の知れない怒りが中から出てくる、胸の中から禿げ鷲みたいに飛び出す。そうなったときの彼らは怖い。どうしてそんなに怖いのかはわからない。きっと、その禿げ鷲は誰も何も気にしないからに違いない。結果を考えずに、襲いかかることだけを知ってる醜い鳥。フィトに別れるって言ったとき、あんなふうに怒ることのできる人がいるなんて想像したこともなかった、彼はわたしを破滅させるために頭に浮かぶことを残らず口にした。彼があれほど狂ったような顔をするのは見たことがなかった、いいえ、あったわ、ときどき怒ってるのを見たことがある、でも、あれはわたしに腹を立てたんじゃない、インデペンディエンテが負けたときのこと。毎週日曜、午後三時にセットされたあの時限爆弾、つまり、サッカーの試合。その時間には外出したほうがいいとわかっていた、特に彼が家で実況をラジオで聞いたり、テレビで見たりするときには。スタジアムに行ってくれるほうがましだった、帰り道でもう鬱憤をはらしていたから。

看護婦を呼んだほうがいい、来るのに数分かかる。結局、女っていうのはそんな男と人生を共にしないといけないのだろうか？ それに、そんな男を愛さないといけない？ そうした男たちというのは、心に何を持ってる？ そしてそんな怪物のそばにいないと、女は挫折感を抱かないといけないの？ そう、確かに、わたしたちは独りでいると挫折したような気分になる。でも、どうして？ 純然たるマゾヒストだから？ そしてそれはあの夜の悦びのせいじゃない、でも、どんな悦び？ というのも、その男がくずだと知れば、もう何も感じないのだから。それとも他の女の人たちは感じつづける？ それは誰にもわからない、何しろ、そんなことは尋ねられないから。それに、女がそんなことを訊くほど不躾で無作法なら、どんな女も答えはしない。

ほんとのところ、暗示か何か、わたしにはわからない、でも、注射をされると、今回はすぐに楽になった。眠りたくない、もう少しこのままでいたい。男の人たちは恐怖を与えるから勝利をおさめるんだと思う。そして、わたしたちより力が、肉体的な力があるから恐怖を与える。父さんは背が高かった。フィトも。でも、これまでいちばん怖かった男の人はピグミーみたいに背が低かった、大学の古典語のあの教授、とってもサディスティック！ そしてとってもヒステリック！ 彼の拳は怖くなかった。すると、肉体的な力じゃない。でも、そうよ、彼らは肉体的な力ででも恐怖をもたらす。それじゃあ、何？　男の人たちが恐怖をもたらすのは、自分の前に立ちふさがる馬鹿な女を脅えさせるのに腕力じゃなくて、心の中に潜む禿げ鷲を使うということが、女にはわかっているからだと思う。女より簡単に激怒するから彼らは勝利をおさめる。そう、そのとおりなんだ、神経症の、ヒステリックな女性と結婚している男の人たちは奥さんを怖がっているから。というのも、先に怒ったほうが勝ちだから。すると、男の人たちはヒステリックだから勝つってことになる。男がまさしくヒステリックだから女は男を怖がる。でもそれじゃあ、どうして女はそんな男に恋をするようになれる？　支え、保護といった感覚を与えてくれるから？　彼らがそんなにヒステリックになるのを見て、かわいそうに思うから？　わたしはそうは思わない、腹立たしくなる。もちろん、かわいそうに思ってあげるべきなんだ、彼らは、肋骨の間に巣ごもっているあの醜い鳥と暮らさなくちゃならないと考えるんなら。

でも、世界は彼らのもの。法王だって男性、政治家も科学者も。そして、世界はそうなってる。彼らに似せて世界は作られている。何もかもがひどく非人間的で、ひどく醜悪で、ひどく荒っぽい。父さんはそうじゃなかった、サッカーが好きじゃなかった、剣闘士の時代じゃあるまいし顔を血まみれのくず肉にするボクシングも。日曜に父さんと家にいると外出する必要がなかった、音楽を、ラジオから流れるコロン劇場のマチネーの生放送を聴いたものだった。でも、日曜はいつも父さんといたというわけじゃない。これはほんとのこと、認めなくちゃいけないけど、ときどき嬉々として猟に出かけた。わたしを一緒に連れていきたがった、わたしが好きじゃないから怒ったものだった。

ちょっと寝てしまった、喉がからから。ミネラル・ウォーターをたくさん飲むよりも一個のキャラメルのほうが喉の渇きをいやしてくれる。父さんと一緒に行ったことがあった。その一回だけで充分だった、かわいそうな兎に狙いをつける、そしてそれから、目を見開き、まだ心臓をぴくぴくさせている兎たちを見つける。殺すっていうあの感覚。わたしはライフルを使いたかった、そして、撃鉄を起こした、でも、全然狙いはつけなかった、弾丸をこめるのがとても楽しそうに思えた。でも、結局、最初の兎が射殺され、わたしはその兎を探しにいった、あの兎のことは絶対忘れられない。母さんの言うように、わたしはどうかしてる、それに大げさだ、でも、あれは第一次大戦で塹壕の中にいる負傷兵を見つけるようなものだった。それに女っていうのは偽善者、なぜって、そのあとでも、大喜びで兎を食べられるから。でも、それは別のこと。それに、生計を立てるために畜殺場で働かなくてはならない人たちがいる、それも別のこと。でも、あんな小さな動物を殺して楽しむ、スポーツとしてそんなことをする人がいるなんて理解できない。そして、父さんはそうした人たちの一人だった。

とてもはっきりしてる、それが彼らの世界なの、サッカーにボクシング、狩猟の世界が……。でも、うまく表現できない、彼らの世界って言うとき、わたしが言いたいのは……どんな言葉を選んだらいいのかわからない、彼らの頭の中にあるのだけれど、認めない愚かさ。彼らの内的世界、これがその言いまわしのように思える。というのも、サッカーがあんなに好きというのはいったいどういうこと？　自分と同一視してるに違いない、強烈なシュートをする選手、いちばん軽快に走る選手、巧みなドリブルで相手のマークをかわす選手と。フィトにとってドリブルは神々の声だった。すべてが競争、いちばんのドリブル名手、いちばんのこれこれ、いちばんのあれそれ。じゃあ、ボクシングでは？　もちろんたくさんパンチをあてる人、痛めつける人と自分を同一視する、ボクシングのチャンピオンを懲罰者《パニッシャー》って呼ぶのを耳にしたことがある。そしてハンターの楽しみの理由を探す必要はない……。考えさえしないほうがいい。そして、それが男性の美しい内的世界なの。彼らの内的風景、彼らの快い風景。そして、ほんとのところ、それはあらゆる種類の戦いや暴力に満ちた現実世界に似ているように思える。その類似点は否定できない、どうにもおかしいけど。でも、わたしって馬鹿ね、自分に似せて世界を構築しているのは彼らだなんて！　戦いの世界、国家間のヒステリックな攻撃や弱者搾取の世界。リーダーたちがそんななら、家に酔っぱらって帰ってきて家族を手ひどく扱い、隣近所と喧嘩をするヒステリックな夫とヒトラーとの間にどんな差があるのだろう？　同じだわ。

わたしには女性に統治される世界ってものが想像できない。というのも、わたしたち女の頭の中にあるのは衣裳やカーテン、テーブルクロス、ディオールのブーツ、グッチの財布、エルメスのスカーフ、カルティエの時計、ヴィトンのバッグ、豹やオセロット、子馬、ミンク、チンチラ、貂《てん》のコート、プラチナのブレスレット、エメラルドのネックレス、とにかく高価なものでできたイヤリング、フランスの香水、ペルシャ絨毯、中国の壺、そして、なくてはならないのが、これも中国の漆塗りの衝立、それに、別荘だったら、植民地時代の古い家具。わたしたち女の頭の中には他にいったい何がある？

少し考える、すると、いろんなことが頭に浮かんでくる、愛の詩、ラフマニノフの甘い協奏曲、それにドラクロアの絵、まだ流行してるのかどうか知らないけどボサノバ、それに、わたしが気に入っている最新流行のディスコ・ダンス、ハッスル、そうしたものがわたしたち女の頭を満たしているものだから、それじゃ、女に似せて作られた世界っていったいどんなだろう？　少なくともごてごて飾り立てられてる。でも、女として、自分で泥をかぶるのは感心しない。わたしたちの頭に詰まっているのはそんなくだらないものばかりじゃない。本当の感性ってものもあるの。女の作る世界は『コシ・ファン・トゥッテ』のフィオルディリージとドラベッラの二重唱のようなものにならなくてはならない。すべてが優美、自在で軽快である世界に。モーツアルトの音楽ほど調和の世界を暗示するものはない、わたしたちは、人生の一瞬一瞬を楽しむために、そんな世界に連れてこられたのかもしれない。男の人たちが心にもっと音楽を、もっとモーツアルトを持っていれば世界は違ったものとなるはず。でも、美しいものはすべてわたしたち女が独占し、醜いものは残らず彼らにあてがわれている、わたしたちはいいものをすべて彼らから奪いとった。そして、彼らは自分にあてがわれたくずで満足している。

でも、アレハンドロはけっしてサッカーを見ない、それに、ボクシングや激しいスポーツはどんなものでも嫌悪している。政府内での彼の計画の一つはオートレースの廃止を提案することだった。そして、彼は音楽が大好きだ、音楽に満ち、これ以上、音符一つだって彼の中には入らないくらい。それでもあの人はああいう人。そうすると、今日の午後、このノートに綴ってきたことはすべて全然意味を持たないっていうことになる。自分の身に起きることも、他人の身に起きることも、わたしは何一つ理解してはいないって認めなくてはならない。でも、わたしは何も狙っていない、何も理解しようとしていない、自分が得た幸運に満足してる、わたしにしてくれたこの危険きわまりない手術が大成功だったことに。

性別のない優しい声がスピーカーから便の出発を告げる。W218は、髪を乱し蒼白い顔で、グループの先頭に立っていた。難問に責められ眠れぬ夜を過ごしたのだった、閲覧室で午前十時という約束に応じられない、その時間にはウルビス行きの便が離陸するのだから、出発前にLKJSに会う唯一の方法はもう一度、樫通りに出かけることだが、それは彼にとってはまずい。いずれをとっても不満の残る二つの手段の間を、振り子のように揺れてすっかり疲れ果て、ようやく明け方に心が決まった。今後のことを考えてみて、彼女は自分を犠牲にし、彼に会わない苦しさに耐え、そのまま帰国することにした。

乗客たちが搭乗を開始する。若い女性にはその何歩かを歩く力がほとんど残っていなかった。恋人に思い焦がれるだけでなく、彼の保護もなく恐怖に震えてもいた。彼女があの不運な女性たち、つまり、あの乳母と映画スターの血を引いていることをすべてが示していた、そして、彼女が危険にさらされていることを彼は知っていた、そうでなければ彼が相手の考えを読むことにあれほどこだわる、その説明がつけられるだろうか？　たぶん、Ｗ２１８に寄せる愛情が、切迫したその危険を直感させたのだ。彼女は敵国政府の仕掛けたスパイの罠に引っかかる寸前だったのかもしれない。

機内の座席につくと、自分が引率している旅行団のメンバーともっともらしい笑みを交わした。安全ベルトを締め、座席の背に頭をあてると、捻《ね》じれた硬い針金のような首筋をもみはじめる。乗客はすでに席につき、スチュワーデスだけが立っていた、その一人が乗降用ドアを閉めかかったとき、機内にいたスチュワードが待てという合図を送った。たまたまＷ２１８はそのスチュワードの顔を一瞬見つめた。スチュワードはスチュワードで彼女を見つめる。Ｗ２１８の心の中に男の声が聞こえてきた、「少し悲しげだが、美人だな。何か一杯無料で出して元気づけてやろう。そして、着いたら電話番号を訊こう」。彼女には聞いたことのない声で、まるでスピーカーから流れてくるみたいに奇妙に耳に響いた。Ｗ２１８は、寝てないから、狂人や聖者みたいに、ありもしない声が聞こえたということにした。もう一度スチュワーデスを見た。彼女はドアのそばに立って機外の様子に注目している。突然、スチュワーデスが頬笑んだ、明らかに誰かが近づいてきていた、苦心して作りあげる頬笑みにふさわしい人物が。Ｗ２１８は目を閉じた、仕事柄要求される追従《ついしょう》が嫌だった。彼女自身の仕事の方がもっとひどいものだったが、それは国民の義務としての仕事であり、短期間のものだった。そうした思いに直接引きずられて彼女は日付を調べはじめた、そしてそのときになって初めて、明日には二十一に、成年に達することを思い出したのだった。このところの出来事はいったい何日なのかを忘れさせるほど大変なものだったのだ。ふたたび目を開いた。ありえないことだった、声が聞こえるばかりか幻さえ見える。遅れてきた乗客は、スチュワーデスが席に案内している乗客は、ＬＫＪＳだった。それとも彼によく似た人物、瓜二つの男性なのか。そっくりとはいえ、彼だけのものであるあの輝き、あるいは後光、それとも磁力というのか、そうしたものがない。その紳士は丁重なスチュワーデスの心遣いに礼を述べると、目で誰かを捜しはじめた。

Ｗ２１８を見つけたとき、その紳士の目はまるで蜂の巣の蜜、色の濃い艶のある蜜のように甘いものになった。すぐに彼は一人旅の旅客にふさわしい無関心を装った。飛行中は見知らぬ他人のように振る舞わなくてはならない、誰かが見張っているかもしれない、そんなメッセージを彼女は受け取る。それでも彼女はときどきその紳士に目を向けないわけにはいかなかった。確かに、あの人は美男子、でも……わたしの心臓をもぎとり、握りしめ、押しつぶしてしまったのは、あの人だったのだろうか？　その男はＬＫＪＳに非常によく似ていたが、その姿に彼女の心はときめかなかった。心を奪うこともなければ、夢の国につれていくこともなかった。何か肝腎なものが足りなかったのだ。

まもなく、強い振動が伝わり、飛行機が揺さぶられ、機体の骨組みの鋼材がきしんだ。Ｗ２１８は目を閉じた、飛行の揺れが彼女の心の揺れを吸収し、しばらくの間、彼女は飛行機事故で死ぬのではと心配するばかりだった。飛行機は振動の原因となった厚い雲塊を突き抜け、穏やかな大気の中にまた戻った。ふたたび目を開けると、彼は今は目を閉じている。その男はＬＫＪＳだった、もう疑いの余地はなかった。体から抗い難い魅力が発散している、無関心を装うのは無駄だった、若い女性は祈るように両手を合わすことしかできなかった、彼が誘い、今度は遠く恐ろしいところに連れていったこの輝かしい旅行に頭が混乱していた。一枚の木の葉はハリケーンのおかげで恐怖と同時に最も貴重な冒険を体験すると彼女は思った。彼のすべてが、睫《まつげ》の一本一本、額の気ままな皺《しわ》の一本一本、毛穴の一つ一つが彼女を支配していた。突然、彼は目を開け、共犯とでもいいたげなウィンクをする。W218は祈りの恰好をやめ、我に返る、呪縛は解けていた。あの男はLKJSじゃない。それとも、そうなの？　目にするのは完璧な人形、でも、魂が入っていない、そう彼女は確信していた。説明のつかない、同時に絶対的な確信だった。彼は今は当惑の表情で、じっと彼女を見つめていた。彼女はその二つの瞳の真ん中を探す。すると、スチュワードを見たときに起きたのと同じように、心の中に声が聞こえた、今度もスピーカーから流れてくるような声だが、いくぶん送信不良といった感じがする。LKJSの声だった、「しまった！　緑のコンタクトをし忘れるなんて、慌てるとろくなことがない。あの馬鹿に気づかれそうだ」。若い女性は気を失った、だが、少し後ろに倒した座席に坐って安全ベルトをしていたため、眠っているような印象を与えることになった。

スチュワーデスが彼女を眠りから覚まし、飛行機がすでにウルビス市の空港に着陸していることを告げた。W218はすぐ目を暗殺者の席に向けたが、彼はもう立ち上がっており、彼女に背を向けたまま、旅行鞄の中を整理していた。若い女性は気絶の原因も、気絶したことさえも思い出せなかった、だが、なぜかわからなかったが、LKJSが近くにいることで不安になった。安全ベルトを外すと、眠っている間に誰かが膝の上にメモを置いていったことに気づいた。「ぼくの愛する人。知らないふりをしてくれ。お願いだから、知らないふりをしてくれ。きみが約束の場所に来られないことをぼくは知った、単に、きみに寄せるぼくの愛情がきみの考えを見抜かせてくれるからだ。きみがぼくのことで苦しんでいるのを知り、矢も楯もたまらなくなってきみの跡を追ってきた。きみの心の中で何が騒いでいるのか、ぼくにはわかる、それは騙されたのではという疑惑。きみに対するぼくの心酔が本物であることを証明するために、こうしてきみの跡を追ってきた。とにかく我慢してほしい、ぼくに挨拶したり、人前で言葉をかけたりしないよう！　ぼくは自国のスパイに尾行されているかもしれない、ぼくは失脚した、その件についてはいずれ話す。空港の出口で連中をまくつもりだ、やり方は心得ている。だから、真夜中少し前にはきみに会いにいける、もう尾行を気にすることもなく。ぼくが訪ねていくのを待っていてほしい、抱擁とキスを。きみの恋人」

アパートに着くとW218は、まず最初にバスルームの薬戸棚にある青色の小さなチューブを探した。徴集女性は患者とのトラブルに備えて常時そのチューブを携帯するよう指示されており、チューブの底を押すだけで目標となる男の鼻めざして液体が噴出し、十分間気絶させることができる。若い女性は、自分がどうしてそんな防御体制をとるのか、説明がつかずにいた、思いついたいちばん突拍子もないものは、LKJSに瓜二つの男が意外な目的でドアの前に立つかもしれないからというものだった。

階段の足音を聞いたとき、すでに夜の十二時五分前になっていた。十時半には完璧に髪を仕上げ、化粧をし、香水をつけ、盛装しおえていた。そのときから煙草を二十五本喫ったせいで目は少し充血し、口は糊《のり》でくっついたようになっている。ドアの呼び鈴が鳴った。覗き窓の蓋を開け、誰が来たのか、彼なのか、瓜二つの男なのか確かめようとした。緑の目が限りない優しさをたたえて彼女を見つめる。その魅力に抵抗できず、W２１８は、そんなぶざまな姿勢のまま、必要以上にその目を見つづけた。彼が何も言わずに待っているのを見ながら錠のロックを外そうとしたとき、またあの声が聞こえてきた、彼自身の声だったが、送信不良、あまりにも増幅されていた。声はW２１８の内部で聞こえ、まさしく脳の中で響き渡る、「あの汚らしい雌犬が、開けるのに何をぐずぐずしてるんだ？　ドアを叩き壊してもらいたいのか？　糞ったれのウルビスの女どものお望みは、自分たちを大事にしてくれる昔気質の男。だったら今夜はあんまり俺を刺激しないほうがいい、殴りかねんからな」

若い女性はドアを開けた、すると、彼の口から愛の言葉が流れ出す。だが彼女はかろうじて聞き分けていた、彼女の心の中では、別の、かけ離れた言葉が鳴り響いていた。「まだ俺に惚れてる。レンズを忘れたことに気づかなかった。もう一回、ありきたりに性欲を満たしてやりさえすれば、落ち着かせられる。明日は飛んで帰ろう、そして年に一度会いに来てやれば、こいつが鼻もちならん三十女になるまで、俺たちの支配下に置いておける」。若い女性は、今、青い液体を使うべきか、それとも、セックスさせてやるか、わからなかった。もう少し時間をやれば、この裏切り者は自分の不実のわけをぶちまけるはずと考え、後者を選んだ。

ＬＫＪＳの話では、彼の国の政府はW２１８とのロマンスを理由に、彼のウルビスでの行動を不道徳なものと見なした。それがもとで彼はアクアリオ市の平常業務に戻るよう召還されたが、熱情に駆られて今朝、飛行機に飛び乗ったのだった。時計が午前零時を告げる、W２１８は黙ってというように彼の唇に人差し指をあて、嬉しそうに十二の鐘の音を数える。そうして彼女は厳密に満二十一歳になったところだった。心の中で絶えず聞こえていた声が雑音一つなく、はっきり響く。今や送受信の仕組みは完全に機能していた、「恋してる女なら俺の見え透いた嘘を信じられるだろう」。彼は服を脱がせはじめる。しばらく何も言わないで、と彼女は頼む。だって、あなたの息遣いに、あなたがときおり洩らす喘《あえ》ぎに優る音楽はないから。

そして彼の緑の目をじっと見つめ、真実の声に耳を澄ます。「ほんと楽しい仕事だ。俺は女が好きだし、嘘をつくのも好きだ、だから気楽だ、念入りにサービスしてやるだけで、この先何年か、全部で九回訪ねてきてやれば、ずっと忠実でいさせられる、ボスたちがしびれをきらして、彼女を拉致し、アクアリオのどこかの刑務所で監視するなんてことにならなかったら。例の誕生日はまだ先だが、その日より前に彼女の精神力が高まる可能性もあるし。ああ……性的快楽よ、おまえは俺の仕事の領域、おまえのおかげで俺は飯が食える、家族を養える。ちょっと気がとがめるのは、ご同業の女をこのぺてんの餌食にするってこと、何しろ、この憐れな女もその恥部で生計を立ててるんだから。それにしても彼女はほんとによく訓練されてる、自分の仕事のことでこぼしたことが一度もなかった、俺にはためになるお手本みたいなものだった、だから俺は自分の任務をこんなにうまく果たしてるってことか？　俺の考えを読める人間がいるというのは、どうにもやばいことかもしれない、気をつけないといけないのは、そんなこともありうるってこと、男の性欲の波というのは、心の闇を貫くあの光線、つまり彼女の視線を唯一導くもの。自分を性的に欲しがり、目を見つめさせてくれるどんな男の考えも読む女。この、男の惑星、俺の惑星にとっては危険だ。だからこそ、彼女を消さなくては、少なくとも管理下に、男の管理下に置かなくちゃならない。領土拡大、経済進出を狙う我々のプランに役立たせることさえ可能だ。知覚は並外れているが、騙すことはできる。かわいそうな女だ、俺がどれほど楽しませてやってるか。ときどき気の毒になる、かわいそうに、自分の身の破滅に通じる道をどうにも気前よく開いてくれた。それに、とっても可愛いし、とっても優しい、まるでおとなしい羊、それを畜殺場に連れていくのはつらいものだ。彼女の血で俺のペニスを汚す……。だが、彼女に白羽の矢が立った、自然ってのは残酷だ、それにこの女をものにできなきゃ、俺がものにされるだろう。羊ちゃん、愛撫に愛撫を重ね、突きに突き、キスまたキスのあと、おまえを首切りに連れていく……。キスさせてくれ、こんなふうに、額に、ここにはおまえのあどけない、お人好しな考えがおさまってる……。気の毒に……かわいそうな女……おまえはあのかわいそうな人形を思い出させる、俺の娘たちがいつも床に投げつけてるぼろ人形、いちばん汚いやつ、壊れないんでいつも乱暴に扱われる、それでも娘たちは見つからないと、探して、と言う、自分たちの手の届かない家具の後ろを、かわいそうな娘たち、あの子たちも女だ、かわいそうな子供たち。そんなことは考えないでおこう、だが俺の家庭のためだ、俺の家族のためにおまえを犠牲にしなくちゃいけない、それに、そう誓いもしたから……昔のことだが……あの選ばれた連中……それぞれの学級でいちばん強い男たちと一緒に……指定された日の夜、選ばれた少年それぞれが、自分の父親の手で、まだ着るには早いスーツに固いカラー、ネクタイをしめられ、くりくり坊主にさせられて、一本の蠟燭《ろうそく》を片手に、あの暗いところに入った、その巨大なホールの中では何百本もの蠟燭が燃え、誓いをたてた俺たち子供——男はそこで教えを受ける、生き残るための至上命令を、『今日の少年、明日の大人、世界の男らしい男《マチヨ》たちよ、団結せよ。諸君は今日の幾多の少年たちの中から選ばれたが、そのわけは、諸君が国の誇りであり、最強の少年、明日の攻撃的な勝ち誇るペニスとなるからである。ところで、我々は諸君をここに招集したが、それは諸君に指揮訓練の手ほどきをし、やがては権力中枢に迎え入れるためである。諸君の振る舞いにとっての不可欠な教えは単純なものである、そして、優れた人間であるという諸君の誇りがそれを言い渡すであろう。しかし、諸君は諸君の任務においては非情でなければならない。何よりもまず、諸君はこの儀式のことを決して口外してはならない。そして次に、これは最初の命令であるが、諸君は諸君の兄弟たち、つまり、二流のマチョたちの間に教義を広めねばならない。さらに、次なる命令は、天敵である女どもを蔑視し叩きつぶすこと。あらゆる下等動物同様、女は怨みがましく、抜け目がない。しかし、女の武器は、その武器をふるう腕が不安と恐怖に震えれば、無駄なものとなる。そのためにはマチョ社会と一致団結して行動しなければならない。そのためには我々の間で同意がなされ、女は我々の信頼にたる存在ではないと、いささかのためらいもなく、布告されねばならない。今日の少年、明日のマチョよ、女を貶《おとし》めるのだ。女は自分より劣っていると、まず、諸君自身が納得するのだ、そうすれば女もおのずからそう納得するようになろう。それゆえ女を蔑《さげす》むのだ、そうすれば、おまえは劣っていると女に言う、それを実証してみせる必要もなくなるだろう。女という性悪は馬鹿ではない、だが、馬鹿だと信じさせてやるのだ、さもなければ、この惑星の王国は女のものとなるだろう』。少年たちは興奮に震え、手にした蠟燭の放つかすかな光は揺らめいていた、自分の母親や姉妹のことを考える少年も何人かいたが、ためらいはすぐに払拭されてしまった、なぜなら司令官がそれぞれの父親に命じたからだ、息子のペニスに手を置き、愛撫し、欲望を目覚めさせろ、と……。ええ、誓います……。ええ、誓います……。ああ……ああ……ええ……ええ、誓います……おまえにやるこのとてつもない悦びにかけて誓う……ああ……ああ……そして、おまえが俺にくれる悦びに……俺の羊……羊飼いとその羊……二人だけで、暗い牧場に取り残されて、この小屋の中……やがて寒さの厳しい日に、俺はおまえをばらし、おまえの生皮で暖をとる……そしておまえは俺に感謝すらしない……俺は自分の持ってる最高のものをおまえにやったばかり、そして、おまえはそこで黙り込んでる……まるで自分はすべてをもらって当然とでも言いたげに……まるで、いつか俺に首をはねられ、皮をひきはがされるなんてことは自分にはふさわしくないとでも言うかのように……そして今、おまえは震えはじめてる、なぜだ、だが、おまえが震えるのを見るのはこたえられん……とうとう見えるぞ、おまえが震えてるのが……恐怖に……どんな女でも自分のマチョの前でしなくちゃならんこと……それは恐怖におののくってことだ……」

W218は枕の下に青いチューブを隠していた、それを手に取った。

第十四章

「ごめんなさい、ベアトリス。鎮痛剤のせいなの……」

「でも、話をしても、わたしの声が聞こえる？　わたしの言ってること、わかる？」

「ええ、でも、話すのは……難しいわ……少し」

「でも、痛みは軽くなってるんでしょ？」

「ええ。……少し、ぼうっとしてもいるの、あのニュースのせいで」

「いつお母さんから電話があった？」

「ちょっと前……あなたに電話する。受話器を置いてすぐ……あなたに電話したの。ここにいられそうもない……独りじゃ……あんなニュースを聞いたら」

「電話してくれてよかったわ」

「きのうのことだった、まず、母さんに電話がかかったの……管理人室から、わたしのアパートの……。きのうの午後」

「ゆっくり、アニータ、急がないで、わたし、ちゃんと聞いてるから」

「わたしに電話すべきかどうか、彼女にはわからなかったの……。でも……今朝、あのニュースが出て……ブエノスアイレスで……」

「ええ」

「わたしは貸したかったの……アパートを。覚えてなかった……彼が……持ってるなんて……鍵を……ひと揃い。というのも……ここに……わたしに会いにくる少し前から、もう……わたしたち会わなくなってたから」

「どのアパート、アニータ」

「わたしが持ってたアパート……ブエノスアイレスで」

「いつのこと？」

「そのアパートは……わたしのもの。買ってくれたの……母さんが……わたしが別れたとき。だって……わたしだけなの……相続人は」

「それで、あなたはそこに住んでた？」

「ええ……独りで暮らしてた。そして、ポッシと……会ってたとき……鍵を渡したの、何年も前……喉がからから」

「何かほしい？」

「ええ……お水……その壜の……。ありがと」

「わたしもいただく」

「ベアトリス、あなたもびっくりしたでしょ……このことに……。顔に出てるわ」

「そして、アパートは空っぽだったのね」

「誰も住んでなかった。でも……あのときのまま……わたしが出てきたときの。わたしのものが残ってる」

「でも、彼はどんな計画を立てたの？　あなたに何て言った？」

「彼の話だと、チリに飛んで……そこから汽車で……メンドーサに行く、国境近くの、すると、もうアルゼンチン……。アンデスが始まるところ。でも、きっと気を変えた、そうでなかったら、わからない……どうしてあんなに早く……着いたのか……。きっと、つけられたのね……ひょっとしたら……彼は他の二人といたんだけど、その二人が警察とやりあい……二人が逃げてる間に」

「それじゃあ、ある意味、あなたを危険にさらしてるんだ」

「ベアトリス、そう願うわ……わたしを危険にさらしてくれますようにって。それは……わたしが生きてるって意味かもしれない。手術が……」

「信じなくちゃいけない……」

「最低なのは……わたしは……彼の死を願ったこと。……いつか……彼が言ったことを話してあげる……。わたしは腹が立った……とっても……。そして、母さんは希望を持ってる、彼女は何もかもわかってる。医者たちは……彼女に……知らせてる。電話をかけて……週に一度。フィトの家に……

電話番号……医者に教えたの……あなただったの？」

「ええ、アニータ。医者たちはわたしと話したわ」

「母さんは……来たがってる。……でも、わたしは、だめって、また言ってしまった」

「もっと話して、お母さんがあなたに話したこと」

「彼女は……わたしに電話をくれた、というのも、わたしが……新聞で読んだら……よけい具合が悪くなりそうだったから。……今日、何もかも、新聞に出てた。そして、彼は見なされてた……テロリストと、母さんはそう言った。……彼は誓ったの……自分の子供たちに賭けて……自分は、そんなことと関わりはないって。……どうして、あんなことになったのか……」

「……」

「わたしは貸したかったの……アパートを。結局……わたしは戻らないつもりだった、何、何年も……。でも母さん……母さんは……反対した。そしてある意味、彼女の……言うとおりだった……あそこじゃ、貸した人に……出てってもらうのが、大変だから。……そして、彼女は……週に一度……空気を換えに行けば……すぐに……わたしが戻ってくるような……気になるって……言うの……」

「……」

「わたし……しつこく言ったの……あのアパートを貸してって……。でも、そんなことしたら……とっても悲しい気分にさせられるって、彼女は応えた。そして、わたしの言うことに耳を貸さなかった……たとえ、彼女に渡る父さんの……お金と年金が……目減りしていっても」

「もう、わかりかけてきたわ」

「だから、彼女は……連絡してるの……ビルの管……管理人たちと。……そして、わたし、思うの……ポッシは……つけられたんだって……国に……着いてから。もうわかってるけど……あなたは……ペロニストたちが……好きじゃない……」

「とにかく、辛いわね」

「わたしは……とっても……」

「仕方ないわ、アニータ。これも彼の、自由な、選択だったたんでしょ？」

「でも、彼の意図は……とっても立派だった……」

「テロリストだった、それとも違う？　何か確かなこと言える？」

「わたしに誓ったの……自分の子供たちに賭けて……違うって……。でも、思うんだけど……必然……的に、接触しなくちゃならなかった……そう……武器を持って……うろついてる……連中と……そして……」

「無理しないで、からだに悪いわ」

「……彼は……母さんの話だと……警察に……抵抗した、そうでなきゃ……たぶん、殺されはしなかった……」

「……」

「母さんの話だと……新聞には……彼が……武器を持っていたと書いてある。でも、あの連中が誰かを……処分したければ……」

「いい、アナ、彼は武器を持ってなかったかもしれない、でも、彼と待ち合わせた人たちは武器を持ってた」

「管理の……人たちは、訊いたの……近所の人たちに……わたしのアパートの、でも、誰も、何にも聞いてなかった……足音も声も、その晩までは。……彼は、着いたら……事情に詳しい人たちがいて……身を隠す……必要があるかないか教えてくれる、と言ってた。……そして、きっと、隠れる必要があるって言われたのね、でも、どこに行ったらいいか、わからなかったのかもしれない……そして、思いついたのが……あそこ」

「あなたがこっちに来たあと、彼はそこにいたことがある？」

「どこに？……ベアトリス」

「そのアパート」

「いいえ……わたしが知ってるかぎり、ないわ……。でも、今となっては、すべてが……ありうる……。ベアトリス、全然……自信が持てそうにないの、彼の身に何が……あったのか」

「でも、あなたは、一つの感触を持たないといけない。その出来事の、あなた自身の、個人的な、確信みたいなものを……」

「だめ……ひどく…混乱……してるもの」

「……」

「わたしは……もっと我慢できそう……彼が武器を持ってた……そして、ほんとに、軽率なことをしたから……そのとき死んだということがわかれば。……でも、彼が礼儀正しい人間で……ああいった囚人たちを弁護してたから……殺されたっていうなら……絶望する……」

「わかるわ」

「でも、それでも……わたしは彼を……新聞に書いてあったみたいに……テロリスト……として思い出し……たくはない。彼はわたしに自分がどんな人間か……話してくれたけど……そのとおりの人間であってほしい」

「……」

「でも、この場合……有無を言わさず……殺してしまった……。すると、彼は殉教者……」

「あなたは彼をよく知ってた、アナ。なんとかして、知らなきゃだめよ」

「……」

「実際はどうだったか、直観的に判断しなくてはならないのかも」

「わからないわ……ベアトリス。……わたし、自分の好きなように、他人のことを……一人一人のことを考える……ことに慣れてるみたい……だから、もう真剣に考えたくても……できない」

「わたしはこう思うの、つまり、この事件はまだ生々しすぎる、ショックが、今のところあなたには何もはっきり見させないんだって」

「わからないわ……」

「……」

「あの国が……どうやってがたがたになるのか。一所懸命、努力して……かわいそうなポッシ、懸命に働いて、必死に勉強して……こんな最期を迎えるなんて」

「……」

「あなたは知らないのよ、ベアトリス……あそこの人たちの……大半がどんなだか。どれほど努力するか、どれほど……進歩したがってるか。あそこでは、人々は……政治に関する本や新聞を……貪り読んでる、そして……すべてに通じてる。そして、大人になってもたくさんの人が……三十を越えた人のことだけど……勉強を続ける、働いて勉強を続ける……」

「……」

「そして、じれったさ……のようなものを感じてるの、あの……未開発……から抜け出そうとして……。それでも同じことで、何もかも悪い結果になってしまう……」

「構造を変えるってことはとても大変なのよ、アニータ」

「でも、それほどまでの努力を……するなら……それなりに……報いられないといけないのに……。ところが……実際は……」

「……」

「あの国では、たくさんの人たちが……仕事を二つ持ってる……。朝早く、家を出る……。一日中、一所懸命になって……今より少しでもいいから、いい暮らしをしようと……ところが、全然……」

「あなたのお友だちも、そんなだったのね？」

「ええ……彼は民間の、弁護士……事務所での……仕事で、家族を養ってた、そして、そのあと……自分にできる……弁護の仕事をしてた……」

「すごいわね」

「そして、勉強してた……いっぱいだった……好奇心で……そのおかげで、世界を……新たに……発見していった……」

「それは話してくれたわ」

「でも、やっぱり……どこかで……」

「ええ、続けて」

「……どこかで……間違えたのよ」

「……」

「……それとも、そうじゃない？」

「……」

「でも、それが間違いだったとしたら……一つだけ……それで、もう……充分だった……何もかもだいなしにするには」

「……」

「どっちがいっそう意味のある……死に方になる？……わたしの……それとも、彼の？」

「そんなふうに言わないの」

「……わたしは何をしたらいいの？……自分の国のために……ここで……こんなに遠くにいて……」

「アニータ、自分を責めるのはよくないと思う。やがて時間がたてば、彼が何をしてたのか、もっとわかるし、もっとたくさんの根拠をもとに、彼のことを判断できるかもしれない」

「そう思う？」

「ええ、きっとそうなる……」

「彼を悪くは……思い出したくない。たとえ、わたしにはあんなに……残酷だったけど……。わたしは、少し……彼を赦してた……こう考えて……あれは……彼の作り話だったんだ……わたしの具合が悪いっていうのは……。そうやって自分の計画の……片棒をかつがせようとした……」

「……」

「でも、本当だった」

「そんなふうに考えちゃだめ。あなたの病気は……」

「今日、母さんと……話したとき……彼女は、うっかり……その話を肯定したの……。なぜって、わたしが……わたしが彼女に言ったから……最初の手術のことは……心配しなくっていい……あの手術には結果なんてなかった……手術じゃなかったんだから、医者たちは……開いてみたけど……それだけ……わたしが手術をする……状態にないことが……わかったから」

「……」

「すると、彼女は……かわいそうに……わたしの話を否定しなかった……知ってるって言った……でも、怖がることはないって……そして、辛いのを悟られまいと懸命にこらえて……かろうじて……話せるみたいだった……でも、最悪なのは……こっちに来させてって……頼まれたこと……」

「……」

「でも、わたしは……来てほしくなかった……言いわけをした……クラリータを……見てやっててって……。でも、約束したの、危なくなったら……そのときには……呼ぶって」

「クラリータのことは、何か話してくれた？」

「ええ、とっても元気だって……背も伸びて」

「……」

「よく雨が降るわね……」

「クラリータに、来てもらいたくない？」

「ベアトリス、教えて……雨はいつ終わる？　まるで拷問」

「月初めに終わってないといけないんだけど」

「……」

「車でここに向かってたときは、幸い、今ほど降ってなかった」

「ずいぶん長いのね……雨期……」

「以前はこんなじゃなかったの、アニータ。もう少しあと、六月の終わり頃から始まって、九月に終わってた」

「……」

「ところが、もう十月なのに……まだ降ってる」

「……」

「以前はこんなじゃなかった、午後にしばらく降って、それっきり。今じゃ、朝から降りはじめる」

「この二か月の……雨の……おかげで助かったわ、ベッドにいるから」

「あのね、アニータ、ここの気候は変わったの。前はもっと暑かった。雨期が今ほど長くなかったから」

「……」

「渋滞がひどくなるわ、帰り道」

「……」

「でも、もう二週間もすれば、雨期も終わると思う」

「そのときまでには、ぜひとも……よくなっていたい……」

「せいぜい二週間ね、毎日雨が降るのは、そのあとはだんだん降らなくなっていく」

「ベアトリス……母さんがニュースを知らせてくれた……その瞬間……」

「……」

「自分でもとっても……信じられなかったけど……でも、わたし、あのかわいそうなポッシの死を喜んだの」

「……」

「笑いだすところだった……死んだなんて……最初に彼が……」

「……」

「でも、人は他人の……不幸を……喜ぶというのはかなりありがちなこと……だと思う……。でも、それも一瞬だけ、そのあとはすぐ……悲しくなる」

「……」

「どうして……人はそんなに……無意味なことを感じるの」

「わからない、アニータ」

「最初の反応は、いちばん……自然なのは、喜ぶこと……他人に起きたんだって……自分に起きたことじゃないって……」

「当然のことだと思うわ、彼があなたに最後にとった態度、そのあとなら、そんなふうに反応するのは人間らしいわ、思うに」

「当然のこと?」

「ええ、アニータ、それに人間らしい」

「わたし、恥ずかしい……そんなの……」

第十五章

殺人で起訴された若い女性に対する裁判は一般大衆の関心を惹かなかった。裁判が行われる法廷の傍聴席は無人といえるほどだった。評決書を持った陪審員たち——全員男性——の登場が今か今かと待たれていた。起訴事由は殺人だったが、正当防衛、一時的錯乱という情状酌量の抗弁がなされていた。殺人犯だけが真実を知っている、それに被害者ももちろんそうだが、彼はいまだウルビスの病院で生死の境をさまよっている。殺人犯は陪審員団が入廷するのを見た。先頭に立って封筒を見せびらかしていた彼らの代弁者が、それを裁判官に渡す。記憶が一瞬光に照らしだされたかのように、被告は出来事の一部始終を思い出し、最後の内省をした。

「わたしは同国人のＬＫＪＳを殺そうとした、でもそのわけは絶対言わない。この世に正義というものがあるなら、わたしは釈放されるはず、そして逆なら、刑務所に行きたい、最近発見された細菌のように顕微鏡の下に置かれるくらいなら。この話全体から学んだことがあるとすれば、それは何よりもまず、わたしにも尊厳ってものがあるということ。わたしの尊厳……その言葉が意味することはよくわからないけど。わたしのワンルームで無防備な姿をさらした彼を見るのは何とも奇妙な感じだった、青いチューブが効いて、何分かの間、彼がぼうっとしているのを利用して椅子に坐らせ、手足を縛り、猿轡をかませた。彼の思考の声を聞きつづけることが目的だった、彼は黙っていられなかった、『この女を甘く見すぎた。軽薄で俗物だと思っていたのに、まったく驚きだ。どうしてそんな女だと思い込んだ？　俺にのぼせあがる人間を心の底で軽蔑してるせいか？　そうだとすると俺は自分がいい扱いを受けるにふさわしい人間じゃない、自分を蔑んでる、自分の凡庸さのつけがまわってくるのを待ち望んでるってことになる。彼女は俺に惚れた、それは確かだ、目を緑にするなんていうごまかしをしたがそれを除けば、彼女が惚れたのは俺自身なんだ。自分に都合のいいでっちあげもしたが、それは表面的なものだ。でも、俺にすっかり惚れているからこそ俺は彼女を憎んだ。そうなんだ、彼女はいつだったか、あなたの犠牲的精神は病的です、と言った。ところが、彼女は人から大事に扱われると、好意的に反応する、そして、これが肝腎な点だが、こいつは人を疑わない、いつも人の真心ってやつをあてにしてる。それが懐の深い民主主義的な感覚を示す、なぜなら他人が自分のレベル以下であってほしいと思ってないからだ、そして彼女はまったく逆、嬉々として平等を実践している。だが、自分は騙されていると彼女に気づかれるようなことになってはいけない、そうなったら、彼女の血は怒りに煮えたぎる、そしてそのいい証拠がこのざまだ、まるで椅子にくくりつけられた縫いぐるみ。それに俺をどうするつもりか、さっぱりわからん……こいつの考えが読めさえすりゃ！　いったいどうやって俺のペテンを見破ったかはしらんが、きっとコンタクトレンズの凡ミスのせいだ。時計の針を戻せさえしたら、そのときには、俺はタイミングよくすっかり打ち明ける、そして彼女は俺を赦すってことになる、俺は攻めの手を緩めず、二人して滝のごとく絶え間のない悦びに濡れて、俺はあらいざらい白状する、すると、彼女はうめき声をとぎらせないまま俺を赦すことになる。だが、もう手遅れだ、俺がどぎまぎしてることに、今彼女が気づくはずがない。俺の考えを読めさえすれば別だが、そうなるにはまだ何年もかかる、ほんの慰めでしかないが、俺が彼女を称賛し、敬意を払っているってことがいつかわかると思えば……』、そしてこの最後の言葉がわたしの気持ちをたかぶらせた、自分を抑えきれず、ナイフを探しに駆けだし、そして……息をきらし、苛々しながら、彼を縛っている紐を切った。ナイフが手から絨毯に落ちる。なんて衝動的、なんて馬鹿だったんだろう、そうすれば報われた愛の本当の歴史が始まると思うなんて。あいにく、そのとき彼の心を読んだ、それがわたしの最後の幻想を消してしまった、そう、今、わかった、あれは束の間の幻想、ほんの数秒しか続かない、わたしの人生で最後の幻想だった。自由になると、彼の心は当然のことを口走った、『俺は祖国を、子供たちを裏切れない、さあ、ここから逃げださなくては』、でも、だめ、彼は逃げなかったし、この先逃げもしない、なぜって、彼は虎のように跳んだけど――服に隠した武器を取ろうとして――、わたしのほうが有利だった、足下にナイフがころがっていたから、そして彼が振り返る前に、その背中に刃がぎざぎざのナイフを突き立てていた。激怒？　正当防衛？　一時的錯乱？　きっと、わたしのこの女心の謎は象形文字、いったい誰が解読するのだろう？」

陪審員たちはすでに陪審員席に着席しており、裁判官はわざわざ音を立てて封筒を開け、被告に起立するよう命じた。被告は目を伏せた。裁判官の敬うべき白髪の下に隠れているかもしれない薄汚い考えを受けつけなかった。W218は判決に驚かなかった、終身刑だったが、普通の刑務所で刑期を務める代わりに、自発的な徴集女性として万年氷地区《イエロス・エテルノス》の遠い病院に移してほしいという願いが認められていた。裁判官の声がそっけなく厳かに響いて陪審員たちの意志を読みあげると、目を上げるよう若い女性に命じた。彼女はそれを拒否し、聞くだけで結構です、と答えた。裁判官の声が変わり、突然、同情するような、かすれたものになった、「ねえ、お嬢さん、あなたの願いがあまりにも突飛なものだから、是非とも尋ねなくてはならない、つまり、イエロス・エテルノスのあの荒涼たる地区であなたを待ちうけているもの、それをあなたが本当に知っているのかどうか。あそこには社会から、あるいは自然から永遠に呪われた人間だけが閉じ込められている。前者は危険きわまりない政治犯、後者は極めて感染しやすい伝染病患者。あなたの申し出は義務上の市民奉仕を後者の隔離棟で継続するというものだが、是非とも尋ねたい、不運なお嬢さん、そんなことをすれば自分で自分を即刻死罪にするようなものだとわかっているのかね?」。W218は床から目を上げることなく、かすかに、はい、と答えた。

駅は厳重に警戒されていた、ウルビスの常冬のその朝は、土砂降りの雨だった。待合室の一室は一般には立ち入り禁止となっていた。その片隅で二人の護衛に見張られたW218はたった一人の囚人らしくしおれていた。軍靴の音が聞こえ、おびただしい護衛に引き連れられて、やはりイエロス・エテルノスに護送される政治犯の一団が入ってきた。年齢は様々だったが、いずれも希望のない眼差で、目はまるで枯れた植物だった。そのうちの一人はかつては緑の目をしていたが、今やその目はウルビスのどこかの広場の不毛の地の色と化している。ウルビスではすべてが暗い灰色のようだった。セメントの下から出てこられたものはすべて、岩だらけの地面も霜枯れした古木の幹も。

護衛の一人が青いゴーグルを配りはじめると、別の護衛が囚人たちに注意を与える、明日の朝には氷結した地域に入る、今月中は一面、目のくらむような白さであるから、ゴーグルなしに風景を見てはならない、今月以外は夜ばかりだが。青が一月、黒が十一か月。ゴーグルを配っていた護衛は一つ余っていることに気づいたが、そのゴーグルはもう一人の囚人に渡すものだということをそのとき初めて思い出した。少し見回すだけで誰に渡せばいいのかわかった、地獄の番犬みたいな二人の護衛に半ば隠れていた。W218のところまで行くには待合室を横切らなくてはならない。板張りの床が軍靴にきしむ。誰もがその護衛を目で追う、雌馬を見つけた種馬みたいな騒ぎとなった。もう一人の囚人、LKJSはすぐ彼女だとわかった、髪は短く刈られ、目は苦しみに沈んでいたが。囚人たちは卑猥な言葉を投げかけ、下卑た仕種をしはじめる、そのたびに護衛たちは馬鹿笑いした。囚人たちの一人、いちばん年配の男が護衛の一人の耳もとでささやく。女のからだにさようならを言わせてくれるとありがたいんだが、汽車が出るのは一時間先だし、護衛のみなさん方を含めて一人一人、あの女の味見ができるってものじゃないか。護衛は曖昧に首を横に振り、隣にいる同僚を見て、寒さにささくれた唇に笑みを浮かべた。頭を素早く回転させると彼はズボンの前開きに手をかけ、大きな声で同僚に向かって不遜な提案をした。

ＬＫＪＳはその声を聞くとすぐ、崩れるように膝をつき、頭を垂れたままむせび泣きはじめた。そのときまで歓声は大きくなる一方で、彼のうめき声は誰にも聞こえなかった。騒々しい囚人の一人がＬＫＪＳのそばにしゃがんだが、自分には信じられないようなことを確かめることになった、男が泣いてる？　その男は無法者たちの一人に合図を送ると黙り込んだ。罵声は次第に小さくなり、待合室には男の後悔の涙声が響きわたった。若い女性は、そのときまで囚人の一団を見ようとはしなかったが、うつむいたその額が誰の額かとうとうわかった。護衛の一人がその囚人の腕を取り、丁重に彼を立ち上がらせようとした。彼は護衛の手を振りほどき、彼女のほうに視線を向け、ひざまずいたまま無言の祈りをつづけた。

Ｗ２１８だけがその祈りの声を聞くことができた、いちばん遠くにいたのだが。「赦しを乞うつもりはない、そんな資格はないことがわかってるから。今、この瞬間俺がほしいのはわずかばかりの正気だ、あのかわいそうな女に何か言葉をかけてやるための……彼女を助け、その重荷を軽くしてやれる言葉を。俺は自分の罰を受ける、終身刑という判決、だが、いくら心が広いといっても、あの女がそれを知って慰められるはずはない。それに俺の人生が終わったのは自業自得だが、彼女は運命の犠牲者だ。この苦しい胸の内からいったいどんな言葉を、俺のした悪行の一つでもいいから忘れさせてやれる言葉を汲みだせるのか？　俺は後悔の他に何を彼女にやれるのだろう？　確かに俺はこの国の関係当局に彼女のことはばらさなかった、彼女の持っている超人的な力のことは口にしなかった、だが、それは俺の国を、スパイ網全体をこの一件に巻き込まないためでしかない。俺は自分を犠牲にした、それというのも上司に命じられたからで、彼女のためじゃない。ただそれだけの理由で、俺は騙された女の恨み、ドン・ファンみたいな旅行者の暴力、この二つの動機しかない恋愛ドラマをでっちあげた。そして、この今の社会には恨みや暴力の入りこめる場所はない。だからこそ、俺はあの憐れな女、かわいい犠牲に大きな借りがあることになる。彼女のために何もしてやらなかった、ただ殉教へと導いただけだ。一言、たった一言でも思いつけばいい、的を射た言葉、優しい言葉、なにしろ俺たちにとって最後の言葉になるんだから。嘘はつけない、誰よりも愛したなんて言えやしない、妻や子供、自分の国をもっと愛しているんだから。あの女に感じるのは別のもの。自分ばかりか彼女をもいちばん辱める感情……憐れみだ。あんなふうになった彼女を見ると、どうにも憐れになる、彼女の経験したことを思うと、やたら憐れになる。この先彼女を待ちうけているもの、それを考えるとどうにも憐れになる。そして、日夜彼女の悲しみを思い出すたび、背中に突きささるナイフの刃の感触、息を詰まらせ血を流させるあの衝撃、まさしく彼女にお見舞いされたあの衝撃をまた感じることになる。俺はもうあのときの俺じゃない、変わってしまったが、彼女も終身刑になったと知っても気は晴れない、他人も苦しんでいると知ったって昔のように気が晴れない、俺の中で何かが変わってしまった、誰よりも優れていたくはない、他の人間の苦しみが軽くならないなら、自分の苦しみも軽くなってほしくない。もう二度と誰にも悪行を働きたくない、誰も食い物にしたくない、誰よりも優れた人間にもなりたくない、そして、やり方はちょっと変わっていたが、それを教えてくれたのは彼女だ。俺を変えたのは彼女だ。だが、それを口にしたって……信じちゃくれんだろう……」

むせび泣く声もおさまっていくようだったが、彼は自分のしたこと、つまり野獣どもをおとなしくさせたことに気づいているかどうかはっきりしなかった。若い女性は自分の二人の護衛を懇願するような目で見つめた、それに応えるように二人はうなずく。彼女はひざまずいている男に近づき、額を撫で、涙を拭《ぬぐ》ってやると、自分でも完全には信じていないような言葉を耳もとでささやく、「わたし、あなたを責めちゃいない、わたしたちは二人とも自分の力を凌《しの》ぐ力の玩具だったの、あなたは苛酷な命令に従わなくちゃならなかったけど、そんなものに対する責任はない……」、そしてそのあと、今度ははっきり確信して言い添えた、「とにかく、わたしはこれからもあなたのことを人生で最も輝かしい時期、仕事をして理想の男性を待っていた頃の一部として思い出していく。そして、あなたの心の何かを変えたのがわたしだとするなら、わたしから何か大切なものをもらったとあなたが思うのなら……」。若い女性はその言葉を最後まで言うことができなかった、護衛たちが秩序の回復をはかり、最後に二人を引き離したからだ。

装甲列車は、果てしない夜を追いながら、雪を分けて進んでいった。逆に、白い輝きが容赦なく増してくる。W218は鉄道輸送専門の女性看守に身柄をあずけられており、他の車両にすし詰めになった囚人たちの攻撃にもうおびえなくてもよかった。真夜中、囚人たちはゴーグルをかけるよう命じられた、そしてすべてが青くなった。まるでウルビスに残って死体保管所の大理石の台に横たわっている、あの闘争の同志たちの肌のようだった。二十四時間ちょっとの旅ののち、一行は青い平原に止まった、目に入るのは降車用のプラットホームだけで、駅の他の部分は地下にあった。そこからほんの数キロのところにある刑務所も同じ理由で見えない。囚人の一団は護衛に監視されてプラットホームに降りた。

男たちはもう出ていく青い列車を見つめた。W218は小さな窓の内側から手を振る。女の看守は凄まじい寒さを理由に窓を開けさせなかった。コートを着てフードを被っているためプラットホームに立つ囚人はみな、同じように見える。車内の彼女を見かけ、手袋でかさばる手で別れの挨拶をする男たちもいた。その一人が愛情を表現するかのように胸に手をあてる、きっとあれがわたしの知ってる人だとW218は思う。彼を他の呼び方で呼ぼうとはしなかった、友だちとも、愛人とも、恋人とも。でも、どうしてあの人が政治犯に混じっているのだろう？　もしかすると一般の犯罪者として有罪判決を受けなかったのだろうか？　そのときW218は、彼の身に起きたことをもうはっきりさせる必要はないと悟った。青い男たちは列車が遠ざかるにつれ小さくなっていく、女の看守は女囚を憐れに思い、首を出せるよう小窓を下げた、男たちはすでに紺青の点となっていた、そして、一瞬ののちには水色の広がりの中に溶けてしまった。どんな色調の青だろう？　W218は死者の肌の蒼さを思い浮かべなかった、そんなものを考えてはいられなかった、彼女の心はそれ以上の苦しみに耐えられそうもなかった、だからこそ、深呼吸をし、頭を気持ちのいいもの、つまり座席の背にもたせかけたのだった。そのとき、ウルビスの何人かの子供の目が同じ色調だと思った。そして、これまでの長い歳月の中で初めて、あどけない幼児期に見た本物の紫陽花《あじさい》の花を思い出した、そしてついに、顔も知らない母親、同じ青色の服を着た母親が、いつだったか揺り籠から抱きあげ、膝で寝かしつけてくれたことが思い出された。

伝染病病院の監理部は、W218の到着で深刻な問題に直面した。彼女が終身刑の女囚、そのうえ元特別勤務の徴集女性、さらには患者との先端的な接触のために送られた女性という彼女の存在が、その受け入れには微妙かつ異例の措置をとることを要求したのだ。何よりもまず、囚人という彼女の立場は明らかにしないことになった。W218はもう一人の看護婦と見なされ、病院が氷原の真ん中に完全に孤立していることが監視や脱走の可能性という問題を解決した。彼女と患者たちとの特別の面会の性質に関しては、監理部外の数人の職員には、その任務が帯びる実験的性格が通告された。最後に監理部は、彼女は特別に予防接種を受けている、従って、彼女に対して罪悪感を抱く必要はない、と恩恵にあずかる患者たちに伝えるように命じた。そんなワクチンは存在しなかったのだが。

W218が健康を害したということがもう一つ事態を複雑にした。勤務を開始する前に三週間の完全休養をとるよう彼女は命じられた。彼女の部屋は、建物全体がそうだが、地下にあった。太陽の光は年にたった一月しかあてにできず、生態学的計算からは除外されていた。豊かな滋養と休息に体力が回復すると、徴集女性は強制的にとらされた休暇が終わる一時間前に地表に出る許可を求めた。すでに光の射す月は過ぎていたが、極地の黒い日中がどんなものか見たかった、見知らぬ風景に本能的な恐怖を抱いていたものの好奇心には勝てなかった。看護婦が一人、付き添った。二人は長い廊下をいくつも通り、何度かエレベーターを乗り換えなくてはならなかった。看護婦は仲間意識を抱いて親しげにW218に接していたが、彼女がそこにいるわけを知らなかった。彼女にその病院での三年間の体験を、そして、一年後に転勤させてもらうための計画を彼女に語った。イエロス・エテルノスに一年いれば普通のところの五倍の収入になるの、大切な貯金は子供たちの教育費にあてるつもり、この三年というものほとんど会っていないけど、そんな犠牲も無駄じゃない、夫は事故にあって普通の仕事に就けないから家事に専念してる、と言い添えた、その事故が子供たち以上にわたしたちの絆を強めることになった、わたし、数えてるのよ、家族の幸せな団欒《だんらん》に戻るまであと何日か、と最後に言った。W218は一言も口をはさまなかった、その看護婦が自分の言葉の影響力を推測できないことがわかった。

ようやく二人は地表に出た。昼間は彼女が想っていた汚水だめのようなものではなかった。昼間は黒かったが、朝の十時だというのに星が瞬き、その輝きが辺り一面を覆う氷面を優しくきらきら光らせている。満月になるとこのきらめきが増えるわ、二週間たったら、また見に来なくちゃ、と看護婦は言った。

最初の約束の場所は他の部屋と同じ造りの一室であり、家具はベッド、ナイトテーブル、洗面台だけだった。W218はウルビスでの徴集第一日目と同じように震えていた、すぐにも、そこに、彼女の最初の患者が入ってくるのだ。助手の看護婦は散歩に付き添ったあの看護婦以外の人にしてほしい、と彼女は頼んだ。選ばれた看護婦が患者とともに入ってきたが、そのとき初めて、一つしかないスタンドの明かりが明るすぎるとW218は思った。もう一度患者を見ることはせずに、明かりをもう少し弱くしてほしい、と看護婦に頼んだ。明かりはつけておくようにというのが医師の言いつけです、と看護婦は答えた、そうすれば患者はあなたの比類ない美しさを眺めるという恩恵に浴せますから。看護婦は部屋から出ていった、Ｗ２１８は服を脱ぎはじめ、衣裳の一つをランプシェードの上に置く。たこだらけの手が彼女を愛撫した。一瞬視線を交わしただけで男の考えが聞こえてきた。それは敬虔な祈りであり、自分に授けられた贅沢に対する感謝のしるしだったが、それはそれで一つの願いで終わった、「こんなに心の優しい、こんなに綺麗なこの娘がわしの願いを聞き入れ、わしがそばにいる間、目を開けないでいてほしい、わしはこれ以上、彼女を困らせたくない、できるだけ助けてやりたい、そして、わしを見なけりゃ、何もかももっとやりやすくなるはずだ。何しろ、人に嫌悪感を引き起こさないものがこのわしにあるとするなら、それは肌の接触だけだから、目を閉じていれば彼女は誰か健康な人間のそばにいるふりができるだろうし……」

若い女性は手を伸ばし、洗面用に置かれたリンネルをつかみ、それで目を隠した。患者は頬にそっとキスをしたあと、彼女の上になったが、無言の祈りは止めなかった、「例外的な女性だ、と医者は言ったが、とても信じられんかった。今、その女が目の前にいる、そして、神様がわしをこの世につかわしたのは至上の悦びを味わわせてくれるためだった、とわしはまた考えてる。世界一美しい、あらゆる望みの象徴ともいうべき女のそばにいるこの瞬間は、わしの人生を刻んだありとある窮乏や不愉快な思いを正当化する。神様、感謝します、わしに人生を授けてくださったことを、あなたの創造物がどれほど崇高なものであるかをお教えくださったことを……。そして、お赦しください、何かのことであなたに感謝するたび……そのついでに……あなたに別の願いごとをしようとするのを。でも、今度はわしのためじゃないんです……彼女のためです……。きっと、こんな願いごとは不必要なものでしょうが、彼女の魂の気高さをお認めになり、正当に報いておやりになってください。わしはもうこれ以上何も求めません、この病気にかかった者と同じように、じき、死にます、でも、今こうして授かっているこの贈り物の蜜の甘さのおかげで心がもとどおりになってです。彼女のためにお願いします、彼女をお守りください、彼女の困難な道中をお導きください、彼女にふさわしい相手、彼女と同じ価値を持つ男に出会わせてやってください。なぜなら、どんな女にも連れ合いは必要です、そして、彼女の相手は彼女同様気高く、寛容な男、そして、人生において避けて通れない障害に直面したとき彼女を支えてやれるような逞しい男でなくてはなりません、彼は……理想の男性でなくてはなりません、ちょうど、彼女が理想の女性であるように、でも、神様、わしはいったい何様のつもりなんでしょう、あなたにあれこれ注文をつけるとは。おそらくあなたは彼女にふさわしいものをお与えになっておられることでしょう。おそらく彼女は誰も必要としないでしょう、自分の持っている勇気、完全さ、寛容さ、そうしたものがおそらく教えていることでしょう、自分の待ち望んでいる理想の男性は……自分の心の中にいるのだということを。どんな犠牲にも耐え、勇気をあらゆる形で示しうる人間、それはまさしく彼女自身なのです、たとえ彼女が薄闇の卑しい片隅にいるのに慣れて、そのことを認めようとはしなくても」

W218は、目隠しをしていたため、相手の考えを読むことができなかった。

第十六章

仕事を始めて三か月後、W２１８は感染の症状を見せはじめた。初期症状は患者との接触後一月ほどで現れると医師たちは予測していたことから、服役女性の行った勤務は数的には三倍の価値があると見なされた。質という点に関しては、恩恵を受けた患者たちは当の女性に深い尊敬の念を抱き、自らの体験を語るのを拒否した。

体調がおかしくなった最初の数日の間、女囚は自分の部屋に留まった、だが不治の病に感染したことがはっきりしたとき、同病の女性患者たちのいる部屋に移された。左側には臨終間近の年配の女性が酸素テントの中に隔離されていた。右側には小康を保っている四十近くの女性がいた。W２１８は病棟にやってきた日、この女性から話しかけられた、「あたしと話しているほうがいいわよ。そうすりゃ、あんたの左側、つまり、二十七番ベッドの人のせわしない息遣いを聞かなくてもすむから、テントの中で、彼女の肺がしてる悪あがきを耳にしてるとどうにも嫌な気分にさせられる。かわいそうに、彼女は死にたくないいんだけどね。あたしはたくさんの人が死ぬのを見てきた、だから、もう慣れてしまった。でも、いい、あたしが冷酷な人間だとか非情な人間だとか、そんなふうには思わないで、そうじゃないの、昔は血を一滴見ただけで卒倒していたくらい、でも、何でも慣れてしまうのよね、まだ悟ったわけじゃないけど、それが人間の一つの特徴なの。でも、そんなのもまんざら悪くもないわ、もう何にもびっくりしないっていうのも、何しろ、あたしはここに長いこといるみたいだから。あとで説明を受けるかどうかしらないけど、長い間もちこたえられる人もいるの、つまり、病気の潜伏が遅い人たち。あたしの場合もそうだけど、そうした患者は病気の進行を、もちろん止めやしないけど、抑える抗体を創りだしてるってことみたい。逆に、感染にさらされた人はすぐに死ぬ、ちょうど、あんたの左隣の人みたいに。でも、彼女のことで心を痛めないで、そんな顔、しないで。あたしのほうがひどいもの、それにあんたも、と言いそうになるわ。というのも、彼女には娘さんが一人いるから……。やっぱり、娘がいるっていうことはすべてじゃないわね、あたしにも一人いるんだから。でも、話させて。あたしにも娘が一人いる。でも、まるで娘なんかいないみたい、もう何年も会ってないの、病気になる何年も前から。白状すると、あたし、惚れっぽい女だったの、そしてある男のために家族を棄てた、夫や娘のことなんかまったく考えなかった。ええと、そうじゃない、あたし、嘘をついてる、男のためじゃなかった、それは……それは……旅行をしたい、世界を知りたい、自立したいという単純な欲求からだった。そして、あたしは家庭と国を棄てた。後悔したときは、もう手遅れだった。ごめんなさい、勝手に涙が出てくるの。自分の過ちに気づいたときは遅すぎた。娘はあたしのことを覚えてなかったし、あたしとしても、娘はまるで他人みたいで、なんと言って話しかけたらいいのか思い浮かばなかった。ところが、あんたの左隣の人、彼女は病気が悪化する前に身の上話をしてくれた。それが、とっても羨ましいものでね。だめよ、眉をひそめちゃだめ、悲しいからといって目を細めちゃいけない、ほんと、あの人の運命があんたを悲しませちゃだめなの。彼女にはこの世に特別な人間がいる、その人の中に姿を変えて生きつづけられるような。彼女には自分を愛してくれる娘さんがいる。ある晩、あたしがなかなか寝つけないでいると、彼女が起き上がってきて、あたしのベッドの脚下に坐り、この世で自分が見つけた美しいものを残らず話してくれた。あなたもそうしたものの多くに心をはずませたことがある、でも薄情なことに忘れてしまったの、と彼女はきっぱり言ったわ。そのとおりだった、あたしはそうしたものの多くに心をはずませた。ところが、彼女の娘さんに対する愛情、そして、彼女に対する娘さんの愛情、それがどんなに妬ましかったか。彼女の娘さんはとっても長い手紙を書いてくる、そして、あたしがその手紙を読んでやってきたの。敵からうまく身を護るために教えられたことすべてにどれほど感謝しているか、お母さんから愛するようにと教えられたすべての理想をどうやって守りつづけているか、それを娘さんは書いている。だからね、あんた、彼女のことを悲しんだりしちゃだめ。そう、もうわかってるの、ちょっぴり酸素を肺の中に入れようと、ああして格闘してるのを耳にするのは恐ろしいことだって、でもね、闘っているのは彼女の肉体であって魂じゃない、魂はもう人の手に渡ってる、彼女の魂は娘さんが手にし、それを胸に抱きしめ、生きているかぎり、思い出の中でそれを大切にしていくことになる。だから、さあ、彼女を見なさい、見なさい、怖がらないで、もう死にかけてる、でも、苛まれた肉体にさえ安らいだところがあることに気づかない？　ほら、ほら……彼女の目が、頬笑んでいるような唇が、心からの満足を表しているのがわからない？　あれが彼女の最後のおどけ顔。もう死んでるわ、彼女の肉体にとっては大変な安らぎね、彼女の疲れ果てた肉体は死んだ、そして、魂は生きる、ここから、この荒涼とした地から遠くで、あの人の魂は希望に満ちた若い肉体の中で生きる……」

絵に描いた贋物の大窓の向こうから、極めて巧妙な照明が晴天の日の夜明けを作りだしていた。病棟の女性患者たちは新たな日の始まりに目を覚ます、数人の患者は、自分が極地の地下にいることをもう忘れてしまっており、素晴らしい天気を話題にする。和やかなお喋りは、ストレッチャーを移動する二人の看護婦の登場で中断された。二人はその病棟でよく知られた患者を連れてきたのだが、その女性が二十七番ベッドを使うことなる。他の患者たちは諦めを強いられたようにたがいに顔を見合わせる。右隣の女が声をひそめてW218に説明した、あの人は態度がどうにも悪くてね、神経過敏気味、先週は隔離室だか隔離独房だかで過ごしたの、きのうの夜に亡くなったかわいそうな人にあたりちらしたあとでね、あの人の苦しそうな呼吸が気にさわったからだって。そうした話を聞きながら、W218は新しく入った左隣の女性を目で追いつづけたが、その女は女で、攻撃的とも詮索好きともつかない目でW218をちらちら見つづけた。六十過ぎで、白髪まじりの髪は乱れ、大きな黒い目が菫色の瞼の下にはまっている。W218はその目に敵意を感じなかったが、病棟全体に戦いを挑むような目だった。看護婦たちがベッドを整え、彼女が使うナイトテーブルに化粧品を置きおわると、おびえているその女は指輪を外し、お礼代わりに看護婦に渡した。それはその女に残されたたった一つのものだった、ほとんど物質的な価値はなかったが、昔を懐かしむときに価値をもつもので、三十年、あるいはもっと前に彼女が過ごした青春時代のヒッピー・スタイルの指輪だった。

日が暮れはじめていた。大窓から入ってくる光はピンクからリラ、最後には青みがかった色に変わった。もう望めばテーブルの小さなランプがつく時間だった。おびえている女は右側、つまり、W218の側にあるナイトテーブルのランプをつけようとした。そのとき、若い娘が熱に震えているのに気づき、人の苦しみを気遣って明かりをつけなかった。「かわいそうに、こんなに若くて、こんなに綺麗なのに、こんなところでいかれた婆さん連中に囲まれてるなんて。お願い、もう震えないで。そしてわたしを怖がらないで……何よりもまず、それ。わたしは長いことこの病棟にいる、池いちばんの古蛙ってとこ、そして誰にも好かれちゃいない、というのもね、わたし以外は、ここにいる人たちはみんな、自分は死ぬって諦めているから。ねえ……こっちに寄ってくれない、そのほうがいいわ、そうすればもっと小声で話せるし、あなたに迷惑かけなくてすむから。そう、それくらいね、ひそひそ話というのは話をいっそう面白そうに響かせるから。さてと、もう誰にも聞かれないから、話を続けさせて……。ここにいる虫食いだらけのお婆さん連中にとっていちばん腹立たしいのはね、わたしが自分を負け犬と考えてないってこと、それどころか、脱走をはかったことさえある……。そうなの、何度かね。だから、みんなはわたしがいかれてると思ってる。もちろん、彼女たちは目に見えるものしか信じちゃいない、でも、わたしは他のものも信じてる。いい……わたしたちはいちばん近くの村から何時間も離れたところにいる、氷で隔離されて、でも、それでもね、逃げ出すことはできると思う。こんな話があるのよ、ここに長いこといる人ならみな知ってるけど、誰もあなたには話してくれないわ。それはね、わたしたちの一人が……逃げおおせたってこと。彼女はね、自分の国に帰りたくてたまらなかった。あなたや他のみんなみたいにウルビスの出身じゃなかった、何もかもすっかり様子の違う国、無駄な血なまぐさい内乱で戦争中の国の出だった。そしてひどく苦しんでた、そこに娘さんが、年端もいかない娘さんがいたから。いつか、夜になってみんなが寝静まったら逃げようと思っている、とわたしに何度も話した。そして、そうした。ある晩、彼女は消えた。病衣を着ただけの恰好で逃げたの。もちろん、若かった、それにあなたみたいに綺麗だった。そして、彼女がどうなったか、わたしは知ってる、話してくれたから、誰がとは言えないけど、でも、どうなったかは知ってる。彼女は地表に出た、極地の寒さの中に裸同然の恰好で。そして、捜索隊が出されたけど、もう見つからなかった。わかってるでしょ、イエロス・エテルノスの地平がどれほど非情なものか、周囲何百キロにもわたって凍えた地表が見える。でも満月の夜で、地表はその光にきらきら輝いてたけど、誰一人として彼女の姿を見つけられなかった。そして、寒さや狂気、風、大胆さ、氷そのもの、娘に会いたい一心、星、そうしたものが一緒になって彼女を空中分解させた。だから誰も彼女に追いついて連れ戻すことができなかったの。一方、その人の国のプエブロ広場では男たちが戦っていた、兄弟たちがたがいに殺し合っていた、そしてその広場のまん真ん中、白いピラミッドがそびえ立つところに、ふたたび彼女は現れた、空気が彼女のからだをもとどおりにした。白いピラミッドのそばに横たわり、眠っていた、病衣にくるまって、裸足で。大砲の轟きが彼女の目を覚ました。怖くなかった、ちょうどあなたがわたしを怖がらないように、わたしは、彼女が目を開けたときに見た虐殺と同じくらい醜悪なんだけどね。そして彼女は立ち上がり、娘はどこ、と精一杯声を張りあげて訊いた。でも、誰にも答えられなかった、銃声は激しくなってたし、兵隊たちはどんどんぶっぱなすよう命じられていたから。突然、妙な風が吹き、病衣がまくれあがり、わたしが裸なのを見せた、すると、兵隊たちは震えあがった、それはわたしが神々しい人間だとわかったせい、わたしの恥丘は天使たちのそれと同じで無毛、性器もなく、なめらかだった。兵隊たちは驚きのあまり硬直した。天使が地上に降りてきた。そして銃撃は止み、敵同士が抱き合い、平和の使いを送ってくれたことを天に感謝しながら泣いた。でも、もう少し離れたところからはまだ耳をつんざくような砲声が聞こえてくる、そこで、わたしはそこまで連れていってくれるよう頼んだ。ふたたび空気がわたしのからだを分解し、わたしは広場から消え、別の場所、まだ煙がくすぶってる廃墟の下で復元した。そしてそこでも、わたしの姿を見て兵隊たちは砲撃を止めた。そして、聞こえるのは、娘の居場所を訊くわたしの声だった。そして、そのとき初めてわたしは恐怖を感じた、というのも、娘の近くにいたから、そうなの、でも、それは娘の遺体のそばかもしれなかった。深い静けさになった、そしてそのあと、わたしのほうに向かってくる優しさに満ちた、落ち着いた人たちの足音が聞こえた。目に包帯をした人が先頭に立っていた、その人が誰だかわかりそうな気がした、死んだものと思っていたあの人だった。彼のそばに、男の子も女の子も、戦争で体に傷を負った子たちがみんな、ついてきていた。娘が生きていますようにとわたしは祈った、暴力の、罪のないその犠牲者たちの一人であってもいい、とにかく、生きて会えさえすればと。人々の先頭に立っている盲目の人が話しかけてきた、わたしは彼であることをもう疑わなかった。彼はわたしが果たした信じがたい偉業に感謝した、でも、その悲しげな口調から、わたしにとっての朗報はないことに気づいた。おまえは国民の運命に関心を寄せない軽薄な女だと言ったことを赦してほしい、とあの人は言った、そして、平和の奇跡を起こしてくれたことに対して国民すべてを代表して感謝したい、救いの道を示すために天がおまえを選んだのだ、とも。わたしはどう応えていいのかわからなかった、というのも、そのときのわたしが善の化身であったとしても、その内実はこの世で唯一愛している者を失くしたのではとおびえる憐れな人間に過ぎなかったから。包帯の男は一瞬黙り込んだ、そしてそのあと、感動に声を震わせながら話しはじめた。ごめんなさい、その先はあなたには話せない、でも、しなくちゃね、おまえの娘は死んだ、とあの人は言おうとしてる、わたしはそう思った、でも……彼はどうして馬鹿みたいに泣いているんだろう？　たぶん、幸せすぎて？　というのも、遠くから娘の声が聞こえてきたから、大好き、誇りに思うっていう声が、そして、とうとう娘が姿を見せた、そして風が娘の小さなスカートを舞い上げた。娘に間違いなかった、なぜって、彼女も清らかな天使だったから。そしてそのとき初めて気づいたの、どうしてこの世で娘しか眼中にないのか、どうしてこれほど娘がかわいいのかってことが、なぜって、あの子がどんな男にも屈しない女になりそうだから！　股間のあの弱点をかぎつける最初の恥知らず、彼女の無分別のにおいをかぎ分けられる最初の雄犬の召使にはならなさそうだから！　そしてわたしの頭を混乱させたのは喜びのせいに違いなかった、わたしの頭をおかしくしたのは喜びのせいだった、だからこそわたしは誰にも見られたくなかった、そしてその場から姿を消して、またここにいる、でもね、あなたの向こう側の女の言うことに耳を貸しちゃだめよ、あの人はわたしが好きじゃないの、わたしはいかれてる、危険だって言う、でも違うの、わたしは一度だって誰にも何にもしちゃいない。わたしが腹を立てるのは、娘が死んだから正気を失くしたと言われるときだけ、でもそれは本当じゃない、彼女は生きてる、そしてわたしを愛してくれてる……」

二十七番ベッドの患者は話し終わるとぐったりとなり、枕に頭をのせて眠り込んでしまった。W218が周囲を見まわすと、他の患者たちは馬鹿にするような目で二十七番ベッドをじっと見つめていた。ところがW218本人には彼女の話が本当のことであるような気がした。そして、ようやくのことで立ちあがると、腕を伸ばし、寝ている老女に毛布をきちんと掛けてやった。

「あなたの言ってることが、理解できない……ごめんなさい、アニータ、でも、何をわたしに頼んでるのかわからない……」

「あなた、誰?」

「ベアトリスよ、わたしがわからない?」

「ベアトリスって?」

「ベアトリスよ、友だちの」

「あなたなの……ベアトリス？」

「ええ……気分はどう？」

「半分寝てるみたい……」

「麻酔のせいよ。休みなさい、もっとあとで目が覚めるわ」

「麻酔？」

「ええ、手術したの」

「いつ？……」

「今朝、そして、今しがた、目が覚めかかったの」

「手術したの？」

「ええ、そしてわたしたちみんな、とっても満足してる」

「わからない……」

「みんな、とっても喜んでる、手術の結果にね」

「わからない……」

「腫瘍を除去したの、転移は思ってたようなものじゃなかった。すっかり取り除くことができた。

肺にあったの、転移した部分は」

「すっかり取り除いた？」

「彼らの話だと、極めて限定されていたそうよ、予想と違って」

「みんなでわたしを騙してるんじゃない？」

「いいえ、アニータ、医者たちはとってもびっくりしてる。すっかり除去できた。もう再発……しないって期待してるのよ」

「……」

「わたしの言ってること、信じられない？」

「……」

「再発の可能性は……考えてないの。とても楽観的になってる。そして、放射線治療をしたがってる」

「じゃあ、わたし、治るの？」

「ええ、だから、あなた、計画を立てなきゃ」

「計画って……何の？」

「そうね、未来のかな……」

「……」

「少なくともあなたのアパートを掃除してもらうためのプラン、何しろ、十日後にはここを出るんだから」

「ブエノスアイレスへ？」

「あなたのアパート、ここ、メキシコシティにある。あなたのお医者さんたちがいるところ、あなたが治療を続けるところ、そしてあなたが全快するところ」

「まさか……」

「ほんとよ、とてもうまくいったし、いいタイミングだったの、アニータ」

「でも、いつだって……危険はある」

「危険……わたしたちはみんな危険の中にいる。そう、あなたは放射線治療を受ける、でも、それは予防措置として、それだけのこと」

「わたしを騙すために……わたしには……言わないんじゃないの？」

「いいえ、物事がうまく運ぶときだってあるの、アニータ、信じがたいかもしれないけど」

「不安なの、あなたがわたしを騙してるんじゃないかって……それともあなたの言ってることを……理解してないんじゃないかって」

「いいえ、以前予想してたより、何もかも順調……それに、もっとあとで、ブエノスアイレスにいる家族に電話しなくちゃ、あなたが自分で言うのよ。何もかも予想以上にうまくいったって」

「わたしが？」

「そうよ、もちろん。わたしが電話を近づけてあげるから、自分で話すの」

「でも、何て……言うの？」

「よくなったって……」

「ベアトリス」

「ええ……」

「もう……つないでもらって」

「もっと意識がはっきりしてるほうがいいんじゃない？」

「大丈夫、もしも、また……寝てしまったら……あなたが話して……母さんと」

「あなたのいいようにするわ」

「お願い、頼むわ……今して……電話」

「でも、お母さんにしたら、あなたと話すほうがもっと嬉しいかも……」

「いいえ……構わない……。あなた、話して……そして、安心させてやって……母さんを……」

「お好きなように」

「そして、お願い……言ってやって……」

「ええ……」

「言ってやって……会いたいって……クラリータに……こっちに寄こしてほしいって……」

「来てもらいたいの？」

「ええ……それも、早ければ早いほど……いいって」

「そう言うわ」

「そして、母さんも……来るようにしてって……母さんが……あの子を、クラリータを連れてきてって」

「そう言うわ」

「ええ、二人で来てって……すぐに……二人で……とっても会いたくて……たまらないから……。ほんと、それはほんと」

「どうしてそんなふうにわたしを見るの？」

「……」

「アニータ……わたしがあなたにした手術の話、あれもほんとのことよ」

「構わない……たとえわたしに……ほとんど時間が残っていなくたって、大切なのは二人に会えること……もう一度」

「二人を抱き締められるわ、しっかりとね」

「抱き締めることより……わたしがしたい……のは……」

「なあに？」

「……」

「何したいのか、言って？」

「抱き締めることより、わたし……二人と話がしたい……たがいに……わかりあえるまで……」

解説

安藤哲行

映画に、というより映画を作る人間たちに幻滅し、自らの進むべき道を文学に見出したプイグだが、映画を払拭することはできず、処女作『リタ・ヘイワースの背信』から最新作『南国に日は落ちて』まで、常に文字で映画を創ることになった。手に持って、あるいは、ポケットに入れて携帯しうる映画、それがプイグの文学である。いずれの作品をとっても会話文や手紙、日記といった主人公たちの主観的な生の世界に、新聞記事、報告書、診断書、調書といった冷ややかな客観的な文書が挿入される。この虚実二つからなるプイグの小説世界を特徴づけるのが対話である。登場人物のあいだの、そして、登場人物自身とのあいだの対話。だが、口から出た言葉は空に飛び散り、言葉に頼らざるをえない意志の疎通の難しさを逆に浮き彫りにする。プイグが幅広い読者層に読まれるのは、そうしたコミュニケーションの難しさを前にして現代人が抱くやりきれなさ、そこから派生する孤立・孤独感を多分にエンタテインメント的な雰囲気の中で描いているからではないだろうか。プイグは同じアルゼンチンでいえばエルネスト・サバトや『楽園の犬』で八七年度のロムロ・ガジェーゴス賞を受賞したアベル・ポッセ（一九三六〜　）のように読者を自分の世界に引きずりこみ、わからせようとするタイプの作家ではない。自分の世界を見せようとするだけであり、別世界へと案内はするが、その世界を解説しない。そのせいか、ストーリーが錯綜し、テーマを深く掘りさげていく大長篇というものはなく、いちばん長い『蜘蛛女のキス』でも原文で三〇〇ページをきる。読書にほどよい分量のところで章をかえ、全体としてもほどよい分量に仕上げるのは九〇分という時間の中で起承転結する映画の世界に慣れ親しんだせいなのかもしれない。

映画から離れられないプイグは八五年にシナリオ集『村人の顔／ティファーナの思い出』を発表しているが、その序文で次のように述べる。「シナリオをどう読むか？　いい小説の中では作者は登場人物に肉を与え、描写する、もしくは、さまざまな文学的手法をとおして彼らが直観するにまかせる。ところがシナリオでは読者は登場人物を想像するとき、はるかに大きな自由に直面する。登場する人物たちにどんな時代、どんな国籍でも構わないが、著名な俳優たちの顔をあたえながら読むということができる。しかし、もっと創造的な読書があるように思う、つまり、登場人物のそれぞれに生気をあたえるために、読者それぞれの現実の中に住んでいる友人や敵たちの顔を選んで読むという」。読者が登場人物のイメージを創りあげるというのはシナリオに限らず、小説のもつ利点でもある。映画は登場人物を、その背景を鮮明に描きだし、観客にイメージを直接与える。だが、映画のもつこの利点は欠点となることもある。それがはっきりするのは小説を映画化した場合。小説と映画は別物とわかっていても、どうしても比較したくなるものであり、最初に『蜘蛛女のキス』を読んでいたために映画でウィリアム・ハートのまとう衣裳を見、その声を聞いたとたん自分が描いていたモリーナ像が崩れてしまったという体験をした人も多いのではないだろうか。逆であれば、モリーナという名が出てくるたびにハートのイメージがまとわりつくことになる。小説とその映画化という特殊な場合に限らず、一般的にみて、小説と映画は利点と欠点が見事に逆転するのだが、それでも、小説の読者の方が映画の観客よりも自由でいられる。それはなにも場所・時間の制限が少ないからというばかりではない。なによりも想像の自由を与えられるからである。

だが、小説のこの自由を制約し、プイグが登場人物に明確な顔を、イメージを与えた作品がある。それが、本書『天使の恥部』である。登場する三人の女性、映画女優、W218、そして、アナ、この三人に与えられた共通の顔はヘディ・ラマー（あるいはラマール）。一九一四年、ウィーンで生まれ、グスタフ・マハティ監督の『春の調べ』（三二）で全裸を見せて一躍、世界に飛び出し、三三年、ドイツの兵器製造業者フリッツ・マンドルと結婚。マンドルは彼女をウィーンの大邸宅に幽閉し、『春の調べ』のプリントを買いあさって破棄しようとする。三七年、彼女は召使に変装し宝石を手に脱出、ハリウッドに向かい、『アルジェ』（三八、邦題『カスバの恋』）でシャルル・ボワイエと共演して成功をおさめると同時に、結婚・離婚六回という華々しい男性遍歴を開始する（ラマーのエピソードに関しては川本三郎『忘れられた女神たち』が詳しく、DVDで彼女の妖艶な姿を見たいと思えば『サムソンとデリラ』）。プイグがいつこのヘディ・ラマーに関心を寄せはじめたのかはわからないが、『赤い唇』で一人の登場人物が「月曜日は劇のほうは休みだったので、映画に行きました。素晴らしかったわ。掛かっていたのは『アルジェ』で、シャルル・ボワイエと名前は思い出せないけれど新人女優が出ていて、彼女はこれまで私が見た中で一番素晴らしい女性でした」（野谷文昭訳）と語っている。また、『ブエノスアイレス事件』では第八章に『アルジェ』のシナリオの一部がエピグラフとして置かれ、『天使の恥部』でも海中映画館でかかっているのがこの映画である。

『天使の恥部』では、このヘディ・ラマーの半生と同様の生き方をする世界一の美人女優、地軸変動のせいでニューヨークやパリは海底に沈み氷河期に入った地球で男の欲望の処理をする任務に就いているW218、そして、不治の病となってメキシコの病院で治療をうけているアナという三人の登場人物がそれぞれ過去、未来、現在を担当しているが、前二者を創りだしているのは、アナにほかならない。アナは夫フィトとの仲が冷え、離婚後付き合いはじめたポッシにも不満を抱き、仕事がもとで知り合ったものの最初から嫌悪感を抱くアレハンドロに求婚を迫られてアルゼンチンを去り、メキシコで発病するが、自分にふさわしい男の出現を夢に見、「誰だってとっても素晴らしいラブ・ストーリーはせいぜい想像の中、実人生で体験するのは無理」と日記に綴る。その想像（夢）の中で体験する素晴らしいラブ・ストーリーが女優とW218のエピソードとなる。『蜘蛛女のキス』ではモリーナがバレンティンに様々なラブ・ストーリーを語ってきかせたが、この作品では「人は独りきりになることはない、なぜなら、自分自身の中でいつも一つの対話が、一つの緊張があるから。意識する自我と大文字の他者、つまり、いわば、世界との間にね」というポッシのジャック・ラカンに対する説明からもわかるように語り手も聞き手もアナ一人であり、意識する自我の世界がアナの現在であり、過去の女優と未来のW218は他者に属するものとなっている。アナの意識下に潜む二人であればこそ、アナが眠りにつくと活動を開始し、目覚めると姿を消す。覚醒したアナは誰かと話したがっている自分に気づくが、誰となのかは正確には突き止められず、とりあえず父親ということにするものの、日記で「わたし」と書くところをつい「わたしたち」と書いてしまうことから、「わたしは誰かと接触しようとしている。前世のわたしと？　たとえば二〇年代に絶頂期にあった女性。（中略）ひどくかけ離れた別の時代の女性にあらいざらい話すのは無駄かもしれない。でも話してもいいんじゃない？　二つの大戦にはさまれたあの時代は女性にとってはいい時代だったはず」と別の話し相手をも想定する。

アナという媒体を通して存在する女優とW218は、したがって、アナとの共通項が多くなる。人の心を読む研究をしていた教授に熱をあげていた召使がたった一度の過ちから女の子を産むが、やがて自分の手で殺そうとする。母親に否定された女の子は女優となり、自分を裏切った男、テオの子を産むもののハリウッドでの女優業と引き換えにその娘を放棄する。そしてその女優のドキュメンタリーを見たW218は、女優が殺される直前、顔も知らない娘に呼びかけているところを夢で目撃するが、隣国の図書館で女優の写真を見、召使が起こした事件の記事を読んで、自分との繫がりを確信する。一方、アナもフィトと結婚し、男尊女卑そのものの生活を変えようとして産んだ娘クラリータを離婚の際、夫のもとに残す。そしてクラリータとは良好な関係を築こうとするが、クラリータの心はアナから離れており、自身も娘を肯定的には受け入れられなくなる。このような人物関係からすると

『天使の恥部』は、微妙な母娘関係を問いかける作品であるともいえる。だが、その一方で、現実の男性を、男性社会を批判する作品になってもいる。三人にとっては父親という存在が曖昧である。父親をとおして男性というものをよく知ることのできなかった三人は当然のことながら自分で創りあげた理想の男性の出現を待ち望むことになる。だが果たして理想の男性はいるのか。

プイグは男と女のありかた、男女の関わりをテーマの一つとして小説を書いてきているが、男女をどのように捉えているのか、それをこれまでの作品の登場人物に語ってもらおう。

〔女〕

「女が立派な洋服を着たときの感じったらないわね、まったく別人みたいに見えるもの、だって所詮女は女だし（中略）要は欠点を隠してくれるようなできのいい服を着ると女はすばらしくなるのよ、もうそんじょそこらの女ではなくなっちゃうもの」――『リタ・ヘイワースの背信』、内田吉彦訳

「ファン・カルロスは、ネネはそこらの娘と同じで、おだてればつけあがるし、粗末に扱えばおとなしくしていると言った。大事なのは、マベルに焼き餅を焼かせ、彼にはかるべき便宜のことを忘れさせないようにすることだった」――『赤い唇』

「そのコピーが気に入ったのよ。《あなたの美しさは天性のもの、それとも知的なもの？　精神的なもの、肉体的なもの、それともファッション？　一度お考えになったら？》っていうの。ぜひ知りたいわ。果たしてわたしは本能的な美人なのか、それとも精神的な美人なのか？　自分を美しいと思い

はじめたときから、それが気になってしかたがないのよ」　――『ブエノスアイレス事件』、鼓直訳

「男にとって女が魅力的なのは女の感性、女がどれくらい優しくなれるかっていう点にかかっているから、それなら女はすべて知性ってわけにはいかない。人はどちらか。そうでなかったら、たがいに惹きあうものなどないはず。一方に何かがあれば、もう一方には別のものがある」

――『天使の恥部』

「オートクチュールの一点物に夢中になれない女は女じゃないのよ」

――『天使の恥部』

「女には二つのタイプがある、つまり、家のために、働くために、それだけのために生まれた女、つまり男に可愛がってもらうために生まれてきちゃいない女。それともう一つは働くために、男に可愛がってもらうために生まれた女」

――『報われた愛の血』

〔男〕

「自分を譲らないっていうのはひとつのことにすぎない、もっとも重要ってわけでもない。男であるっていうのはそれ以上の何かだ、妥協しないこと、人にも、体制にも、金にも。まだ、足りない、それは……自分のそばにいる人間に劣等感を持たせないこと、自分と一緒にいる人間に居心地の悪さを感じさせないことだ」

――『蜘蛛女のキス』野谷文昭訳

「『女というのは悦ばせてやらんといかん』と言ってやったんだ、二、三回いかせてやらんといかん、ってね？　少なくとも一回は、できりゃ、二回、でも、なにが弱けりゃ、すぐ終わる、だから、女と

いっしょに果てれるように準備しないといかん、そうでなきゃ、マチョはどこだってことになる」

――『報われた愛の血』

「どんな種類の男を前にしてるか、それを知るだけでいいの。なぜって、じっさいのところ二種類しかないんだから……ろくでなしと薄らトンカチ。(…)ろくでなしはこっぴどく扱い、馬鹿にしてやらなくちゃいけない、なぜって、心のそこじゃ、いつだって、ダサい振る舞いをしてるって後悔してんだから。(中略)薄らトンカチの扱いはもっと簡単。丁重に扱ってもらいたがってるのよ、女が俺を怖がってると思わせてもらいたがってるの。そして、自分に関心を寄せてもらいたがってるの」

――『ティファーナの思い出』

〈男と女〉

「でも男というのが……あたしの亭主だとしたら、気持ちよくやるためには、彼、命令しなけりゃならないわよ。それが当然だもの、だってそうすることで彼は……一家の主《あるじ》になるんだから」「そうじゃない、一家の主も一家の主婦も対等でなけりゃいけないんだ。でなけりゃ、搾取《さくしゅ》関係になる」「それじゃ刺激がないわよ(中略)刺激というのはね、男の人に抱かれると……少し怖いなと思う、それなのよ」「だめだ、そいつはよくない。一体誰からそんな考えを植え付けられたんだ、実によくない考えだ」「でもあたしはそう思うんだもの」「あんたがそう思うんじゃない、そういうばかばかしいことを吹き込まれてるうちに、自分でもそうだと思い込むようになったにすぎない。女であるために……なんと言うか……殉教者になる必要はない」

――『蜘蛛女のキス』

「そうした生き方はともかく神秘的よ、自分自身の美しさに溺れ、自分自身のために生きるっていうのは。（中略）わたしたち女ってのはそうしたもの、自分を変えようとしたって無駄。でも、わたしたちがいつも自分に気を配り、綺麗になるっていうのは素晴らしいことだとわからなくてはならない、なぜって、誰かが女に興奮するのを見るのはとっても楽しいことだから。もちろん、不細工な女は除外されてる、だから、そんな女たちはフェミニズムで悩ませる」

――『天使の恥部』

ここに拾いあげた言葉からも、プイグがいわゆる男尊女卑《マチスモ》が蔓延する現代社会をいかに意識しているかが分る。プイグは多くの作品で、いままでどおりの男性社会を肯定するような男女と、それを否定し、対等の立場に立とうと鼓舞する男女を同時に配置する。前の引用だけでは分りにくいかもしれないが、作品全体からみれば、前者はマチスモ批判へとつながる。だが、後者はフェミニズム礼讃となるのだろうか。『天使の恥部』の後半で、アナは長々と日記を綴る。

「世界は彼らのもの。法王だって男性、政治家も科学者も。そして、世界はそうなってる。彼らに似せて世界は作られている。何もかもがひどく非人間的で、ひどく醜悪で、ひどく荒っぽい。（中略）でも、わたしって馬鹿ね、自分に似せて世界を構築しているのは彼らだなんて！　戦いの世界、国家間のヒステリックな攻撃や弱者搾取の世界。リーダーたちがそんなら、家に酔っぱらって帰ってきて家族を手ひどく扱い、隣近所と喧嘩をするヒステリックな夫とヒトラーとの間にどんな差があるのだろう？（中略）それじゃ、女に似せて作られた世界っていったいどんなだろう？（中略）女の作る世界は『コシ・ファン・トゥッテ』のフィオルディリージとドラベッラの二重唱のようなものにならなくてはならない、すべてが優美、自在で軽快である世界に。モーツアルトの音楽ほど調和の世界を暗示するものはない、わたしたちは、人生の一瞬一瞬を楽しむために、そんな世界に連れてこられたのかもしれない。男の人たちが心にもっと音楽を、もっとモーツアルトを持っていれば世界は違ったものとなるはず。でも、美しいものはすべてわたしたち女が独占し、醜いものは残らず彼らにあてがわれている、わたしたちはいいものをすべて彼らから奪いとった、そして、彼らは自分にあてがわれたくずで満足している」

こう書いたあと、熱烈なカトリックで、大のクラシック・ファンでありながら、陰湿で押しつけがましいアレハンドロの存在を思い出し、自分の書いたことを無意味と決めつける。だが、アナが想起する女の作る世界にアレハンドロが含まれるなら、逆にフェミニストとして活躍するべアトリスは男の作る世界に含まれることになる。世界は男が作るものでも、女が作るものでもない。男性の女性に対する抑圧、差別に対しては批判的なプイグだが、男女の違い、区別に対してはむしろ積極的な意味づけをし、男と女という二つしかない性の間の無理解こそ非難されるべきものと捉えているように思われる。合作で世界を作るために、男女はわかりあわねばならない、この当然といえば当然の主張、それでいて、ラテンアメリカのみならず、いまだに全世界的に深く根を張っている男性社会に対する糾弾をプイグがしなくなるときが来るのだろうか。『天使の恥部』の三人の女性は理想の男性を求めつづける。だが、彼女たちの前に理想の男性が現れることはない。「待ち望んでいる理想の男性は……自分の心の中にいる」（『天使の恥部』）のであれば、理想の女性もまた同じ。「愛していない男の人と一緒にいて、幸せになることだって可能だと思います。理解し、許すことができればそれでいいのです」（『赤い唇』）。たがいに理解しあうこと、それは男と女のあいだにだけ求められることではなく、『天使の恥部』の母と娘、『このページを読む者に永遠の呪いあれ』の父と息子の間の課題でもある。だが、それを解決するためにすべきことはひとつしかない。それが「抱き締めることより、わたし……二人と話がしたい……たがいに……わかりあえるまで……」というアナの最後の言葉となって現れる。そしてこの言葉こそプイグのこれまでの小説全体を通して繰り返される一つのモチーフである。

翻訳にあたっては *Pubis angelical.* Seix Barral, 1979 を用い、英訳 *Pubis Angelical,* Vintage, 1986 も随時参照した。

*

プイグがこれまでに発表した作品は次のとおり。どの小説を読んでも、これがプイグと言いうる。それが我が国で翻訳紹介されている他のラテンアメリカ作家と違う点である。

『リタ・ヘイワースの背信』　1973　（内田吉彦訳、国書刊行会）

会話、独白、日記、作文、手紙、ノート等からなる処女長篇小説。物語の時代は一九三三〜四八年。主な舞台はアルゼンチンのブエノスアイレス州にあり首都から四七五キロメートル離れた町、コロネル・バジェッホ（プイグの生まれたへネラル・ビジェーガスを模した架空の町だが、町の名がへネラル＝将軍からコロネル＝大佐に降格しているのが面白い）。娯楽といえば映画とサッカーしかないような町でホセ・L・カサルス（通称トート）が零歳から十五歳になるまでを描いた一種の教養小説といえなくもないが、生まれてまもない弟の死、初恋、ブエノスアイレスでの寄宿生活とそれなりの体験はしていくものの、映画好きの母親のもとに育って映画のシーンをカードに描くのに夢中になるほど映画の中の現実に閉じこもっているため、トートの精神的な成長は皆無に等しい。むしろトートの家にあずけられ、サッカーが上手く女の子の注目をあびつづけ、いわゆるマチョになる基本条件を満たしている五歳年上の従兄エクトールのほうが精彩を放つ。プイグが自分の少年期をトートにオーヴァーラップさせているとすれば、エクトールはプイグがなれなかった存在ともいえる。

『赤い唇』 1969 （野谷文昭訳、集英社）
会話、雑誌記事、手紙、手帳のメモ、警察調書等からなる長篇。物語の時代は主に一九三七〜四七年の十年間を中心にして、三五年〜六八年に広がる。舞台はコロネル・バジェッホおよびブエノスアイレス。四七年に二十九歳の若さで結核で死ぬフアン・カルロスと妹の友人ネリダのロマンスにネリダの同級生たちの男性体験、恋しさのあまり恋人を刺殺する事件がからみあい、閉鎖的な町で解放感を味わおうとする若者の姿をいきいきと描く。ファン・カルロスとの仲を裂かれたネリダは六八年に癌で死ぬことになるが、結婚後も持っていたファン・カルロスからのラヴ・レターが夫の手で燃やされ、炎の中でその手紙の文字が消えていく最後のシーンが鮮烈な印象となって残る。七四年にアルゼンチンで映画化。

『ブエノスアイレス事件』 1973 （鼓直訳、白水社）

映画のシナリオの一部を各章のエピグラフにもちい、主人公たちの過去の紹介文、会話、警察への通報電話、調書、新聞記事等からなる長篇。物語の時代は、一九六九年を中心にして三〇年にまで遡る。舞台はプラヤ・ブランカおよびブエノスアイレス。若くして彫刻家としてデビューしアメリカ合衆国に留学するが、そこで暴漢に襲われて片目をなくしたあと多彩な男性遍歴をたどるグラディス、そしてゲイを殺し、正常な性行為ができなくなった美術界の大物レオポルドの宿命的な出会いとその不毛の愛を描く。生々しい性表現のためアルゼンチンでもスペインでも発禁になったが、プイグの小説世界を知るにはむしろ恰好の作品。

『蜘蛛女のキス』 1976 （野谷文昭訳、集英社）

会話、報告書、ホモセクシュアルに関する著者の注からなる長篇。物語の時代は一九七四年。舞台はブエノスアイレス市刑務所。猥褻幇助罪で八年の刑に服しているモリーナの監房に反政府活動で拘置されたバレンティンが入れられる。母親の健康を気づかうモリーナは情報を聞きだせば罪を軽減すると言われ、バレンティンの心を開かせるために自分が見た映画を次々に話してきかせるが……。モリーナにウィリアム・ハート、バレンティンにラウル・ジュリアを配し、エクトル・バベンコ監督で八五年に映画化されアカデミー賞受賞等、大きな反響を呼んだが、プイグ自身は不満だった。映画と小説を比較して評価するのは慎むべきなのだろうが、それでもなお、プイグの代表作となりそうなこの小説のほうが格段に面白い。

『天使の恥部』 1979 （本書）
会話、日記、三人称による描写からなり、サスペンス、SF、ロマンスとエンタテインメント的要素をふんだんに盛りこんだ長篇。物語の時代は一九七五年を中心に今世紀初頭から未来に及ぶ。舞台はメキシコ市、ウィーン、ハリウッド、未来のある都市。人の心を読むことができるようになる世界一の美人女優とW218の悲劇をとおして、逆に、現代人の意識疎通の難しさを訴えかける。プイグがアルゼンチン、政治、ペロニズムについてどう考えているのか、それが『蜘蛛女のキス』以上に明確に記されてもおり、プイグ理解には好適の作品。

『このページを読む者に永遠の呪いあれ』 1980 （木村榮一訳、現代企画室）
会話、主人公の見る幻覚、六通の手紙からなる長篇。物語の時代は一九七八年。舞台はニューヨーク。人権擁護委員会の仲介でアルゼンチンの監獄からニューヨークの病院に移された七十四歳のラミーレスは言葉と実体が一致しない言語喪失の状態にある。このラミーレスの車椅子を押して散歩にでかけるというアルバイトをする元大学教師、三十六歳のラリーはラミーレスに言葉を教え、自分の過去を語っていくが、そこに嘘をもまじえる。そのため、親子ほどの歳の差がある二人の会話から浮かびあがる世界は不安定な状態におかれて意志の疎通の難しさを示すと同時に、父親と息子との葛藤という永遠のシリアスなドラマを展開することになる。この意味で、『天使の恥部』と対をなす作品といえる。

『報われた愛の血』 1982

会話、その会話を説明する三人称の記述からなる長篇。物語の時代は現代ということはわかるが特定できない。舞台は主にブラジルのリオ州ココタ。白人のように色が白かったために父親から嫌悪される主人公ジョゼマルは得意のサッカーで町中の若い娘から注目され、良家の娘マリア・ダ・グロリアの恋人になるが、やがて彼女の前から姿を消す。それがもとで彼女は精神に異常をきたす。その彼女が戻ってきたジョゼマルに昔のことを尋ね、ジョゼマルが答えるという書き方だが、ジョゼマルの答えは三人称の描写に置き換えられて、あたかも客観的な情景を浮かびあがらせていく。ところが、彼女がことごとく異議を唱えることでその客観性が崩れ、前作以上に、物語自体のリアリティが不安定なものとなるばかりか第一章の言葉がエピローグでも繰り返され、物語は永遠に続いていく。貧困、マチスモを前面に押し出し、口語表現を徹底させ、ラテンアメリカの荒々しい一面を見事に描く。

『星のマントの下で』 1983

表題作と『蜘蛛女のキス』（野谷文昭訳、劇書房）の二篇からなる戯曲集。

『蜘蛛女のキス』 小説を戯曲化したもの。二幕九場。初演は八一年四月、スペインのバレンシア。日本では九一年に初演。またミュージカル化され、九一年にロンドンで初演。日本では九六年。小説の中で、キスが終わったあとキスが嫌だったのかとモリーナに尋ねられたバレンティンは「あんたが黒豹にならないかと心配だったからだ。最初に話してくれた映画に出てくるみたいな」（野谷訳）と答え、「あんたは黒豹女じゃない（中略）あんたは蜘蛛女さ、男を糸で絡《から》め取る」と続ける。映画とは違い、モリーナが「黒豹女」の話をするのは当然といえば当然。

『星のマントの下で』 二幕。初演は八二年八月、リオ・デ・ジャネイロ。劇中の時代は一九四八年。場所はとある別荘。二十年前、自動車事故で死んだ親友夫婦の娘を引き取って育てる男の心から親友が自分の妻と浮気していたのではという疑惑が消えることがない。ある日、別荘にやってきた二人連れ（逃走中の宝石泥棒）が二十年まえの服装で変装していたため、誤解をときにやってきた親友夫婦と思いこんでしまう……。狂気の中に踏みこんだ正常の運命を描く。

『村人の顔／ティファーナの思い出』 1985

表題の二篇からなるシナリオ集。

『村人の顔』物語の時代は一九七八年十二月。舞台はとある大農園《アシエンダ》。タバーレスは友人に頼まれて、友人の息子アルマンドの様子を見に出かけるが、館には不在。アルマンドの部屋で顔は人間だが体はそれぞれジャガーと小羊になっている奇妙な絵とルイスという署名のある日記を見かける。その日記を読みすすむうちに、アルマンドの奇行が明らかになり、ルイスとアルマンドは同じ女性に恋したことが分っていくが……。幻想文学として充分読みごたえのある作品。

『ティファーナの思い出』物語の時代は現代だが特定できない。舞台はメキシコのティファーナとエルモシージョ。ロスの麻薬商人の孫娘を誘拐したエルモシージョ・グループの中に送りこまれたティファーナ・グループのボスの女の策略にかかり、運命を狂わされる学生。キャバレー、殺人、闘鶏、脱出劇ありで、パリやニューヨークを舞台にしたものとは一味違う暗黒街もの、立派なB級映画になりそうな作品。

『バラの花束の謎』1988
戯曲。二幕。初演は八七年七月。日本では一九九一年、『薔薇の花束の秘密』のタイトルで初演。
劇中の時代は現代だが特定できない。舞台も特定しにくいがブエノスアイレスか。自ら志願して入院した気難しい金持ちの老女は個人的に看護婦を雇っては次々にくびにする。だが、新しくきた中年の看護婦の不遇の身の上を耳にし、彼女がスペインのビルバオにある医者が患者と自由に交歓しながら精神病治療にあたるという病院に留学したがっているのを知って、助けようとするが……。

『南国に日は落ちて』 1988 （野谷文昭訳、集英社）

会話、新聞記事、手紙、警察調書、搭乗記録等からなる長篇。物語の時代は主に一九八七～八八年。舞台はリオ・デ・ジャネイロ。七十五歳のときブエノスアイレスを離れリオ・デ・ジャネイロに住むようになったルシのところに二つ年上の姉、八十二歳になるニディアが訪ねてくる。気がむくと日に二、三本はビデオで映画を見るルシだが目下の関心事は隣のアパートで精神分析医として開業しているシルビアのロマンス。シルビアはなぜかルシに自分の男性遍歴を語り、まるでどちらが医者か分からない。やがてルシが息子のいるスイスのルツェルンに発っても、ニディアはリオに残り、隣のアパートの若い守衛、ロナルドの世話をやくが裏切られ、怒りのあまりアルゼンチンに帰国する。とはいえ、話相手となるシルビアに会うためか、ふたたびリオに向かう飛行機に搭乗。『報われた愛の血』以後、六年ぶりに発表した最新作だが、老年、中年、青年という三世代、金にこまらない人種と底辺でうごめく人間、ブラジル人とアルゼンチン人を巧みに配して、プイグが現在住むブラジルと祖国アルゼンチンの姿をも描く。亡命、そして、帰郷ということに対してコミカルながらも、どこか寂しい気分にさせられる作品でもある。

＊

Uブックス版に寄せて

右の解説を書き（今回少し手を加えているが）、『天使の恥部』が国書刊行会から出版されたのが、奥付によると、一九八九年八月。翌九〇年三月にプイグは来日し、東京でインタビューする機会を得たが、そのほぼ四か月後の七月二十二日、胆嚢摘出手術後の合併症により、メキシコシティに近い保養地クエルナバカで亡くなる。生まれたのが一九三二年十二月二十八日なので、享年五十七。作家としては若いその死を読者だけでなく他のラテンアメリカの作家たちも惜しんだ。結局、『南国に日は落ちて』が最後の長篇となった。だが没後、彼が残した掌篇、戯曲、エッセイ、シナリオ、書簡等が本にまとめられて出版された。ここで、手もとにあるものをいくつか紹介すると……。

『グレタ・ガルボの眼』1991（堤康徳訳、青土社）

このイタリア語版に、二つの講演を加えたスペイン語版は一九九三年。七つの掌篇から成る。掌篇というより、そのそれぞれが映画のワンカットのようにも思える。手紙、電話での会話、対話という形で書かれているが、一つだけが回想。それでさえ、自分との対話となっており、他者とのコミュニケーションという点では変わらない。いずれも、映画、俳優、監督、広くイタリア映画界のありようを絡めて書かれており、イタリアと映画に寄せるプイグの思いが知れる。なお各作品の後に、作中で言及される映画や俳優等について訳者の簡潔ながら丁寧な紹介があり、イタリア映画ファンにとってはたまらない。

『ある十年間の喘鳴、ニューヨーク　78』　1993

表題作と『バイバイ、バビロニア』から成る。

『ある十年間の喘鳴、ニューヨーク　78』は一九七八年末から翌七九年初めにかけてスペインの雑誌『バザール』に掲載された、ニューヨークとそこに住むラティーノたちの姿や思いを描く十二篇の掌篇を集め、一九八四年にイタリアで出版された。また『バイバイ、バビロニア』は一九六九年〜七〇年に、「マヌエル・プイグの手紙」というタイトルで、ブエノスアイレスの雑誌『シエテ・ディアス・イルストラードス』に掲載されたニューヨーク、ロンドン、パリ等の町と映画をめぐるエッセイを集めたもの。

『熱帯の七つの罪』　2004

表題作を含む三篇からなるシナリオ集。

『ハリウッド化粧品の無料サンプル』（一九七四）は、メキシコのTVドラマ用に『リタ・ヘイワースの背信』の第四章「チョリとミタの会話」を、舞台をメキシコ北部の町に置き換えたもの。中流家庭を訪ねたセールスの女性とその家の主婦が、夫や男性・女性、映画をめぐってとめどなく話をする、そしてその間、主婦の息子はひたすら映画雑誌の切り抜き。

『熱帯の七つの罪』（イタリア語版、一九九〇）はブラジルの女優ソニア・ブラガのために書かれたもの。客船での仕事を得たアメリカ人が、下船したまま帰ってこない同僚を探しにリオのスラム街に向かい、知り合った女の助力を得て居場所を突き止めようとするが、場所が場所だけに次々に障害にぶつかる……。「七つの大罪」ならぬ「熱帯の七つの罪」とは、心配しすぎること、働きすぎること、求めすぎること、与えすぎること、夢見すぎること、憎みすぎること、そして、愛しすぎること。

『天使の恥部』は、一九八二年にアルゼンチンのラウル・デ・ラ・トーレ監督で映画化されるが、プイグの意向にそう仕上がりではなかった。本書に収められているのはオリジナルのシナリオ。人物設定や舞台に変更が加えられ、小説をコンパクトにしたものになっているが、アルゼンチンの現状を語り、三人の女性の運命を描いていることに変わりはない。ただ、小説と大きく違うのは、メキシコのアナと電話で話したクラリータが、祖母のアパートのベランダで友だちと人形遊びをしているシーンが最後に置かれ、「あなたのママ、なんて言ってた?」「なんにも」「なんにもって、どういうこと?」「ええと……、すぐ来るって」という会話で終わること。なお、このシナリオについては松籟社のサイト内にあるweb版『現代ラテンアメリカ文学併走』で詳しく紹介した（shoraisha.com/main/ando/20161009.html）。

Uブックス版への移動にあたって、二十七年も前の拙訳を読み返しはじめたとたん、不備な箇所を直すだけでなく、この機会に改訳しようと思い立った。プイグにインタビューしたとき、いちばん書くのが難しかった、と言われたこの作品が版を替えることで、新たな読者を獲得し、他のプイグの作品にも目を向けもらえるその一助になればと願っている。プイグの作品は口語表現の巧みさばかりが強調されがちだが、いずれの小説も、その書き方という点でも斬新で古びることがない。

ところで、「新しいアルゼンチン小説」の書き手の一人にマリアーナ・エンリケス（一九七三〜 ）という作家がいる。今年（二〇一六年）二月にスペインのアナグラマ社から出した短篇集『火の中で失くしたもの』が評判になり、十八か国語で翻訳されることになった（ちなみに英訳は来年二月の予定）。シルビーナ・オカンポの伝記を書くような作家でもあるのだが、「アルゼンチンのホラーのプリンセス」と称されていることを、ポーやラヴクラフト、キングのいるジャンルだから、と意に介さない。そのエンリケスは犯罪小説の傑作としてプイグの『ブエノスアイレス事件』を、そして五冊の愛読書を訊かれたときには、フォークナーの『響きと怒り』か『八月の光』、コーマック・マッカーシーの『ザ・ロード』、ブロンテの『嵐が丘』、ボルヘスの全短篇、そして本書『天使の恥部』を挙げている。

今回も藤原義也氏には大変お世話になりました。この場を借りて深謝します。

（2016. 9. 28）

著者紹介

マヌエル・プイグ　Manuel Puig

1932 年、ブエノスアイレス州ヘネラル・ビジェーガスで生まれ、映画館に入り浸りの少年時代を過ごす。ブエノスアイレスの大学を卒業後、1956 年にイタリアへ留学し、映画監督・脚本家への道を模索するが挫折。1963 年、ニューヨークへ移って書きあげた長篇『リタ・ヘイワースの背信』を 1968 年に出版し、注目を集める。アルゼンチン帰国後に発表した『赤い唇』（69）はベストセラーとなったが、1973 年の『ブエノスアイレス事件』が政府によって発禁処分となり、また極右ペロニスタのテロリスト集団トリプレAの脅迫もあって、同年末、メキシコへ亡命。ニューヨーク、リオ・デ・ジャネイロ等を転々としながら、『蜘蛛女のキス』（76）、『天使の恥部』（79）、『このページを読む者に永遠の呪いあれ』（80）、『南国に日は落ちて』（88）などの話題作を発表。様々な声を駆使した巧みなストーリー・テリング、豊かな物語性と現代的な主題で幅広い人気を博した。1990 年、メキシコで死去。

訳者略歴

安藤哲行（あんどう・てつゆき）

1948 年岐阜県生まれ。神戸市外国語大学外国語研究科修士課程修了。ラテンアメリカ文学研究者。著書に『現代ラテンアメリカ文学併走』（松籟社）、訳書にエルネスト・サバト『英雄たちと墓』（集英社）、カルロス・フエンテス『老いぼれグリンゴ』（河出書房新社）、レイナルド・アレナス『夜明け前のセレスティーノ』『夜になるまえに』、ルイス・セプルベダ『パタゴニア・エキスプレス』（以上、国書刊行会）、ホルヘ・ボルピ『クリングゾールをさがして』（河出書房新社）、ホセ・エミリオ・パチェーコ『メドゥーサの血』（まろうど社）などがある。

編集＝藤原編集室

本書は1989年に国書刊行会より刊行された。

白水uブックス　208

天使の恥部

著　者　マヌエル・プイグ
訳者©　安藤哲行
発行者　及川直志
発行所　株式会社 白水社
東京都千代田区神田小川町3-24
振替　00190-5-33228　〒101-0052
電話（03）3291-7811（営業部）
（03）3291-7821（編集部）
http://www.hakusuisha.co.jp

2017年1月10日　印刷
2017年1月30日　発行
本文印刷　株式会社精興社
表紙印刷　三陽クリエイティヴ
製　　本　誠製本株式会社
Printed in Japan

ISBN978-4-560-72131-5

乱丁・落丁本は送料小社負担にてお取り替えいたします。

ブエノスアイレス事件

マヌエル・プイグ 著

鼓 直 訳

サディスティックなかたちでしか女性と交渉が持てない美術評論家と、マゾ的な状況のなかでしかオルガスムスを得られない女流彫刻家との不毛の愛の物語。快調なストーリーの展開とともに、映画のショット、内的告白等々、多様なテキストで成り立っている作品構成にも興味深いものがある。映画監督ウォン・カーウァイが『ブエノスアイレス』を撮るきっかけを得た本でもある。

【白水Uブックス】